朵朵艾草

馥馥其芳

散文集

徐永清 —— 著

中国言实出版社

图书在版编目（CIP）数据

采采艾草　馥馥其芳 / 徐永清著. -- 北京：中国
言实出版社，2024.7. -- ISBN 978-7-5171-4895-1

Ⅰ . I267

中国国家版本馆CIP数据核字第202400WD36号

采采艾草　馥馥其芳

责任编辑：王建玲
责任校对：张天杨

出版发行：中国言实出版社
　　　　　地　　址：北京市朝阳区北苑路180号加利大厦5号楼105室
　　　　　邮　　编：100101
　　　　　编辑部：北京市海淀区花园北路35号院9号楼302室
　　　　　邮　　编：100083
　　　　　电　　话：010-64924853（总编室）　010-64924716（发行部）
　　　　　网　　址：www.zgyscbs.cn　　电子邮箱：zgyscbs@263.net

经　　销：新华书店
印　　刷：北京温林源印刷有限公司
版　　次：2024年9月第1版　　2024年9月第1次印刷
规　　格：880毫米×1230毫米　　1/32　　9.125印张
字　　数：207千字

定　　价：58.00元
书　　号：ISBN 978-7-5171-4895-1

目录

生灵篇

麻省理工的中国炒饭 / 003

采采艾草　馥馥其芳 / 007

礼赞大美广玉兰 / 010

蒹葭苍苍　水湄歌唱 / 014

热情洋溢十姐妹 / 018

玉兰开在春风里 / 020

苜蓿放歌在初春 / 022

春季扬州来看柳 / 025

连翘怒放金灿灿 / 029

幽香醉人金银花 / 032

野性勃发的葎草 / 035

遍地春光马兰头 / 039

低调内敛无花果 / 042

荷叶清香满乾坤 / 045

不屈不挠马齿苋 / 048

八月桂花遍地开 / 050

百合花开幸福来 / 053

扁豆装点农家院 / 056

好一朵茉莉花 / 059

激情四射晚饭花 / 062

冬日修枝如剪裁 / 065

腊梅香飘冰雪中 / 067

清香袅袅碧螺春 / 072

纤细柳条做柳编 / 075

慈姑抒情在水田 / 078

激情真唱赞蝈蝈 / 081

救助落单美鹦鹉 / 083

湿地观看黑水鸡 / 086

情趣卷

父爱浓浓磨米粉 / 091

幸福满满咸鸭蛋 / 094

月饼飘香的故事 / 098

别样滋味鱼腥草 / 101

西北醉枣红艳艳 / 103

笑口常开开口笑 / 106

又见往日猫叹气 / 109

童年灯节乐无比 / 112

少小趣事打水漂 / 116

童年游戏斗鸡乐 / 117

少年垂钓最忘忧 / 119

门前运河汰衣忙 / 122

男儿跳水最豪迈 / 124

夏日游泳趣事多 / 126

江南风情说晒伏 / 129

燠热江南可赤膊 / 132

冬日摸鱼豪情壮 / 135

淮扬往事话淘井 / 136

渐行渐远木靰子 / 139

闲话斋号有寓意 / 141

打夯 / 143

唱歌晨练乐陶陶 / 145

古城夜放许愿灯 / 147

寄寓城郊小李村 / 149

惩恶扬善泥人杨 / 153

号子声声鼓干劲 / 156

生活往事贴瓷砖 / 159

社区升旗手焦师傅 / 162

社区拳师美女姜 / 165

单杠须生陆师傅 / 168

空竹教练张先生 / 170

往事录

幸福年蒸乐无比 / 177

大锅土灶的记忆 / 179

勤劳慈母纳鞋底 / 182

幸福鱼汤爱无疆 / 184

天赐纯净天落水 / 187

三伏打土坯 / 189

夏秋往事接汗衫 / 191

怀想往日电石灯 / 193

打会原来是互助 / 195

岁月留痕染衣服 / 198

社区小万理发师 / 201

热心修车刘师傅 / 203

蹬三轮的"左嗓子" / 205

代笔先生高老头 / 209

军校助农割麦忙 / 212

从军谈心敞心扉 / 215

撩人乡愁的尤加利 / 217

有个参谋叫老陈 / 219

军旅逸事捉跳蚤 / 221

军旅趣事话会餐 / 223

毛豆晚会乐翻天 / 225

军旅沱茶有情缘 / 228

难忘军旅宝珠梨 / 231

远足记

德令哈的美少女 / 237

武威社火闹新春 / 239

酒泉公园话酒泉 / 241

春风初度马蹄寺 / 243

初访颏圮黑水国 / 246

感受西安兵马俑 / 248

翠湖看海鸥 / 250

细品慢赏说洱海 / 253

大理三塔入云霄 / 256

春城印象四季春 / 259

云南阳刚仙人掌 / 261

贵阳观赏打陀螺 / 263

黄山四绝松最美 / 265

黄山猴岛历险记 / 268

滁州醉人深秀湖 / 270

初识广州流花湖 / 272

骑楼之城话骑楼 / 274

诗画桂林醉游人 / 277

红梅公园赏红梅 / 279

长堤春柳美名扬 / 281

扬州澡客最惬意 / 283

生

灵

篇

麻省理工的中国炒饭

在我国有道大名鼎鼎、举世闻名、饭菜合一的美味——扬州炒饭。这是有文献记载，有菜谱可查询的。就世界范围内而言，大凡有华人餐馆的国家，为满足各国食客的胃口，肩负友谊重任的扬州炒饭，长期以来，不知疲倦，不舍昼夜地在各国激情献演。

可在大洋彼岸的美国，准确地说，是在麻省理工学院，有一道扬州炒饭的孪生炒饭，也时常在激情献演。

现如今，我的女儿正在麻省理工学院攻读MBA。该校的国际生较多，并且是工作多年，独立生活多年，有着较强动手能力的同人；再者，他们均是游历过多国，见过大世面的人。

该校有个传统，或是校风，同窗之间喜欢结伴出国旅游，并酷喜派对。所谓派对，就是分享美食，畅叙友情，联络感情，积累人脉，交流学习心得。就派对来说，实际上就是AA制，但不用出钱平摊，而是参与者每人出一道美味。派对的场所，可以是教室、公寓，抑或餐厅。就派对的菜品来说，最好具有各自国家特色或是民族特点。另外，为了公平起见，菜肴价格大致相等，不欺不媚。若是过于简略，那就得增加菜肴了。

首次派对，我的女儿就发来视频与图片。您就看吧，课桌拼成的餐桌上，各种美食，荤的素的，五颜六色，大碗小盘，一溜排开，足有二十多道，好不壮观。仔细端详，有意大利的比萨、火腿、德国的香肠、猪脚，法国的鹅肝、沙拉，日本的寿司、章鱼丸子，墨西哥的卷饼，越南的河粉，韩国的泡菜、炸鸡，俄罗斯的红肠、罗宋汤，巴西的烤肉，美国的大虾、烤鸡腿，阿根廷的炖牛肉……一时间，好像全世界的美味在此会合。可谓热闹非凡，令人眼花缭乱。

品评之际，同窗们十分好奇，怎么不见我女儿徐同学的菜肴呢？！期待之时，徐同学却不慌不忙，有条不紊地现场烹制。三下五除二，俄顷，女儿便端出一道美味。只见一个足有一尺宽的盘子里，竟堆放着满满当当的炒饭。乍看，五颜六色的，令人喜悦；随着热气飘散，香味扑鼻，令人垂涎。打量之际，人们惊呼，这哪里是炒饭，简直是彩霞、油彩、春花、秋果的大烩炒，惊艳得让人目瞪口呆。五大洲的同学们，从未见识过这等阵仗，欣喜之余，两眼发亮。先行端详，映入眼帘的，首先是颗粒分明、黄灿灿的米饭，这是坚实的基础。再仔细端看，红色的有香肠、鹌鹑、鸽肉；黄色的是鸡蛋、南瓜、金针菜；绿色的是豌豆、芹菜、蒜苗；黑色的是海参、木耳、香菇；紫色的是鸭肫、猪肝、洋葱；白色的是虾仁、春笋、蘑菇……这真是天上飞的，地上跑的，水里游的，土里长的，山里出的鲜美食材大集会。再者，这些食材全都严格按照中国烹饪规则，切成细粒，或是小丁，与米饭浑然一体。

饱了眼福，也该一饱口福了。同学们赶紧动口，一时间，满口有软有硬，有韧有脆；满嘴是鲜是香，是甜是咸……美妙得无法言表。"好吃！好吃！"一个叫好，个个跟进。异口同声的叫好声，响成一片。这一句句叫好，简直等同吹响了冲锋号。于是乎，不用动员，不用鼓劲，您就看吧，所有的勺子、叉子、筷子全都朝着一个目标方向前进，还争先恐后，唯恐落伍。眨眼的工夫，这盘满满当当的炒饭，早已风卷残云般地解决了。回味之余，同学们询问菜名。女儿自豪、响亮地回答："中国炒饭！"一时间，人人竖起大拇哥，并报以热烈的掌声。

其实，女儿将此炒饭命名为"中国炒饭"，是有考量的。在咱中国，已有"扬州炒饭"，不能掠人之美，也不宜重名。是故，美称"中国炒饭"，一是表明出处，二是表达了爱国思乡之情。

其实，女儿的中国炒饭，是借鉴了扬州炒饭的制作方法，可以美称为改良版或是升级版的扬州炒饭。女儿在麻省理工攻读MBA之前，便在上海的美资企业工作多年。其时，那些中外员工也不时举办派对，女儿的拿手好菜，就是这道驾轻就熟，人人欢迎的中国炒饭。

通常来说，中国炒饭的烹制，没有一定之规，有着较大的随机性。就食材备料来说，它受菜市场与超市供给的制约，只能因时制宜，相机行事。就食材选择而论，必须做到品种丰富，荤素结合，色彩多样，口感多元，营养全面。万变不离其宗的准则是：好看！好吃！

女儿的中国炒饭，其烹饪技艺，属于烩炒，也属于预制菜。乍看似乎简单，实则颇费工夫。就前期制作来说，该改刀的要改刀，要的是大小适配；该焯水的要焯水，要的是断生；该油煎的要油煎，要的是预熟；就米饭来说，当然要煮熟，还必须软硬适度，颗粒分明。准备就绪，就待现场演烩炒。期待之际，顶多七八分钟，便大功告成。

人们常说，机会总是留给有准备的人。您看，咱女儿把这在国内演练得炉火纯青的中国炒饭，也带到了美国，并带到了麻省理工学院。由于女儿的中国炒饭过于好吃，因此占领了大家的味蕾，深入人心。自后，同学们每每举办派对，便说："来顿中国炒饭。"您瞧，咱女儿这爱国思乡的中国炒饭，一度还成为派对的代名词。其后，每每举办派对，女儿在保留中国炒饭的前提下，还不时推出中国的其他菜肴。她希望通过美味，让同学们喜爱中国美食，热爱中国美食文化，进而认知，热爱中国文化。在此，咱要为女儿的爱国初心，点个大大的赞！

采采艾草　馥馥其芳

艾草长高了，艾草飘香了，艾草用其勃发的激情，向世人宣告它的顽强与坚守。

艾草又叫家艾、艾蒿，是菊科多年生草本植物。艾草的植株有奇香，这香纯正、浓烈、持久，有提神醒脑、祛病强身之效。

就艾草叶子的形状来说，像是铁栅栏顶部的钢叉，不是三叉，而是五叉与七叉，犹如"出"字的形象，如同兵器一样。可见艾草生来就具有战斗的精神。艾草叶子的质地，颇为绵柔，像是宣纸。其叶可分正反两色：正面是绿色，碧绿；背面是灰色，灰白。清风过处，叶片舞动，如旗飘扬，变幻多姿，令人赞叹。

就艾草的体量来说，矮者齐腰，高可及人。这样的身高，按照草本植物来说，应该是相当于人中的姚明了。一株株的艾草，笔直修长，颇有一派玉树临风的美感。艾草的茎呈方形，细者如箸，粗则似指。仔细端详，茎的外表，有着一条条上下贯穿的纵棱，突出而明显。眼观手摸，有棱有角，极具执着的个性。其实，一条棱就是一条藤，用于承载体重，支撑信念。这像人的筋骨，更像钢筋混凝土中的钢筋。是故，艾草们坚韧挺拔，不屈不挠，堪当重任，行稳致远。

艾草最宜丛植、群植。成丛成片，才有气势，方成气候。您若想领略艾草的风姿，我建议，最好到蔓延的河滩、广袤的野地。在大自然的怀抱中，艾草们备受阳光的眷顾，月色的呵护，雨露的洗礼，风霜的锤炼。它们自由自在地生长，强壮蓬勃，野性张扬。大片大片的艾草，一样的高度，一样的装束，一样的风貌。它们列队整齐，精神振奋，斗志高昂，充满了勇往直前的必胜气概。

每到艾草蓬勃生长之际，我不时要采集一些艾草。回家后，将它们插于注水的瓶中，将其视作奇花异草般供于书房。大凡物事与您相遇，皆是因缘，只是程度有深浅、次序有先后而已。对待有缘的生命，即便是野花小草也要呵护，更何况是自己偏爱的植物，更要珍爱了。艾草们好像颇知人意，以抖擞的精神，舒展的姿态，答谢回报。是故，书房之中，日日清香，正气浩然。

《诗经》有"采采芣苢，薄言采之"的诗句，我有"采采艾草，馥馥其芳"的表述。芣苢就是车前子，古人采集车前子都这么快乐，今人采集艾草就更快乐了。我见识过农人们收获艾草的欢快场景。他们有着明确的目标，对待野生野长，天赐的恩物，心存感激。他们手持镰刀，就像收割小麦、水稻一样喜悦。劳作之际，他们是说说笑笑的，是哼歌浅唱的。

艾草具有药食两用的功能。其味苦、辛，性温，有温经止血，散寒止痛，降湿杀虫，平喘止咳，安胎养神，增强免疫力等良效。可内服、外敷、洗泡、艾灸。平日里，农人们将收获的艾草，或煮水，给老人泡脚，舒筋活血，祛病延年；或浸泡，给婴儿泡澡，健体强身，增强免疫力；或烧汤，给孕妇服用，安胎养神，保障顺产。真是情深意长，关爱有加。当然，用艾草烹制的各种美食，也别有风味，齿颊留香。

艾草最为走俏的时节，当数端午。每到佳节，家家户户均要插艾草。民间认为，艾草有招福纳祥的美意，有驱毒辟邪的作用。这是根深蒂固的优秀文化与民俗，是千百年的约定传承。通常，艾草要与菖蒲配对，菖蒲亦有芳香与药用的功效。平日里，两者虽是各司其职，但每到端午，它们便强强联手，为人们的健康与信仰保驾护航。所谓"艾旗蒲剑"，家伙定要齐全。一般，两根艾草配两根菖蒲，红绳一扎，一把一把的，漂亮无比。人们可随买随取，极为方便。

每到端午前夕，也就头几天，一年一度的艾草热销季如期而至。此刻的农贸市场，到处都是卖艾草的农人。他们有用三轮车运来，满满当当的；有用板车拉来，堆积如山的。一时间，人们热情高涨，购买踊跃。一会儿工夫，就把一车车的艾草买空了。在此时节，放眼观瞧，大街上，小巷里，买菜的人们，一手拎着鱼肉果蔬，一手抓把艾草，兴冲冲的，喜洋洋的。生活因为有了寄托，而充满了希望；生活由于有了希望，而动力十足。

就我们家来说，年年岁岁也要应时应节，当然要插艾草与菖蒲。这两种野草，均是自我采集的。平日里，我就喜欢到处走走，四处看看，更是常去河滩野地散步。是故，何方有艾草，哪地有菖蒲，了然于心。通常十枝艾草，佐以十枝菖蒲，在地头就配对完毕，捆扎整齐。每年我们家的艾草与菖蒲是一大把的，又高大，又粗壮，高可及人，粗可比拳。这是私人定制的，私家专属的。回家后，先在所有的房间郑重其事地挥舞一圈，最后挂于大门的门楣，或是放于门口。于是，这一大把加持版的艾草与菖蒲，便忠于职守，肩负着门神一样的重任，护佑着我们的幸福生活。

礼赞大美广玉兰

广玉兰开花了，它是悄无声息，低调而含蓄开放的。它用清雅的芳香提示人们，火热的夏天又如期而至了。抬眼望，哦！在绿叶茂密的枝头，闪出一朵朵白色的花朵，它们热情地在向人们微笑，这是热烈的招呼，是亲切的问候。

我总执着地认为，广玉兰是最能成气候、成大事的花木种类。它的花朵是从从容容、不急不躁地开放，并且是成次第，成批次，接力似的开放。其实广玉兰的花期很长，每年的五至六月都是它的秀场，整个夏季都是它的主场。打量那些花朵，有激情绽放的，有悄然含苞的。绽放的则不藏不掖，尽展芳华；含苞的便积蓄能量，奋起直追。那满树的花朵，虽是高高低低地排列，错错落落地分布，但并不繁密得拥挤，又不稀疏得空旷，真是种恰到好处的和谐与雍容。

我自幼就喜爱广玉兰，在我们家的楼下，就有两株广玉兰，年年与我相伴，岁岁与我为友。是故，我对其形态与花香烂熟于心。广玉兰的花朵，花形似荷，花大如碗，花色洁白，花瓣厚实，其香清新纯正，像是栀子花，也像茉莉花。还有一奇特之处，它的花香之中，带有些许的甜。大概是甜的因素，仿佛有千丝万缕跟花朵牵连着，使得花香厚实而持久。故而，其香强风吹不散，暴雨难稀释。在整个漫长炎热的夏季，广玉兰便用这凉爽清雅的芳香，营造凉意，慰藉人心，给人动力。

您别看广玉兰的花朵高高在上，其实它们很是亲民。它们虽然地处高位，却一律倾斜着身体，仅是稍稍地倾斜，和蔼可亲，平易近人。花朵们似欲与人攀谈、交流；又似在倾听民声，了解民意。这样的姿态，既不卑微地曲意逢迎，有失尊严；也不高高在上，目中无人。这既有花朵的天性，亦有后天的修炼与自律。一言以蔽之，这是综合素质的具体表现。

广玉兰又叫洋玉兰、荷花玉兰，是木兰科常绿乔木。它长得高大伟岸，亭亭植立，张扬着一种蓬勃向上的阳刚之气。要论树高，矮的足有十米，高的可达三十米。可见它生来就有欲与高楼试比高的英雄气概，更具势不可当的凌云壮志。由此可见，它是树木之中名副其实的巨人、伟汉，实在令人仰视与礼赞。若论树围，细者足有两人腰粗，壮者必须双人方可合抱。这样壮实的身板，狂风吹不动，暴雨难撼动，大雪压不垮。是故，值得信赖，堪当大任。这都源于它扎根现实，信念执着，立场坚定。

广玉兰的树形优美，树冠为圆锥形，虽说枝繁叶茂，却不枝不蔓，紧凑协和，备受欢迎。广玉兰可孤植、对植、丛植、亦可群植，是园林、道路、庭院的首选树木。生活中，随你是在小区、校园、工厂、机关、街道、公园、绿地，乃至乡村野外……到处可见其勃勃的英姿。这都源于广玉兰生命力的旺盛与顽强，加之它对土地的贫瘠与肥沃，从不挑挑拣拣，哪里有需要，它便听从召唤，义无反顾地镇守一方。用不屈的信念，撑起一片绿色，吐露一片芬芳。

就我的观察与理解来说，广玉兰尤以对植居多。通常，它们是左右各二，或是各四；均为双数，成双成对的，这也是中国人对吉祥双数的演绎与应用。于是乎，它们像兄弟又像姐妹，既互相关照，又互相鼓励；它们像哨兵又像卫士，既不势单力薄，又团队合作。它们高大威武，精神振奋地立于社区、校园，既关照人们的生活，又守护一方平安。

广玉兰不仅美化环境，还是鸟儿们的天堂。常见喜鹊、鹌鹑、麻雀、斑鸠在此落脚：它们或是飞累了，在此歇脚；或是困倦了，在此打盹；或是联络感情，在此嬉戏……它们藏身于绿叶与花丛之中，既安全又惬意。更有一些鸟儿，贪恋此处的美景，干脆来此筑巢做窝，繁衍后代。它们不需租房、买房，不用缴纳房租，也没有首付与还款的压力与烦恼；关键是它们没有户籍的限制，更没有计划生育政策的制约。可谓来去自由，生育随意，随心所欲。对于人类与自然提供的美好家园，鸟儿们总觉得无功受禄，受之有愧。在无以回报之际，它们也想方设法报答，以求心安神定，心理平衡。平日里，它们总以优美的舞姿感恩，美妙的歌声答谢。尤其是清晨那个时段，鸟儿们集体用婉转又执着的歌声，唤醒那些贪睡的人。

广玉兰不仅是鸟儿们的天堂，更可当伞遮阳，为人们撑起一方阴凉。炎炎夏日里，常见一些中小学生，干脆搬张小桌，带把小椅，就在树荫下做功课。亦有人因地制宜，就近选择香樟、合欢、桂树、槐树为其遮阴。身处室外，不仅通风散热，光线自然，还视野开阔。加之我们小区的环境优美，遍植花木。在此时节，金银花、栀子花、白兰花、晚饭花开得正香，清香醉人；蜀葵、萱草、百合、石榴开得正艳，夏光无限。置身此等环境读书、写作业，令人神清气爽，舒畅快意，投入忘我，效率奇高。学子们或奋笔疾书，像是辛勤的农夫，深耕细作；或是诵读有声，如行云似流水，领会要义……小憩之际，他们或舒肢展臂，放松身心；或托腮仰头，掩卷遐想。他们身在小区，心存大志；更是胸怀祖国，放眼世界。这一棵棵希望的"小苗"，在广玉兰与同伴乔木的护佑下，在各色花卉的见证下，脚踏实地，发愤图强，肩负使命，勇毅前行。他们一定是未来版的钱学森、邓稼先、华罗庚，也一定是明天版的钟南山、屠呦呦、袁隆平……

蒹葭苍苍　水湄歌唱

芦苇长于水边，就像鱼游在水里，鸟飞于空中一样，这是天性。芦苇是多年水生或湿生的高大禾草，又叫芦、苇、葭、蒹、蒹葭，世界各地均有它们的行踪。它们与江河为伴，与湖泊为邻，与湿地为友，尽忠职守，精神振奋地立于水边，用勃发的激情，装点着大地，美化着自然。

芦苇通体碧绿，笔直修长，体态轻盈，婀娜多姿。它的高度，通常达到二至三米。这样的身高与体态，颇有玉树临风的美感。芦苇好像生来就是仪仗队，无论身处何方，它们是一样的身高，一样的装束，一样的风貌，令人礼赞。

打量芦苇，它的全身，遍布绿叶。这叶是自下而上，错落生长的，若论分布的密度，既不密集得拥塞，又不稀疏得空旷，是种恰到好处的布局。芦叶的形态，植物学家确认只有两种：一是长线形，二是长披针形，可在艺术家的眼里，一律就是宝剑的形状。若论芦叶的长度，通常达到三到四拃，其宽能有两到三指。仔细打量，芦叶的正面极为光滑，背面相对毛糙，叶片的边缘，遍布细密短小的倒刺，这应该是防身的武器。芦叶的长势，呈渐长渐细的趋向，直至完全收拢，以至叶片的最前端，纤细如针，极为尖利。在人们的眼里，这片片芦叶，就是芦苇随身佩戴的一把把利剑。这剑锋利无比，既可是自卫的利器，亦可是守护家园的兵器。无论是静默，还是摇曳，始终张扬着一派所向无敌的英勇气概。每每看到芦苇这样的风貌，都令人顿生敬意。

若论芦苇的体格，并不粗壮，也不强健。它的根部仅仅粗如拇指，芦梢也细得如同吸管。若从外表观察，芦苇实在是纤细柔弱，还有点弱不禁风，可划归林黛玉的队列。实则不然，它是异样的坚韧不屈。其实，芦苇极具生存的大智大勇，一靠自身的构造，二靠生存的智慧。芦苇有何奇特构造使其坚韧？答曰：一是茎秆的纤维含量较高，这是藏而不露的筋骨，用于承载体重，支撑信念。二是茎秆是中空的，加之外表有层芦叶紧致地包裹着，使其成为有机的一体，增强了整体的强度与韧性。三是茎秆的芦节较多，且芦节之间的距离也较短。每一道节，便是一道箍，有加固之奇效，有"强筋壮骨"之妙用。

若从智能层面来说，芦苇的个性，既非刚性的宁折不弯，一味地执拗，不计成本地对决，亦非墙头草，没有立场，任人摆布。它的策略是，既坚持原则，又善圆融变通。"敌强我弱"之际，则以柔克刚，化解外力；"我强敌弱"之时，便强势出击，高歌猛进。存在就是理由，生存讲究智慧，斗争依靠艺术，胜利仰仗策略。只有智勇双全，刚柔相济，才能笑傲江湖，永远立于不败之地。

平日里，芦苇通常静静地立于水边，看似少言寡语，无所事事，实则在静观默听，慎思明辨。它们在观看游鱼的追逐嬉戏，倾听柔波的款款心语；观赏荷花的轻快舞蹈，聆听水鸟的清脆抒情；观察四季的花开花落，聆听青蛙的欢快锣鼓；观赏天空的云舒云卷，谛听微风的轻捷脚步……更多的时候，它们是体大思精的，规划着绿化祖国的宏伟蓝图，实施着造福人类的伟大计划。

虽说芦苇生性喜爱清静，但有时也爱热闹，也爱释放情感。不期而遇的风来了，它们便乘势而上，抒情一回。它们的闹猛方式，便是放声歌唱与制造芦浪。"沙沙沙，沙沙沙……"这是芦苇在歌唱，或低吟浅唱，或引吭高歌。自古及今，它们的歌唱方式全是步调一致、万众一心的合唱，仅是分贝的大小、频次快慢的区别。

　　芦苇在放歌之际，一向是伴以舞蹈的，是且歌且舞的。芦苇的歌与舞，有史以来，是相生相伴，不离不弃的，可谓千秋默契，万载同步。这是亘古不变的硬道理。其实，芦苇舞蹈的节奏与幅度，是依据歌声的高低、强弱，同步应和的。同心同德，步调一致，在此得到最好的诠释。于此，芦苇的舞蹈要美称为"芦浪"。因为它太壮观了，太震撼了，别无选择。自古以来，芦苇是制造"芦浪"的顶级高手，并是足球观众制造"人浪"的始祖。我曾在长江、太湖、黄河入海口、乡村野外的长河领略过芦浪的壮阔盛景。一望无际的芦浪，应和着芦苇的歌声，或摇摇曳曳，翩翩起舞，婀娜多姿；或起起伏伏，大开大合，热烈奔放……这是绿色的舞蹈与高歌，是生命的舞蹈与高歌，是快乐的舞蹈与高歌。此情此景，用雄浑壮观，波澜壮阔，排山倒海，惊天地、泣鬼神等词语来形容，毫不为过。

　　如果说芦浪是壮观，那么盛开的芦花则誉为壮美。仲秋前后，芦苇开花了，激情绽放了。芦苇的花朵，虽说轻盈疏朗，也是满怀激情绽放的，跟牡丹、玫瑰一样幸福地怒放。芦苇的花朵，乍看像稻穗，也是谦逊地低着头的。其实它们心存感激，对大地与河流行礼感恩。此花，始则是绿色，绿中带点白，油亮油亮的；继而转为黄色，是麦穗一样的黄；最终定格在白色，是银色的白。白色的芦花最为耀眼，在阳光的照耀下，银光闪闪，耀人眼目，可与日月争辉，令人震撼，令人赞叹。清风过处，花朵们招展着满心的快乐。在此时节，它们成了金秋水湄的代言人。同时，它们的种子也乘势而上，飞扬，飞翔，是满载希望的飞扬，是志在千里的飞翔。

芦苇不仅长于水湄，也扎根在诗歌的沃土。就我国来说，自古及今，有关描绘芦苇的诗歌，太多太多，可谓浩如烟海，不胜枚举。比如《诗经》中的"蒹葭苍苍，白露为霜"，韩愈的"人随鸿雁少，江共蒹葭远"，白居易的"浔阳江头夜送客，枫叶荻花秋瑟瑟"，都是千古流芳的绝妙好词。可我最喜爱的诗歌，当属当代大诗人艾青的《芦苇》。好在诗歌不长，兹录如下："不长在高山上，悄悄地站在水边，没有竹子神气，像草一样谦卑。即使开了花，不惹人注意，色彩不鲜艳，也没有香味。我却赞美它，从它受到启发。上可以扎顶棚，下可以做篱笆。"此诗短小精悍，富有哲理，给人启迪。尤其是诗歌结尾的"上"与"下"那两句，可谓是诗眼。从广义上讲，这是现代版的孟子"达"与"穷"的阐述。凡人，无论身处何地，何等境遇，既要脚踏实地，又要自强不息，还必须有所作为。

热情洋溢十姐妹

十姐妹亦叫七姐妹，它是蔷薇的一种。叫十姐妹好听，有十全十美，实实在在的意思。

谷雨一到，十姐妹开了，要开就是一大片。它的花朵布满了枝头，上上下下，错错落落，繁繁密密，挨挨挤挤的。它总给人一种花团锦簇，春光无限的感觉；总给人一种人丁兴旺，事业发达的感觉。

十姐妹虽属灌木，却能顺应环境，负势而上，高达丈余，颇有一股壮志豪情。它的花朵不大，就如酒盏、笑靥般大小，甚是玲珑可爱。它的花朵均为重瓣，且成簇成簇地生长，繁复而不失精致。它的花香不算浓烈，清雅而蕴含着一股淡淡的甜味。这香朴实持久，令人难忘。

十姐妹花朵的颜色有粉的、白的、红的、黄的、紫的五种。其中粉的最为常见，黄的最是少见，紫的我从未见过。依据色彩，用大俗脱雅的语言来推断花的个性：粉的热情洋溢，白的纯洁雅致，红的激情四射，黄的高贵典雅，紫的庄重而神秘。

十姐妹的花期很长，前后有四个月的时间。正当前期的花朵尽情绽放之时，后续的花朵早已含苞，再后的花朵，也悄然孕育。整个花期，它的花朵呈梯队状，接力似的，一批批，一拨拨地开放。开得是轰轰烈烈，纵情挥洒。

十姐妹最大的特点是不粉饰，不做作，自然、舒展、大度、从容。这种美朴实而热烈，健康而阳光。十姐妹也最适宜群植群居，这样才能显示出旺盛的活力，磅礴的气势。有一年的春夏时节，我突发豪兴，去距城十几公里之外的江边散步。如今人们久居闹市，满眼是楼是房，满耳是各色噪声，满肺是汽车排出的废气，加之理还乱的人事，真让人身心疲惫。面对长江壮阔的野景，面对浩浩江风，陡然使人心胸开阔，豪情勃发。

在不经意之间，发现一大片生机勃发的十姐妹。在无遮无拦，无拘无束的江岸，它长得异常繁密茂盛。它纵情铺展着，恣意绵延着，好像没有尽头一般。远远看去，如锦绣铺地，如彩虹飘落，真是壮观热烈，令人赞叹。置身花丛，那千万朵亿万朵十姐妹汇集的花香，简直浓烈得铺天盖地，使人如豪饮陈年佳酿一般地酣醉。这一醉是飘飘然，又犹如在梦中，在幻中一样。

我是爱美的人，更是爱花的人。十姐妹给我许多美好的感受和启发。从宏观上讲，它们具有很强的团队精神，集体观念。它们和睦相处，团结一致，从不争吵，更不械斗。从个体上讲，它们精力充沛，热情洋溢，从不委顿，迷茫彳亍。它们心胸豁达，性情豪迈，无论是顺是逆，无论在风中雨中，它们始终信念坚定，笑容灿烂。

我愿十姐妹的笑容灿烂永远，我愿十姐妹给人的启迪常新而永远。

玉兰开在春风里

玉兰开花了，时在惊蛰。这片玉兰足有三五十株，它无遮无拦，长在靠水的一个山坡上。向阳花木易为春，这话我深信不疑。推广到其他方面，亦适用。此处的玉兰，要比它的同类早个十天八天开放。这对爱花的人来说，是件好事，是件美事。

玉兰一开花，招徕许许多多的人。人们或远或近，或徜徉，或驻足，或品评，或赞叹，有的在吟咏，有的在拍照。这说明爱美的人很多，懂美的人很多，玉兰的知音很多。这让人想起一句古话，"德不孤，必有邻"。德是什么，就是美。对玉兰来说，就是内在美与外在美的统一。

玉兰是先开花，后长叶的。这是一种不藏不掖、磊落大度的个性，花中少有。这一树树的玉兰，是清一色的白，白得那么高洁纯净，脱俗雅致。一树树的玉兰，都高高地立于枝头，论姿态，是亭亭玉立，超尘拔俗；论神态，是娴适优雅，雍容大度。它总给人一种远离是非，远离纷争的感觉，有一种飘飘的仙气。

玉兰的花期，孕育的时间很长，前后要有三个月的时光。早在头年的 12 月，恰在隆冬时节，它便悄然长出花苞。这花苞，花生仁大小，毛茸茸的，跟树干一样的颜色，灰不溜丢的。不吸引人，也不好看。孕育中，它慢慢长大。一立春，它便拱破厚实的外壳，探出头来，小心地窥望，耐心地等待。待花苞长到斗笔笔头样的时候，只要暖暖的阳光一抚摸，骀荡的春风一呼唤，它立马脱去包裹得严严实实的冬装，展现出它那优雅的体态，娇媚的容颜，真是光彩照人，令人心醉。

玉兰的花香，清新雅致。它的香很纯净，很正统。它不像荷花，淡得难以捕捉；也不像晚饭花，冲得让人发晕，令人失去理智；更不像女贞花，有一股浓烈的橡皮味，让人想到胶鞋、车胎。置身玉兰花香的氛围之中，令人神清气爽，思绪飞扬。

我喜欢玉兰，甚至是偏爱。这不仅在于它的外貌，它的花香，而是在于它具有一种内在的、高度统一与协调的精神，要开花，就集体亮相，齐刷刷的。真是一样的步调，一样的节奏，跟仪仗队一样。没有谁想出风头，早些登台；也没有谁姗姗来迟，压轴亮相。它们也根本不计较队列的先后，排座的次序。它们开得很是从容随意，没有忧虑，也没有顾盼。

每到玉兰开花的时节，我总想到一个朋友。他住在老城区一条七拐八绕的深巷之中。他有个很大的庭院，院中有棵百岁挂零的玉兰树。那树长得粗可合抱，生机勃勃。一树白玉兰，足有千朵，密密匝匝的，真是遮天蔽日，香气醉人。置身此中，真让人与滚滚红尘有隔世之感。

这位朋友是位花鸟画家，最近几年专攻玉兰。看他画的玉兰，总有一种神韵。这神韵是什么，我时时在揣摩，这是一种与生俱来的秉性与操守，是风姿绰约，卓尔不群；是冰心玉洁，雅量高致；是端庄持重，方正不阿。这朵朵玉兰高高地站在画中，静静地站在画中。它给人以启迪，给人以思想。

苜蓿放歌在初春

春天一到，各种时令野菜争先上市了。其中备受人们青睐的就有荠菜、芦蒿、枸杞头、马兰头和苜蓿。

苜蓿有两种，一是紫花苜蓿，一是黄花苜蓿，均以花朵的色彩来命名。通常紫花苜蓿的用途只是当作牧草，是牲畜饲料；黄花苜蓿供人食用。为了简洁、方便，生活中人们都把黄花苜蓿直接叫作苜蓿。

苜蓿的生命力非常旺盛，河滩、野地、街心花园，到处可见勃勃的英姿。苜蓿的模样很好看，它的叶子嫩绿嫩绿的，小巧秀气，文静雅致；细细的茎，十分高挑，跟模特似的。苜蓿天性张扬，要长便是大片大片的，像是铺就的地毯，飘落的云彩。它只是一个劲地生长，简直是疯长，它能把脚下的土地遮掩得严严实实，不留丁点的空隙。苜蓿之间也毫不谦让，毫不客气，就像运动员，你追我赶，争金夺银一样。它的活力与激情，简直让四周的花草羞愧得毫无颜色。

苜蓿不仅装点着大地，还是人们餐桌上的一道美味。上海人喜欢把苜蓿叫作草头，生煸草头是沪上菜馆颇具特色的菜肴。前不久，我去探望在上海工作的女儿，女儿为我接风，领我去了一家专做本帮菜的餐馆，席间还特意点了一道生煸草头。这菜在上海很受欢迎，"点击率"很高。此菜色泽碧绿，柔软细嫩，清口解腻，鲜爽无比。就两人吃饭，不用客气，也不谦让，满满一盘，足有半斤的菜肴，吃得是盘底朝天。

在我们扬州这一带，人们则喜欢把苜蓿叫作秧草。秧草的食用方法很多，可用来炒精片、鱼片，有人烧鳜鱼和下面条时也喜欢放点秧草，这也未尝不可。我则喜欢凉拌或清炒，或者用来烧咸肉、烧河蚌。其实秧草跟青菜、豌豆苗、芦蒿、马兰头这类蔬菜的制作步骤基本相同，既可单一成菜，也可与各种荤素食材相配，组合成新款菜肴，只是菜品的形状、口味、档次不同而已。其原则是只要好看好吃，不太出格就行。

我们扬州有种叫秧草的咸菜，就是腌制的黄花苜蓿。前几天，有个在酱品厂工作的朋友送来几袋这咸菜。这是他们厂子生产的，也是最近几年开发的新产品。这咸菜是选用鲜嫩的秧草腌制而成，在我们这儿，大小超市、酱品店都有得卖。打开包装，便有一股久违的清香扑鼻而来，真是让人陶醉。此菜细腻柔嫩，不仅是一些酒店席前开胃的一碟小菜，更是百姓餐桌的常客。此菜用来佐粥最好，很受老人孩子欢迎。若是再淋点香油，那就更美味了。记得一天早餐，就着秧草，我的妻子胃口大开，竟吃了两小碗的新米粥。瞧那个神态，就两个字：满足！

就我国而言，数扬中人爱吃河豚。扬中位于长江的下游，是镇江所属的一个县级市。扬中人吃河豚还与秧草有着一段难以割舍的情结，无论是红烧还是炖汤，都少不了秧草，或围边，或垫底，或点缀，好像少了秧草便不完美似的。扬中人坚信秧草与河豚是最佳的组合，天生绝配，更信秧草解毒一说。据专家解释，其实秧草根本就不解毒，更解不了河豚的毒，这只是习俗使然而已。

扬中人还喜欢用秧草做馅来包包子。秧草跟马齿苋一样，吃油。油少了则干巴，用方言来形容，是"干巴塞噎"的。再者油少了还刮人，就是刮人肚里的油水。说实话，秧草包子口味独特，别有风味，偶尔吃之，确实不错。若要秧草包子好吃，再配点猪肉和鲜笋，那真是锦上添花的美事，这也是烹饪界粗料细做的一个法则。

春季扬州来看柳

民谚云："五九六九沿河看柳。"一年之中的赏柳，由此拉开了序幕。此时正值初春，杨柳已转青泛绿。此刻赏柳，只宜远观，不可近看。近看，那柳只有丁点的、难以捕捉的绿意，看不出什么名堂；远看则很有情致。大片的杨柳，绿意朦胧，似淡烟如薄雾，迷迷蒙蒙的。这是一种意境，是诗的意境。这种情致最是让人浮想联翩，灵感接踵。

真要赏柳，要等到"七九八九"。此时的杨柳，全都绽出嫩芽，近看是绿，远看则鹅黄一片。那柳经风一吹，飘飘拂拂，婀娜多姿。"春风杨柳万千条"，这是一代伟人毛泽东的诗句。这诗形容此刻杨柳的风姿，是再好不过的。此时的杨柳，既清新雅致，又蕴含着勃勃的生机。

有"绿杨城郭"之美誉的扬州，是我的家乡。扬州种植杨柳，源于何时，这要追溯到很久以前，实是难以考证。沈括在其著作《梦溪笔谈》中指出："荆州宜荆，蓟州宜蓟，扬州宜杨。"这里的杨系指杨柳。沈括是北宋的大科学家，他是经过实地考察和广泛对比而作出的结论，并非没有根据，随便说说的。故其结论是严谨可信的。

在雨量丰沛、土地膏腴的扬州，大自然格外慷慨大度，营造了最适宜杨柳生长的环境。在扬州，无论是城里城外，河边野地，到处都生长着大片大片的杨柳。那柳长得舒舒展展，蓬蓬勃勃，洒洒脱脱。它比任何地方的杨柳都更为美丽，更为光彩照人。它不仅具备文静雅致、恬淡从容的个性，更具有洋溢的热情、活力四射的激情。一方水土养一方人，一方水土也养一方植物。

扬州人爱柳，一是在于它姿态的优美，二是在于它旺盛的活力。论姿态，一年四季，风中雨中，日中雪中，它总展现着不同层面，不同角度的美丽。用婀娜多姿、仪态万方、楚楚动人、令人心醉等优美的词句来形容毫不为过。对待杨柳展现的美艳，有时，我觉得用文字真是难以描摹，难以抒发。至于杨柳的活力，更是令人赞叹。初春时节，只要你往地里插根柳条，它便迅速生长，还你一片绿荫。"有心栽花花不开，无心插柳柳成荫。"这是对杨柳生命力最好的诠释，最好的注解。过去送别之时，人们常常折柳馈赠远行者，这其中有依依不舍、难以割怀的情愫，更多的是祝愿远行者要具有杨柳样的活力，能在异乡像杨柳一样，落地生根，融入社会，有作有为。

在扬州，虽说处处可赏柳，可真要赏柳，有两处绝好的所在，一是瘦西湖的"长堤春柳"，一是古邗沟的"邗沟烟柳"，这都是扬州的名胜。瘦西湖是国家 5A 级风景区，系最高级别的景区，这是扬州人的骄傲。邗沟是春秋时期吴王夫差北伐中原时开挖的古运河。这两处的特点是都有水，且水多。一有水便滋润，那柳都长得水灵灵的，堪称风情万种。再者，这两处的杨柳都是柳中的极品——垂杨柳。垂杨柳的特点是枝条柔软修长。长袖善舞，长枝亦善舞。加之那柳叶繁密茂盛，这就给人一种生机盎然、春意无尽的感受。过去形容美人漂亮的眉毛，就用这垂柳的叶子来比喻。

在扬州，杨柳与人们生活的关联甚为密切。大路货的东西不谈，在此随意举两个有"专利"性质的事物，一是儿歌，一是语言。每个人在其孩提时代，都高唱过富有生活气息的儿歌。我唱过的儿歌就很多，记忆最深的是首唱柳的儿歌，其歌词曰："杨柳树哗啦啦，小孩睡觉要妈妈。"这首儿歌，我的父辈唱，我唱，我的女儿也唱。现在唱来，仍是那么亲切，那么温馨。只要有杨柳的存在，这首儿歌将接力似的流传给后人。儿歌通常是指物咏物的，叙事或抒情成分居多，这说明杨柳在扬州的普遍性，满眼都是，所以才成为歌咏的对象。

生活中常见孩子淘气，或是闯祸的情景，家长便愤愤地说："马上回去用柳树枝子射你。"射，字典里有用弹力送出之意，方言中有抽打的意思。柳树的枝条，本来就轻柔，打人是不疼的，只是做做样子，吓吓人的。自己养的孩子，心疼，是舍不得打的。真打是用棍用棒的，那是忤逆子的待遇。从这话亦可以说明，扬州的柳树之多，伸手便可折来。

我是爱柳的人，亦是博爱主义者。我平生最为痛恨扬甲乙，抑丙丁；赞张三，骂李四的行径。有人喜爱松树，便对桃花横加指责；有人喜爱梅花，便对杨柳大肆詈骂。这是一种极端狭隘的个人表现主义。大千世界，芸芸万物，任何一种事物的存在，总有其充分的理由。只要是真善美的，我们都要精心呵护，倾情热爱。只有这样，这个世界才能充满平等和博爱的阳光雨露，才能充满和平与友爱的连接。

在阳光灿烂的春季，在杨柳抒情的春季，我愿暖暖的春风，唤醒每个人心田沉睡的博爱的种子，让它生长繁衍，像杨柳一样，长成一片繁密的绿荫。

连翘怒放金灿灿

又到了连翘盛开的时节，我不由得想到醇厚的连翘茶和纯朴的山东大嫂。

那年的仲春时节，游完山东枣庄的抱犊崮，我一时汗如雨注，口干舌燥，嗓子冒烟。信步来到山下，见位大嫂摆个茶摊，我不管三七二十一，端起茶杯豪饮三杯，顿时神清气爽，连呼痛快。一时间，满身的疲惫与难耐的干渴一扫而光。喝完付账吧，大嫂摇摇手说："不要钱。""不要钱？"我充满疑问地问道。天下竟有这等好事？大嫂坚定地说："是！"

我不由得打量着这位大嫂：她长得高大结实，一双明亮的眼睛犹如深山的清泉，红扑扑的脸膛洋溢着纯真的微笑。经了解，平日里抱犊崮的游人并不算多，加之没有什么商店，过去常有些游客干渴难耐之际，便到村民家中讨水解渴。大嫂看在眼里记在心里，干脆在自家门前摆个茶摊，向往来的游客与路人免费供应茶水，与人方便之际，顺带卖点自产的山货与连翘茶。

待我心平气定下来，大嫂问："这茶怎样？"咦，这话问得好。方才在豪饮之际虽未仔细品尝，却觉得此茶有点与众不同。大嫂笑笑说："再来一杯。"这回得细品慢咽，可再不能像猪八戒吃人参果了。先观赏一番，此茶的汤色略呈褐色，有点像咖啡，又像铁观音。闻闻，此茶虽没有碧螺春来得清香，也没有龙井来得浓烈，却有股山野花草的气息。尝尝吧，汤汁既不浓得发苦，也不淡得无味，既有点普洱茶的醇厚，还略带点淡淡的中药的气味。回味之际，舌尖有点发甜，满口是种难言的爽快。品饮之际，连连叫好。

大嫂笑笑告诉我："这是连翘茶。"对中药我还是略知一二的。连翘为木樨科多年生落叶灌木，又叫黄绶带、黄寿丹、黄金条。连翘是中医临床常用的一味中药，性凉，味苦，具有清热解毒、消肿散结诸多功效，并是治疗风热感冒、咽喉肿痛、丹毒、瘰疬诸多疾病的良药。在中药界，多用连翘的果实，可民间仅用连翘的叶子做茶。可谓各有所需，各有所取。

抱犊崮自古就盛产野生的连翘，每当柳梢绽绿之时，它与迎春花相继激情绽放。整个抱犊崮漫山遍野的连翘，金黄一片，把人间装点得金碧辉煌，富丽堂皇。随着和煦的春风，不时送来阵阵淡淡的清香。这香令人意气风发，思绪飞扬。每当连翘的花朵盛开之后，山民们便将满枝萌发的新叶采下。这叶仅指甲大小，嫩绿嫩绿的。焯水后，将其晒干，便大功告成。这连翘茶属于纯天然绿色的饮品，具有清心明目、清热泻火、健脑提神、生津止渴诸多养生保健的功效。抱犊崮的山民们便世世代代饱享这大自然慷慨的馈赠。人们常说一物一性，一物一品。如今连翘茶的价值逐渐被人们认识并接受，日益受到人们的欢迎。

闲聊之际，大嫂还讲述了一则逸事：相传有一年乾隆皇帝在抱犊崮游玩，口渴之际，品饮了当地所产的连翘茶，顿感心旷神怡，浑身舒坦。于是问明原委，方知是抱犊崮的特产。随即下旨，将此茶列为贡品，每年进贡五十担，以供皇室饮用。

说实话，过去这连翘茶由于产于深山，可谓是"养在深闺人未识"。好些游客对这茶认识不足，不仅认为它土，不屑一顾，还时常投来质疑的目光，这让大嫂很不愉快。我对连翘茶的认可与赞同，令大嫂很是感动，一时把我视为"知音"。

临别之际，大嫂执意要送我一大包连翘茶，推托再三，但盛情难却。旅行归来，我将这茶分赠同人。品鉴之余，个个赞叹。

幽香醉人金银花

谷雨，金银花开了。在路旁、在庭院、在篱墙，大片的金银花开得是密密匝匝，闹闹猛猛的。它那黄如金，白似银的花朵把我们的生活装点得富贵吉祥，喜气洋洋。金银花的香气虽浓但不冲，它不仅香得清新亲切，富有情趣，而且香得清凉醒脑，爽快宜人。金银花用它的激情装点着暮春和初夏，装点着一个香馥馥的生活。

我很喜欢金银花，它跟生活贴得很近。我小的时候，几乎每个孩子每到夏天总要长痱子，这就得用花露水来涂抹。傍晚时分，洗完澡，把花露水搽在身上，是凉爽爽的，香香的。就两三天的工夫，痱子便消失得无影无踪。这花露水的主要成分就有金银花。在夏日，花露水是每家必备的祛痱良药，尤其是有孩子的家庭。要是感冒发烧了，就得用银翘片，这药的主要成分也有金银花。这"银"就是金银花，"翘"便是连翘。这两种中药都有消炎解毒的功效。银翘片货真价实，疗效显著，备受百姓的青睐。

我爱茶，也爱用金银花来泡茶，这是有渊源的。三十年前，我在昆明工作的时候，刚去的头两年，总是水土不服，到了夏天，老爱上火，老同志就教我用金银花泡茶降火。我们单位的大院多的是金银花，随手摘摘，往杯里一放，冲上开水，嗨，两天喝下来，嘴唇也不干燥了，喉咙也不肿痛了，还真灵。金银花泡茶有股淡淡的清香，不苦也不涩，更没有任何异味。汤汁呈淡绿微黄色，清澈澈的，能见杯底。再者，任你水温多高，随你冲泡几次，花朵的颜色仍是黄归黄，白归白，始终如一，初衷不改。用金银花泡茶，我喜欢往杯中放点糖，这使得气味清香更为彰显，口味也更好。这茶不仅不花钱，还兼保健和治病，可谓一举多得。

金银花又叫银花、双花、忍冬、二宝花，它是忍冬科忍冬属的常绿攀缘灌木。我国的佛教界对金银花偏爱有加，佛教徒喜欢把金银花叫作忍冬，因叶经冬不衰，保持常绿，是生命力旺盛的标志。加之忍冬的"忍"与佛教倡导的"忍辱负重，以求正果"的思想吻合，是故忍冬在佛教界备受推崇。为表达对理想的追求，佛教徒则借忍冬的图案来表达思想。我在西宁的塔尔寺、大同的云冈石窟、洛阳的龙门石窟就见过好些用忍冬装饰的壁画或石刻，这些图案虽不言不语，但它弘扬了一种执着的精神，给人启迪，令人起敬。

我有个亲戚，他住在扬州的老城区。此翁爱花，亦谙花道。他家有个近一百平方米的庭院，院中种的全是花草。令人称奇的是那株金银花，主干已有胳膊粗细，将近百年。从不见他浇水施肥，给予特别的人工呵护，这花却长得枝繁叶茂，生机勃勃，且是负势而上，攀到房顶，覆盖小院。每到开花时节，无数的花朵，繁繁密密，竞相开放，此时终日香满小院，香满小巷，令人心醉。据《本草纲目》记载，金银花具有"久服轻身，延年益寿"的功效。此翁是大行"久服"之道，卅年坚持，从不间断。每到金银花盛开的时节，他每天均要采摘新鲜的花蕾，或泡茶，或泡酒，有时还用来做糕点、做菜肴。一时吃不完，或分送左邻右舍，或晒干日后慢慢享用。此翁已七十挂零，仍是步履矫健，行走如风。于此，金银花真是功不可没。

野性勃发的葎草

葎草亦叫割人藤、锯锯藤、老虎藤、拉拉藤、五爪龙、蛇割藤、拉狗蛋、勒草等。从葎草的别称，可见其危害程度与伤害力度。

说到葎草，我从小就认识这位"尊者"。孩提时代，发小们常去河滩野地玩耍，这些地方长满了葎草，稍不留意，手脚便被它划破。若在盛夏，身体裸露的部位较多，一旦被它划破，那伤痕是一道道的，一片片的。由于葎草的藤蔓上尽是些短小细密的钩刺，它所致的伤口，就像被无数绣花针扎的一样，那血是沁出来的。伤处疼痛是自然的，还有一股痒，奇痒。这痒令人忍不住要抓挠。这一抓挠，使伤口越抓越大，无疑是雪上加霜。由于童年的这段经历，是故，对葎草的印象颇深。

记得上小学的时候，我曾学过一篇课文，讲的是鲁班有一次上山伐木，手被野草划破了。于是，这草启发了鲁班发明锯子的故事。划破鲁班手的野草，姓甚名谁，书中未做交代，也没人进行考证。据我的推断，此草应为葎草。另外，葎草是最为常见，生命力最强的野草，到处都有它的行踪。能长出与锯齿相似的钩刺的野草，也只有葎草最为接近。

葎草是桑科多年生缠绕藤本野草。它的叶子像手掌，更像海星的模样。其叶瓣均为单数，分五瓣的，七瓣的。就其长势来说，用"野"和"疯"来形容最为恰当。它长得是铺铺拉拉，漫漫散散的。这势头就像散漫的烟雾，涨溢的河水。它毫不客气地向四周蔓延着、拓展着。它用这咄咄逼人的气势，让四周的花花草草们羞愧得没有一点颜色。

葎草具有很强的匍匐性和攀缘性。在地面，它几乎是贴地生长的，且抓地能力很强。由于藤蔓上生长着无数细密的钩刺，使得自身所有的藤蔓都能相互勾连，牵连不断，连成一片。团结就是力量，这句格言在它身上，得到了最好的诠释和印证。

一有攀缘的时机，它从不放过，即刻负势而上，一路高歌。欲穷千里目，更上一层楼。它肯定知道高处的风景别有情致。葎草的攀缘是具有方向性的，它所有的同类，均是由右向左而旋，旋而攀缘。它表现出立场坚定、旗帜鲜明的思想。不管是风中雨中，不管是顺是逆，它初衷不改。在攀缘之际，它还潜藏着一定的杀机。除非是高大的乔木，旺盛的灌木，稍稍弱小的花卉，包括庄稼，经不住它几缠几绕，便"壮烈牺牲"了。它这手段是扼杀所致。

在我们这儿，人们将葎草叫作"萝萝藤"。这词常在生活中运用，通常指植物本体的较少，指人的时候居多。这是个极大的贬义词。生活中有些人爱管闲事，好发议论，是个天生的"话痨"。凡人说话，总得有个倾听的对象。于是，他们逮谁便跟谁说。这些人的特点跟葎草的藤蔓一样，会缠会绕，不过他是用话来缠绕你的。你一旦被其"绕"住，一时半刻，别想脱身。这个"萝萝藤"能从张长李短，东高西低，一直说到俄乌冲突，新冠始末；又从今年的台风"杜苏芮""卡努"，一直说到抗洪救灾，慈善捐款……简直是事无巨细，不分古今中外；话无轻重，不论嬉笑怒骂。真是婆婆妈妈，颠三倒四，絮絮叨叨，没完没了。一直让你听得心烦气躁，两耳起茧，他还喋喋不休，意犹未尽。这简直是空耗别人的时间，无异于谋财害命。生活中遇到这样的人，只有敬而远之，敬而躲之。咱惹不起，还躲不起吗？！

其实，作为植物的葎草，不像人群中的"萝萝藤"那么可恶。它不仅能绿化荒山荒坡，还能起到保水固土的作用。同时它亦是良好的牧草，任其生长繁衍，或是大面积地种植，可放养牲畜，供其饱腹。葎草亦可用作庭院的垂直绿化，它比爬墙虎、常春藤的效果还要好。一是少见，二是粗犷，因而别有情趣。用葎草做成花圃的栅栏，让其护花护草，充当护美使者，可谓扬长避短，发挥优势了。

说到葎草，它的药用价值颇令人称道。它的叶、茎、果实、根须均可入药。就治病疗伤来说，它不仅可单方入药，亦可与其他药物组成复方，起到更为良好的治疗效果。它治疗的范围很广，大到肺炎、肾炎、肠炎，小到感冒发烧、喉咙疼痛、无名肿毒等。其功其效，多得难以枚举。

记忆最深刻的是我有个朋友，他腿部长有湿疹，每到夏天都要发作。他曾去过许多医院，找了不少医生，内服外抹的药用了不少，就是断不了根。这湿疹虽不是什么致命的绝症，可非常顽固，奇痒难忍。一痒便要抓挠，其结果常常是皮破血出，苦不堪言。这成了挥之不去的困扰，成了根深蒂固的心病。古语云："贫无达士将金赠，病有高人说药方。"在这位老兄惆怅犯难之际，有位好心人告诉他一个偏方。这偏方很简单，就用新鲜的葎草烧汤，在半热半凉之际，用这汤水洗泡患处。几天下来，好了。多年以来，从不复发。这就叫偏方气死名医。其实世界上任何事物都有其两面性，只要能因势利导，扬长避短，就能为我所用。

遍地春光马兰头

仲春时节，马兰头上市了。

在我们这座古城，每每此刻，在曲折幽深的小巷，总会回荡着农人袅袅的"马——兰头、甜——菜头……"的吆喝声，其声圆润而富有乐感。这是春的讯息，这讯息里透露出春风的暖意，春阳的明媚，蜂飞蝶舞的喧闹。

马兰头是菊科多年生草本植物，它的别名很多，又叫马兰、马莱、马郎头、路边菊等。它具有清热解毒、凉血止血、利湿消肿等诸多功效。如今的蔬菜，个别存在着农药和化肥残留超标问题，这对人们的健康产生了危害。于是，野生野长的，既绿色又环保的马兰头和它的野菜姐妹，备受人们的青睐。

马兰头很好辨认，青叶红茎是其特点。我有个同人是个"菜盲"，居然不认识马兰头，对野菜更是一无所知。我不知道他是怎样观察生活，怎样写文章的。踏青的时候，我教他怎样辨别，让他掐片马兰头的叶子闻闻。他兴奋地发现，马兰头有种特别的清香，这香实在而悠远。

马兰头长得恣意疯野，河滩野地、山坡沟谷、田头地脑，到处都是。它不怕羊踩牛踏，不惧车碾脚踹，不畏风鞭雨打。人为的呵护，培育不出坚强的个性；自然的环境，才能锤炼出不屈的精神。

团结就是力量，团结就是快乐，马兰头肯定深谙个中之道。是故，它从不单生孤长，要长就是一大片，并且是连绵不断的。在空旷的土地，它长得舒舒展展，高高大大，壮壮实实，纯粹像诗歌一般抒情，瀑布一样酣畅。在草丛密集的地方，哪怕只有针尖般的空间，只要落地生根，它便攒足了劲，生长着，拓展着。在街心花园如毡的草坪，我见过大片大片的马兰头，它们从草丛努力钻出，简直是使出浑身的解数，长得是挨挨挤挤。这是一种张扬的生命，比白杨还要值得礼赞的生命。

大凡野菜，用来凉拌的居多，马兰头也不例外。马兰头焯水后切细，再佐以细碎的香干，或是炒熟的瓜子仁，浇上麻酱油，拌匀，那个香！当然马兰头也可用来炒鸡蛋，炒肉丝，用来氽汤，想怎么吃就怎么吃，随意。我有个朋友是真正的美食家，此人肯动脑筋，善于钻研。就马兰头来说，或做主料或当辅料，他能做出几十道菜肴，能办整桌的马兰宴。有的人就是固化教条，吃来吃去，只会凉拌。可见，解放思想，勇于创新，不仅要贯穿于社会实践，更应在生活中闪光。

把马兰头晒干用来烧肉，这是浙江人的专利。浙江人头脑活络，在全国处于领跑的地位。三十多年前，该省就大面积种植马兰头，并把它当作一种新兴的产业。所产的马兰头菜干，不仅供应国内市场，亦大量出口，大举创汇。

我小的时候喜欢唱歌，但有首关于马兰头的歌谣我是不唱的。歌为："马兰头，马兰头，姐姐嫁在后门头。"那时我最不喜欢这首歌，每有人唱，我的心里总有一种酸楚的滋味，就怕姐姐出嫁。家里少个人，你说心里是什么样的感觉？另一首唱马兰头的歌曲（异说非此马兰头，且不管他，只要抒情言志就行），我是偏爱的，且大唱特唱。歌曰："马兰花，马兰花，风吹雨打都不怕，勤劳的人在说话，请你马上就开花。"这歌抒情欢快，也算是个补偿吧。

马兰头确实是开花的，这是科学，也是我观察而得知的，否则它怎么繁衍呢？秋天一到，马兰头便开花了。它的花呈淡紫色，小而低调。现如今，每每看到马兰头开花，总让我想到孟庭苇的一首歌，歌道："羞答答的玫瑰静悄悄地开……"马兰头不羞涩，它也是静悄悄地开，朴实真诚地开。

低调内敛无花果

邻居孔嫂，生来干练热情，走路如风，说话简洁，面带笑容。她总喜欢穿一身运动服，就像英姿飒爽的运动员。

平日闲暇，孔嫂就喜欢养花种草。她们家前后的阳台、客厅，全是花花草草，且四时花开，终年飘香。孔嫂不仅在家养花种草，也在我们楼下的空地，种植了好些花草与果树，最令人称道的是棵无花果树。这树已有十几年的树龄了，超过两人高，长得是枝繁叶茂，生机盎然。

每年春分时节，无花果树便萌发出密密麻麻绿豆样、黄豆般大小的果实。不声不响中，它们慢慢长大了。到了立夏，无花果便成熟了。无花果的果实是次第成熟的，一批批的，一拨拨的，热热闹闹，生生不息。孔嫂种植的无花果，年年岁岁，果实累累，就差把枝条压断。这您可不用担心，孔嫂便找来木棍，捆扎一番，把它给支撑起来。摸摸，摇摇，牢固，结实，放心。

孔嫂所种的无花果，个大、色艳、味甜。果实小的，犹如乒乓球，个大的可比柴鸡蛋。就颜色来说，那果实全都是紫红色的，且色彩均匀，犹如涂抹了胭脂一样，艳丽动人。就口感来说，如果说堪比蜂蜜有点夸张，比蔗糖却毫不逊色。面对这样的果实，您能不动心吗？

每到无花果成熟之际，左邻右舍的人们就来观瞧。美其名曰：看风景。实则人们的心里是痒痒的，嘴里的涎水在翻滚，在搏斗，大家只是心照不宣而已。此时此刻，不用言语，孔嫂总是大度地，大把大把地摘下果实，热情地邀请大家品尝。对待羞羞答答的小姑娘，孔嫂还要把果实塞到人家手中。

对待果实，孔嫂早就颁布过随摘随吃的"民旨"。整个社区可谓家喻户晓，人人皆知。是故，人们可以放心地摘，安心地吃。常见人们今天摘三个，明天采五个，用来尝尝鲜，甜甜嘴，快快心。说实话，自采自摘的人们也挺自爱，贪心的人几乎没有。

由于孔嫂种植的无花果树过于高大，具有了乔木的形态与气势，致使树枝高处的果实，人们无法采摘。大家也不想借助板凳、竹竿、梯子等器具获取，于是就名正言顺地成为鸟儿的美食。您还别说，这些鸟儿也不客气，不请自来，大大方方，从从容容，就像回到自己的家中一样。常见喜鹊、黄莺、斑鸠、麻雀，或独自而来，或结伴而来。它们栖于枝头，边吃边叫，像在感恩，又似赞叹。

无花果树是种极为常见的果树，我们这个小区就有二三十棵。可是同在一个社区，享受的是同样的阳光雨露，相同的果树，缘何有高有矮，果实有大有小，味道有甜有淡？孔嫂所种的无花果树，为何更为出众？这就像是同一所学校同一个班级的学生，分享的是相同的教育资源，但收获不一，成绩不等。记忆回放，得出结论。记得每到冬天，树木休眠之际，孔嫂便到菜市场收集一些鸡鸭鱼虾等动物的废料，足有一大桶的分量。回家后斩斩剁剁，剁成稀碎。其后，孔嫂便在树旁挖个大坑，将这些废物，统统埋入地下，这就是无花果树的美味大餐。无花果树就是靠这些货真价实的有机肥，强壮身体，甜蜜果实的，是故后劲十足。再者，平日里也常见孔嫂给树木锄草、松土、浇水、修枝，给予人文的呵护，确保其阳光健康、舒枝展叶地生长。行文至此，忽然想到朱熹的诗句："问渠那得清如许？为有源头活水来。"孔嫂的所作所为，从广义上讲，也就是给果树注入了源源不断的"源头活水"。推而广之，无论是种树，还是学业，只要不断有"源头活水"的输入，保您能够出众，成功！

荷叶清香满乾坤

前不久的傍晚，下班途中，在闹市的路旁，见个老汉在卖荷叶。这情景好多年没见了，真是好奇。问问吧，老汉说这荷叶五毛钱一片。老汉是莲藕种植户，家里有几十亩的藕塘，将莲藕收获后，便把荷叶拿到城里来出售，一来为人类造福；二来挣些零花钱。这主意不错！

"叔叔，这荷叶有啥用？"有个小姑娘好奇地问我。生活中荷叶的用途还挺广，可入药，可做茶，也可以包裹食品。做美食更是少不了，比如荷叶八宝粥、荷叶冬瓜汤、荷叶粉蒸肉、荷叶叫花鸡……

过去卖熏烧（熟食、卤味）的是用荷叶来包裹食品的，酱园店也用。记得小时候买酱菜，那包装物全是荷叶。用荷叶包裹酱菜，源于何时，没人考证过，应该很久，还是古法吧？通常将整张荷叶一开二，或是一开四，根据客户所购酱菜的多少，选用大小不等的荷叶。用荷叶包裹的酱菜，有种特有的清香，好吃开胃。好多年过去了，于今想来，记忆深处仍有余香。虽是依稀的，遥远的，却是刻骨铭心的。

我的妻子会做荷叶粉蒸肉。将糯米（也有用籼米或粳米的）炒黄炒香，碾碎后放于荷叶之上，再裹上已经入味的五花肉，将其卷成方形或长方形，入锅蒸熟便可。荷叶粉蒸肉那个香哦，其中既有糯米的焦香，也有猪肉的鲜香，更有荷叶的清香。这几种香型融合在一起，真让人香得难以言表。做荷叶粉蒸肉不难，关键要有荷叶，新鲜的荷叶最好，香啊！可新鲜的荷叶城里没有，那咋办？有一年的夏天，我乘着下乡钓鱼的良机，采摘了不少鲜荷叶。那几天，我们家天天吃荷叶粉蒸肉。

我有个朋友堪称是古道热肠，对人所求，竭尽全力。前些年，已是隆冬时节，一个北方的朋友请他找些荷叶。干吗？为孩子治病，这荷叶是做药引子的。治病救人，不能耽误。他跑了好些药店，脱货。那阵子药店很少进荷叶，用途窄，利润小。功夫不负有心人，最后他还是在一家偏僻的药店买到了，然后心急火燎地用快件寄去。

生活中，有些人搞不清荷花香还是荷叶香。我毫不犹豫地告诉他，荷花不香，荷叶香！我有经验。每年的 5 月，或是 10 月，有条件的话，你去荷塘看看。前者荷花未开，后者荷花已谢，此时照例是荷香馥馥。要不你再买盆荷花，掐去花朵，就剩荷叶，闻闻。若再不信，你凑近掐下的花朵，也闻闻。这虽然是做了傻事，但毕竟长了学问，也值。（其实荷花的香味很淡很淡，若有若无的，只有鼻子与花朵零距离接触之际，才有丁点的体会。）

荷叶与荷花还是画家和作家的爱物。若是光有花朵，没有叶子也不行。光秃秃的花朵，单调乏味。论画荷花，王冕画得最好，他更有经验。但凡看过《儒林外史》的人都知道，王冕小时候常在诸暨的七泖湖一带放牛，面对满湖的荷花，朝夕揣摩，烂熟于心，故能画出荷花与荷叶的神韵。

"接天莲叶无穷碧，映日荷花别样红。"这是南宋大诗人杨万里《晓出净慈寺送林子方》中的名句。诗人不偏不颇，对叶与花均做了描绘。这说明花与叶是密不可分的。荷叶与荷花成全了杨万里，也成就了这首名诗。现代作家朱自清对荷叶好像更为偏爱。他在名篇散文《荷塘月色》里，不惜笔墨，极尽铺陈地描绘了荷叶的风致。我想每个读者都深知其详，不再赘述。

常言道："荷花虽好，也要绿叶扶持。"现实生活中"荷花"与"绿叶"互帮互衬的事例很多，难以枚举。就作者与编辑来说，即是一对"荷花"与"绿叶"的关系。

常言道："施惠勿念，受恩莫忘。"对待施惠，不要记在心里；对待受恩，应是常记在心。也就是说，"花朵"应该学会感恩，凡人也要学会感恩。

不屈不挠马齿苋

马齿苋是马齿苋科一年生肉质草本植物。它的别名很多，又叫马齿菜、五行草、地马菜、宝钏菜，民间则喜欢叫长寿菜、长命菜、也有人叫还魂草的。若有农事经历的人都知道，夏秋时节，农人们经常在锄草之际，将马齿苋锄起，扔弃一旁。三五天的时间，有烈日的暴晒，人踩牛踏，若是其他植物，早就呜呼哀哉了，可马齿苋却不声也不响，像冬眠一样。只要有场雨水的召唤，立马便从昏睡中苏醒，抖落一身的委顿与疲惫，照例舒枝展叶。不久根须便再度入土，依旧精神焕发，热情歌唱。是故人们以极大的热情，对马齿苋给予高度的礼赞。

我对马齿苋极为熟悉，儿时，每到夏秋时节，我常去乡村采集。马齿苋通常都是贴地生长的，它的叶片是绿色的，小而厚实；它的茎是紫红色的，有筷子粗细。这般体态，敦实健硕，给人以信赖之感。马齿苋的长势堪称铺铺拉拉，无所顾忌。它毫不在乎他人的指点评说，只是一个劲地奋力向四周拓展着，张扬着与生俱来的野性与激情。

采回的马齿苋，通常焯水后晒干，留着春节蒸包子专用。期待中，孩子们心里是美滋滋的，好像生活充满了希望。一时间连走路都唱着歌，还连跑带颠的。马齿苋最大的特点是吃油，油少了，干巴，刮人，就是刮人肚里的油水。但马齿苋馅的包子，有种特有的清香，是阳光雨露的气息，抑或时光积淀的滋味，总之很难说清楚。但它的回味是悠长的，实在令人难忘。若要马齿苋的包子好吃，在其馅里掺点焯水后剁碎的青菜。青菜新鲜多汁，清香滑嫩，这能起到很好的中和作用，互相衬托，美味更为彰显。若在马齿苋的馅里，再放点猪肉和笋丁，那简直就是神仙的待遇了，别提多美了。

由于童年的那段经历，我对马齿苋颇有好感。现如今，每到菜市场买菜，只要见到马齿苋，我都要买些。马齿苋的吃法很多，可生炒、凉拌，也可煮粥、煲汤，大凡其他野菜的烹制方法，均可借鉴移植。通常我喜欢凉拌，一是简单，二是方便。其实马齿苋无论是哪种吃法，都要焯水，这样才能有效去除原有的酸味与苦味。就凉拌来说，焯水后，可剁碎，也可整条使用。剁碎显得细巧精致，专门招待客人；整条则豪爽大气，自己享用。只要您喜欢，牙口好，怎么吃都行。凉拌马齿苋的调料只需酱油、白糖、味精、香油、蒜泥，当然也可淋点陈醋，也可将蒜泥换成辣酱。若是再来点蚝油，那就更赞了。凉拌马齿苋，清爽细嫩，开胃解腻，它还具有诸多的保健功效。这道看似寻常的菜肴，现如今，在好些高档酒店，很受饱享鸡鸭鱼肉、生猛海鲜食客的欢迎。

说来有趣，前不久，有个朋友向我诉苦，说所采的马齿苋一点都不好吃。所包的饺子，酸溜溜的，水叽叽的，一点野菜的味道也没有，简直不能入口。浪费了油盐不说，还搭上了精力。问其采集的地点，答曰："路边。"嗨！这位老兄真是省事。大凡路边的野菜都不好吃，一是长期汽车尾气的污染；二是全是灰尘（尤其是城乡结合部）。邓丽君曾唱道，"路边的野花，你不要采"。同样，路边的野菜，您也不要采。

八月桂花遍地开

　　中秋时节，我们这座城市的空中，到处充满了清香。它是淡淡的，幽幽的。这香像缥缈的游丝，像天外的乐音，似有似无，若即若离。仔细辨别，噢！这是桂花的气息。不经意间，桂花开了，这真让人高兴。

　　桂花是木樨科常绿灌木或乔木，是集观赏、药用、食用诸多特性为一体的名贵花木。桂花亦叫丹桂、岩桂、九里香。它的品种很多，通常有金桂、银桂、丹桂和四季桂四种。每到中秋时节，百花谢幕，菊花未展，它却"春"意正浓，遍地飘香。它用生命酿造了一个清香的秋天，它用激情演绎了诗意的生活。

　　桂花的树形，姿态优美，修短合度。它不蔓不枝，不疯不野。它不像泡桐，长得散散漫漫，没有节制；也不像法青，过于拘束，少有灵气。桂花的秉性不像牡丹那样高贵，它远离生活，给人一种距离之感；也不像矮牵牛太浓太艳，有失庄重，有失城府。桂花的花朵虽小，却是成簇的，展现着一种激情和力量。它的香型淡雅、随和，浓浓得当，恰到好处。它的香不像广玉兰，平淡如水，难以捕捉；也不像晚饭花，浓烈得发冲，让人发晕。总之，它的香很亲切，很自然，很具生活气息，很具亲和力。

　　其实世间的植物跟人一样，也有其个性，也有其品行与操守。桂花给人的感觉是立足现实、脚踏实地、安守本分、不事张扬，它不做作、不拿大，也不低眉顺眼，卑躬屈膝；它不标榜清高、故作姿态，也不搔首弄姿，迎合世俗。它不用看谁的脸色，听谁的号令，只是按照自己的意愿，自由地、自在地、随分地生活着。它向世人展现着一种独立自主的"树"品和"树"格，这种品格令人敬佩和景仰。

由于历史承传，加之人文因素，我们这座城市遍植桂树。不必说公园、广场，就连工厂、农村、校园、住宅区、路旁都有其蓬勃的身影。它长得一行行的，一排排的，颇成气势，颇成规模。桂花盛开的时节，走在闹市，漫步乡间，徜徉公园，到处都是它清雅的气息。它的香是氤氲弥散的，是扑面而来的。它恬静而不失热烈，优雅而不失奔放。这香令人畅快，令人愉悦，令人思绪飞扬，诗情勃发。

大凡花卉之香，或清或浓，不能两全，唯有桂花清浓俱备。论清则可涤尘，使人如饮香茶，如沐春风一般心胸透明，俗尘全无；论浓则能透远，其香能飘数里，满布人间，使得人人共享，不偏不倚。难怪古今的有识之士，均把桂花推为花中上品，大为褒赞。

桂花的食用价值很广，跟我们的生活很近。它不仅可以用来酿酒、熏茶、提取香水，还可以做出许许多多的美味佳肴，真是美不可言。用桂花做成的桂花糕、桂花粥、桂花藕、桂花汤圆、桂花八宝饭、桂花糖、桂花鸭等美食，老少皆宜，人人喜欢。

俗话说，吃是真功，穿是威风。于吃我还是颇为讲究的。在诸多桂花食品之中，我最偏爱的是桂花酒。此酒味道甜美，香型适口，不仅有舒筋活血之功，还具滋补强身之效。

前些时候，我到江南的一个桂花酒厂参观，还未进门，远远就闻到一股酒香和桂香。这两种香交织在一起，直透人心，把高天厚地都醺醉了。进门一看，那几百只大缸纵横排列，浩浩荡荡，蔚为大观。那缸有半人之高，宽有 1.5 米，一口缸能酿大半吨的酒。这一缸缸甜中带香的桂花酒，酒色嫩黄，黄中还带着淡淡的翠绿，晶莹剔透，真是诱人。

喝桂花酒，就得用碗，才能显出豪气。此酒的后劲虽大，但只要稍稍节制，不会让你推金山，倒玉柱的。古语云：美酒饮教微醉后，好花看到半开时。这是饮酒的一个境界。躬逢盛宴，就在那个酒厂，该厂的朋友极尽地主之谊。那日晚宴，我开怀畅饮，足足喝了七八碗桂花酒。饮后飘飘欲仙，浑身是酒香和花香。时至今日，仍有余香，依稀尚存。

百合花开幸福来

　　我们家有一束盛开的百合，白净庄重，永不凋谢。有人说哪有不败的花朵，说的也是。我们家的百合是绢做的，跟真的一样。妻子喜爱百合，尤爱百合美好的内涵。上班一族不能老买鲜花，再说了也没时间养护，麻烦，干脆就用绢的。意思到了也蛮快乐的，也足以慰情的。同在一个屋檐下生活，时间长了，"爱屋及乌"，我也成了爱花的人。

　　百合是集药用、食用、观赏于一体的多年生草本植物。它的叶子有点像竹叶，它的花朵大而像喇叭，舒展的花瓣像海星。这么大的花朵，花中难有比肩者。它的茎纤细纤细的，如同吸管一般，细得有点文弱，跟硕大的花朵好像不太相称。百合的花有白的、黄的、红的、粉的、橙的、紫的等颜色，尤以白色居多。百合总给人一种恬静优雅的美感，就像一个颇有文化修养、端庄贤淑的大家闺秀。清风过处，它又摇曳盼顾，婀娜多姿，这是它多姿多彩性格的另一面。

　　百合的实用性很广，结婚、做寿、乔迁、联欢、开业、庆典，大凡喜庆欢快的场合都少不了它。百合的花语有顺利、祝福、高贵、心想事成诸多含义，象征着团圆、团结、和睦、幸福、纯洁、顺利、财运发达。人们把百合誉为吉祥之花，幸福之花，美好之花，快乐之花，是故备受大众的欢迎。

生活中喜欢百合的人好像很多。过去我有个同事就喜欢养花，他轮流把一部分盛开的鲜花转移到办公室，供大家欣赏。每到夏季，便一准有两盆百合出现。这两盆百合，一黄一白，大而艳。我从不见他浇水和施肥，只是每天将喝剩下的茶叶水倒在花盆里。这百合也不计得失，照例茁壮生长，激情绽放。由于这百合的存在，常常引得左右的同人前来观赏，不时也引来蜜蜂和蝴蝶的光顾。这让我们的办公室充满了生机和活力，也给大家平添了不少话题，增添了不少乐趣。

我国的百合，以甘肃兰州与江苏宜兴的百合为最。论名气，兰州的百合则更胜一等。兰州百合的特点，一是个头大，二是颜色白，三是产量大，几乎覆盖了全国的市场。我在兰州旅行的时候，到处可见百合，尤其是百合干，哪个商场都有得卖。我曾见一个青海的游客，一次竟买了好多百合干，足有十斤八斤。

百合不仅具有养阴、润肺、止咳、清心安神的功效，还是人们餐桌上的一道美味。百合可荤可素，可做主料，亦可做辅料。当然，可炒，可烧，也可煲汤，几乎适宜所有的烹饪方法，想怎么吃就怎么吃，随意！如今随你到哪个城市，大凡上点档次的酒宴，都少不了百合。这些年，兰州的好些饭店都隆重推出了百合宴，各种新派百合菜肴，多达上百种。其中受人欢迎的有西芹百合、百合鱼片、百合虾仁、百合苦瓜、百合肉丝、百合猪腰、百合金针……通常吃完大餐，人们还意犹未尽。于是再来道甜食，或是蜜饯百合，或是银耳百合，反正甜蜜滋补就行，心满意足就行。

百合还具有极好的润发、养颜的作用。我有个叫杨婶的邻居，虽已五十开外，但头发仍是乌黑，面色红润，就跟四十出头的人一样，她的养生之道就是吃百合。每到秋天，在百合大规模上市的日子，她总要买好多。择净焯水后，再分成若干小袋，冷冻在冰箱里，随吃随取，吃多少取多少，极为方便。十多年来，她每天一小碗百合汤，真正的细水长流。只要是好的养生习惯，都能见效，关键是坚持。

扁豆装点农家院

扁豆很具生活情趣，也是一道风景。每每金秋时节，在农家小院，常见一架架的扁豆花迎风开放。一时间，蜜蜂来了，蝴蝶也来了。立马，农家的生活就有了勃勃的生机和洋洋的喜气。在城里，一些人家也在墙角、花圃随便点上几颗扁豆的种子，它们便沿着栅栏，顺着树木，向上攀缘。漫不经心之际，它便回报你一片惊喜。

扁豆是粗放型管理的植物，它能经风雨，见世面，也不计较土地的贫瘠与肥沃。你把它种在哪儿，它就在哪儿生根。你想起来就浇浇水，施施肥；想不起来，随便。种扁豆不占地方，房前屋后，路旁河边，反正是旮旯的地方，几乎没有人用正经的田地来种植。尤其是在土地大量被征用于建房的时代，城郊的农民更是惜地如命。

扁豆花的气味很淡，平实内敛而不张扬。只有在阳光朗照的中午，它才释放出一点点带有苦涩又像草药的气味，总之很难描摹。扁豆的花有白的和紫的两种，它是成串地、密集地开放。它的形状如同一只只振翅欲飞的蝴蝶，好像保持着高度的警觉，随时要起飞一样。扁豆的花朵是一茬接一茬地开，豆荚也是一茬接一茬地结，你追我赶，唯恐落后似的；也好像生生不息，永无止境一样。看到扁豆的花朵，总让人对生活充满了激情。随你颓唐也好，迷茫也罢，它总会给你启发和力量。

郑板桥有一副对联："一庭春雨瓢儿菜，满架秋风扁豆花。"这描绘的是农家的风情。有个名家解释说，这是尚且温饱寒士之家的况味。我以为不准确，这其实是千千万万艰苦朴素、勤俭持家老百姓的具体写照。现如今，在乡村，一些广有家产的人家，也在墙角、篱边点几颗扁豆。这是一种生活态度与习惯，也是一道农家风景。至于普通农民更是如此，农人们千方百计地从土里刨金，从不占地方的扁豆能不种吗？！老话说："一分二分攒了结婚，一角二角攒了上学。"农人们的钱来之不易，是留给孩子的。这是再穷不穷教育，再苦不苦孩子的具体表现，也是伟大的父爱与母爱的最好体现。

扁豆可以做出许多好吃的菜肴，最令人称道的当数扁豆干烧肉了。秋末时节，挑选个大、粒满、肉厚的扁豆，撕去筋，洗净，焯水，晒干便成。扁豆出干率很低，一斤的扁豆，大概能出三两的干货。过去我们办公楼旁有个报亭，卖报的老人住在乡村，家前有片广阔的河滩野地，他便种了好些扁豆。每年的秋收时节，他边卖报刊边卖扁豆。一个深秋的傍晚，眼看暴风雨来临，他还有好多扁豆没有出手，出于帮忙，我一下包了圆。称称，足足十八斤，满满的一大包。实际上那么多的扁豆，只出了五斤多点的干货。用扁豆干烧肉，尤其在大雪纷飞的隆冬，真是一道令人赞叹的美味。扁豆干本来就"吃"油，这样一来，猪肉不油腻了，扁豆也好吃了。加之扁豆干有股特别的味道，是阳光、是风霜的气息，总之好吃得难以言状。试想腊肉、笋干、咸鱼的味道，谁能一一说清，又能细细道明。那个冬天，我的女儿过足了扁豆干烧肉的瘾，吃得是眉开眼笑，连连叫好。

扁豆不仅能装点生活，也很入画。很多画家就喜欢画扁豆，徐文长就是一位。他画的扁豆水墨淋漓，浑然天成。如今的画家喜欢画扁豆的也不在少数。齐白石就画了多幅扁豆的画，不仅有立轴，也有扇面，还有斗方。他画的豆荚是紫色的，还有点朱磦的余味，洋溢着一派生命的激情。其中有幅画的右上方，画了两只飞舞的蜜蜂；还有一幅画的左下方，配了一只纺织娘。小动物一点缀，画面立马就有了生气与活力，真叫人喜欢得"爱不释眼"。

我有个朋友，专攻花鸟，也喜欢画扁豆。他住在我们这座古城的老城区，庭院长了一架密密匝匝的扁豆。此人是朝夕揣摩，跟陈老莲观察牵牛花一样，执着而痴迷。世上没有两片相同的树叶，也没有两颗相同的扁豆，愿他大胆地站在前人的肩上，别具匠心，独树一帜。

好一朵茉莉花

赤日炎炎，汗水涔涔的夏日，在家中放置一盆茉莉花，顿时一股清雅的幽香填满了空间；同时一丝丝的凉意，淡淡而生。顷刻之间，使你备受暑热煎熬而烦躁不安的身心，得到了几多慰藉。对待茉莉花，南宋诗人刘克庄有诗赞曰："一卉能熏一室香，炎天犹觉玉肌凉。"对于茉莉花这种香型和凉意，我是偏爱并有深刻体会的。长期以来，每年的盛夏，总有一盆枝繁叶茂、芳香袭人的茉莉花，伴我度过这漫长的苦夏。

说到茉莉花，我自有一番别样的情结。我的父亲是爱花的人，早年间，我们家房前屋后的空地，父亲全都种满了各色花卉。这些花草随着四季的变化，推陈出新，繁花似锦。父亲好像特别喜爱茉莉花，每到夏日，茉莉花就唱主角。盛夏时节，父亲还常常把长于室外的茉莉花移植于盆内，每个房间放置一盆。记忆最深的是夏日梦醒时分，清爽的晨风送来阵阵茉莉花的清香。这香满屋飘荡，"绕梁三匝"，使人的五脏六腑乃至每根神经，都被熏染得清香透彻。

其实夏日天亮得早，虽说早已醒来，但为了享受这满屋弥漫的花香，我仍然躺在床上，一面慢慢体验，一面浮想联翩。此时此刻，总让人产生一种不食人间烟火的念头，总有点轻盈的飘举之感。

在我们江苏，有首家喻户晓、传唱不衰的民歌，歌名就叫《茉莉花》。其歌极尽铺陈夸张之能事，从香、色、形对茉莉花大赞特赞。歌中唱曰："好一朵茉莉花，好一朵茉莉花，满园花草，香也香不过它……好一朵茉莉花，好一朵茉莉花，茉莉花开，雪也白不过它……好一朵茉莉花，好一朵茉莉花，满园花开，比也比不过它……"其歌源于劳动，源于生活，是诗化的生活，美化的生活。其歌是清丽的，舒缓的，又具有强烈的地域特色。是故，易学易唱，流传甚广。

在我小的时候，这首歌便回响在我的耳际，植根于我的脑海。在乡村，农人们运锄除草时唱，打谷扬场时也唱；在城里，市民们提篮买菜时唱，洗衣做饭时也唱。这种唱是属于哼唱的性质，虽是随意的，随口的，却是发于心田的。这是对故乡的热爱，对生活眷恋的一种表现。早年间，仅有的有声媒体——广播，亦时时播放这歌，为其流传推波助澜。在我故乡的各种文艺演出中，这歌必定有其一席之地。它不是压轴，而出现在高潮的一幕。

在我们江苏，大概没人不会哼唱这首歌曲。在中国，乃至世界范围内，只要是华人，大概没人没听过这首歌曲。在我国，这歌曲还被许多文艺演出团体列为经典保留节目，并不时在各个级别、各个范围的文艺演出中激情演绎。据悉，许多国外文艺演出团体，也竞相演奏、翻唱这首民歌。这足以说明，越具民族特性，越具地域特色，越具生活气息的作品，便越被世界认可，越被大众认同。

记得我在黄土高原军校求学的岁月，记得我在云贵高原从军的年代，每每听到这充满乡音乡情的民歌，我的思绪即刻跨越万水千山，飞到故乡温暖的怀抱。此时此刻，是对故乡一草一木的思念，是对亲朋师长的思念，同时也交织着对故乡养育之恩的感激之情。这思念是亲切的，美好的，温馨的，同时也融入了一股淡淡的感伤。我时常在不知不觉之中，泪水沿着脸颊不住滚落。

人们常说，失去的东西才可贵，这当然是指美好的事物。人们只有远离故乡，才会产生思乡的情结。地域距离越远，时间跨度越长，这种思乡情结便越发强烈，越发持久。那些为生计奔波，长期在外漂泊的人们，只要听到这乡音乡歌，总是心潮起伏，思绪万千。至于那些漂洋过海，一别故乡就是几十年，甚至终生再难回乡圆梦的华侨，更是心潮汹涌，思绪翻腾，乃至泪流满面。

过去关于《茉莉花》这首歌的归属，一直争论不休，真是众说纷纭，莫衷一是。前些年，音乐与民俗等方面专家学者联合考证，其歌源于我的故乡——扬州。该歌2003年被有关部门核准为扬州的市歌。我为故乡拥有其歌而自豪，我为故乡人民在劳动中创作了这首极富生命力的民歌而骄傲。

今年的盛夏如期而至，我仍在我的居室放置一盆枝繁叶茂、芳香袭人的茉莉花，让它继续营造一种清凉而又幽香的氛围，让它继续营造一种往日淡淡的思乡情绪。

激情四射晚饭花

晚饭花一开，便展现出非凡的气势。它的枝叶是繁密铺展、纵情挥洒的。它极度张扬着蓬勃的、阳刚的生命激情。它的花朵是成簇成片的，如彩如霞，如燎原之火，真是惊世骇俗、蔚为大观。

晚饭花是最能成气候、成大事的花。要长便是一大片，用大气磅礴、波澜壮阔来形容，毫不为过。看到晚饭花，总让人想到风起浪涌的大海，想到跌宕起伏的山峦，想到一泻千里的长江，想到足球场万众的狂呼呐喊。它总让人热血沸腾、思绪飞扬，总让人人声鼎沸、激情澎湃。

晚饭花的生命力极度旺盛顽强，它的意志极度执着坚定。它不择土地的贫与肥，不择地势的高与低，不择地域的大与小，只要有泥土的存在，它便快捷地生长，恣意地繁衍。于是，在深巷的墙脚，可看到它蓬勃的身影；在小区的空地，可看到它灿烂的笑容；在都市的公园，可看到它别样的风姿；在河滩的野地，可看到它酣畅的抒情。

晚饭花还有许多好听的别名，如紫茉莉、草茉莉、胭脂花、夜娇花等。这说明爱它的人很多，人们分别从不同的角度、不同的层面来给它命名。就其花的色彩来说，有红的、紫的、白的、黄的、粉的五种。它的色彩很纯，很浓，大有遍染人间的气势。

在生长过程中，它的色彩虽会串色，但无论色彩怎样变化，它蓬勃洒脱的初衷是不改的，它热情洋溢的个性是永恒的。

晚饭花长得枝繁叶茂、繁花似锦，这完全得益于躯干的依托。它的枝干，跟鸡腿的骨骼一样，一节一节的。各节相交之处，还带着箍，起到加固的作用。就其主干来说，至少跟拇指一样粗细。这样的身板跟铁打钢铸的一样，总给人一种踏实之感和信任之感。

我们这一带，每到夏秋时节，常受台风的影响。台风一来，携着暴雨，所到之处，摧枯拉朽。一时间，好些树木被连根拔了，好些花草被齐腰断了。风后雨后，到处一片狼藉，惨不忍睹。可晚饭花跟没事一样，就当练了一回拳脚。

晚饭花的花香，浓烈而持久，花中能与其媲美的，几乎没有。它的香简直浓烈得发冲，冲得让你发晕。这香就像酒中的二锅头，来得直接热烈，令人如痴如醉，如梦如幻；令人想入非非，幻想连连。它的香虽冲，却不俗气。这香让人想到国内外许多著名品牌的香水，这些香水的香型很优雅，很有品位。我敢断言，这些香水之中，肯定有晚饭花的成分，至少是借鉴了它的香型。

谈及对晚饭花的感觉，我有个写诗的朋友，曾有精辟而独到的论述：面对晚饭花，正如一个男子面对一位风情万种、热情奔放的女子。你可以像柳下惠一样做到坐怀不乱，但你的心肯定是乱的，且如乱麻一般。这就是它的魅力和魔力所在。

晚饭花的花期很长，从6月一直持续到12月。这种历经夏、秋、冬，时涉三个季节的花朵，花中少有。号称百日红的紫薇，论花期，其实也只有三个月。即便以百日来论，也实难与其媲美。12月已属仲冬时节，在我们这儿已经下雪了，但它仍然执着地开放着，将生命的激情再次壮观地、如火如荼地演绎着。晚饭花用实际行动，抒写了壮观热烈而又绚丽多彩的生命礼赞。

冬日修枝如剪裁

初冬午后的街头一下子热闹了起来，来了许多绿化队的师傅们。他们扛着竹梯，提着油锯、手锯，拿着砍刀，一路走来；他们步履铿锵，意气风发，就像古代出征的将士。转眼间，他们统统属猴了，身手敏捷地爬到高高的树上，在给树木修枝。

我们这一带市区的行道树，均是清一色的法国梧桐，它们长得高大伟岸，枝繁叶茂。年年岁岁，它们用连绵的浓荫，打造了一个个清凉的盛夏，营造了一个个人文关爱的氛围。现如今，它们已脱下厚厚的"夏装"，路旁满是它们不时扔下的片片黄叶。它们要谢幕了，要深情告别了；它们也累了，理该休眠了，要做一个又香又甜的长梦。

新来乍到的初冬，并不寒冷，灿烂的阳光把人们的身心照得暖洋洋的，也把人们的脸膛晒得红彤彤的，跟微醺一样。您再观瞧，工人师傅们使用着油锯、手锯，麻利地修剪着树枝。随着锯条飞快地运转，阵阵木屑如细雨、如白雪般飘落。霎时，股股树木的清香在飘荡，并且是沁人心脾地飘荡。这气味比任何品牌的香水、润肤霜的香味还要芳香，还要动人，因为它是有温度的，有生命的，有思想的。这气息让人想到很多，很远……

有个孩子捅捅我，问："叔叔，树木会疼吗？"这话叫人怎么回答？！人类在儿时都是伟大的诗人！一时间，一群放学的孩子们被这火热的劳动场景所吸引，他们纷纷围拢过来观看工人师傅做"功课"，这也许会给他们许多启发与联想。

其实，树木跟人一样，也会生病，也会衰老，也会闹情绪。另外，树木有时还会"出格"，过度任性，把枝条肆无忌惮地伸向路灯和电线，甚者把枝条挑逗似的捅进沿街人家的窗户，这通通也都在修剪的范围。修枝是治病，是淘汰；有时也在重申一种铁的纪律。

我喜欢看人修枝，人们心情愉悦，有说有笑的。这是一项愉快的劳动，诗意的劳动。工人师傅们像设计师，在剪裁；像画家，在取舍；更像人事经理，在量才录用。

腊梅香飘冰雪中

立冬，腊梅打朵了，在灰色的枝条上，拱出无数的小点点，如米粒大小。它跟树枝一样的颜色，完全是写意的性质。它悄悄告诉人们：我萌动了。

小雪，腊梅的骨朵渐大，宛如一粒粒的绿豆，遍布枝条。它长得坚硬实在，在满树黄叶的遮掩下，若不经意，很难见其真容。

腊梅是先开花，后长叶的。这叶是头年春天花谢之后，萌发生长的。此刻它虽未凋谢，但已有凋零的意味，仍然表现出依依不舍的情感。此时腊梅的心中，肯定涌动着一片激情，充满了一派春光。

大雪，腊梅的骨朵膨胀到极致，好像一粒粒的黄豆，饱满充实。此刻的黄叶，已纷纷飘落，像传单一样翻飞，颇有一种悲壮的情调。它毫无保留地把空间全部腾给花们。此刻的腊梅跃跃欲试，已经做好闪亮登场的准备，它要把美丽和芳香带给人间。

此时此刻，个别性急的腊梅，已率先绽放。整棵树木虽只有三朵五朵，零零星星的，但它毕竟打破了沉寂，打破了冬季以来的缄默。就这三三五五的花朵，高高地立于枝头，在寒风中洋溢着欢笑。

在一片空旷的草地，竟有一树的腊梅，个性张扬，激情怒放。真是奇怪，它左邻右舍的同伴，还在期待，还在酝酿，它怎么率先开放，而且开得那样灿烂，那样抒情，那样酣畅。真让人不可理解。如果说向阳花木易为春，可周围的同伴，与它分享的是相同的光照啊。我想它的脚下或许有一眼温泉，在给它输入不尽的热能和动力，抑或是另有原委。我观察腊梅好多年，此类现象还从未见过，真让人有点匪夷所思。世间的物事，有时就是这样，让人难以理解，难以捉摸。

冬至，真正的冬天到来了。我们江南已先后下了三场雪，腊梅苏醒，已渐次开放。是雪唤醒、催生了腊梅，还是腊梅踏着节令的韵律开放的？我想它肯定是按照自己的步调，自己的节奏开放的。它不急不躁，有秩序，成梯队状地开放。

此时的街头、路旁，常见一些卖花人，花中必有三五盆绽放的腊梅，很是抢眼。那是注入了人工特别的关爱和呵护，花朵也解人心，也知回报。

小寒，腊梅的队伍和阵地正在扩大。我采摘了几支腊梅，置于瓶中。每天傍晚下班回家，一开房门，顿时，一阵幽幽的香气扑鼻而来，沁人心脾。它给我许多的慰藉，许多的抚爱。一天的劳累，顷刻之间也就烟消云散。夜晚看着这一束腊梅，一点睡意也没有，眼如灯般烁亮。就这一瓶的腊梅，它能静静地开放两个月的时间。这是多么惬意，多么美好。

在这样如诗般抒情，如乐般舒缓的夜晚，再泡杯好茶，放入两三朵腊梅的花朵，那股清香直上脑际。什么叫神清气爽，什么叫清气上升，这茶营造的感受，便是实实在在，真真切切的。

多年以来，我喜欢用鲜花泡茶。神农曾尝百草，我不敢说尝百花，至少已品尝过几十种鲜花。对各种鲜花的香型和口感，有了感性和理性的认识。牡丹入茶，味道太淡，且花瓣一着开水，立马就黑，就像一个粉雕玉砌的美人，顷刻之间，被糟蹋成黑脸的八怪，无异于无盐、嫫母，真让人于心不忍。菊花入茶，香气太冲。桂花入茶，即便大把地放入，其味也淡得若有若无。实践下来，也只有腊梅入茶，只需三朵两朵便足矣。其色任你怎样冲泡，初衷不改，真是赏心悦目。其香由浓渐淡，回味无穷。

大寒，这是一年之中最冷的时节，也是人气最旺的时节。再有十天半月，人们期盼的春节就要到来了。此时人们都忙于采办年货，大街上、商店里，到处人潮涌动，一派喧腾的景象。人们大包小包，手提车驮的都是各样的年货。人流车潮中不乏一些爱美的人士，他们捧着各样应时应节的鲜花，其中必有腊梅。此时的街头，卖花者越来越多，颇成气候，腊梅也就理直气壮地成为主角。

腊梅虽不是梅花，但其实人们把它俩列为同等的地位。不知何故，现实中的梅花很少，几乎是腊梅的天下。其实腊梅和梅花是有区别的，腊梅属腊梅科，梅花则属蔷薇科。腊梅有好些别称，如黄梅、蜡梅等。一来此花色黄，故叫黄梅；二来其花质地如同蜂蜡，又如人工捻蜡而成，又称蜡梅；三来，腊梅与梅花有好些相似之处，又在腊月开放，亦称腊梅。对腊梅古人赞曰："二十四番花信转，春魁还自让君先。"它总是抢先梅花一步，便把浓浓的春意送到人间。就腊梅的色、姿、香来说，远远超过百花，其香也远远超过梅花。就其整个花期来说，通常长达三个月。就单朵花而论，花期也长达 20—25 天。

在自然怀抱中的腊梅，此时此刻也展现出非凡的抗寒能力。民谚曰："雨雪年年有，不在三九在四九。"今年的雨雪真多也真大，大寒最为集中。纷纷扬扬的鹅毛大雪，一下就是一天一夜，到处是一派银装素裹，如琼如玉的景观。此时此刻，踏雪寻梅，真是一件赏心乐事。

我是个自由的人，虽爱热闹，但更喜独处。腊梅开放的时节，我常去公园，或去野外，随心地走，随意地看，或观赏腊梅的俊逸神韵，或嗅其冷蕊飘香。其实观赏腊梅与梅花一样，也讲究四贵：贵老不贵嫩，贵瘦不贵肥，贵稀不贵繁，贵含不贵开。观赏之际，每每忘情，或低声吟咏，或放声舒啸，亦可漫无边际地遐想，或有或无地领悟，真是自在悠闲，就觉得自己是个超脱的人，超脱得没有一点凡尘俗念。古语云："路逢宽处心也宽，境到仙时骨也仙。"这就是环境对人心态的左右与影响。

说到腊梅，有两个地方必须提及，一是河南的鄢陵，一是湖北的神农架。这两处都是观赏腊梅的绝好去处，一是规模之宏；二是数量之大；三是品种之多，难有与其匹敌者。鄢陵的腊梅，有冠绝天下之美誉。河南我去过不少地方，就鄢陵没去过，甚是可惜。好的是神农架，我倒是去过的，弥补了一个遗憾。

前些年，我去二汽的一个汽车试验场采访，利用顺道之便，便去观赏腊梅。到了神农架的腹地，那漫山遍野的野生腊梅，漫漫无际。随着地势的变化，或酣畅铺陈，一望无际；或跌宕起伏，纵情挥洒。置身其中，眼之所视，鼻子所嗅，全是腊梅。顷刻之间，让你的心都醉了，人都飘了。这种感觉就像"低音炮"带来的震撼，又像旱苗逢甘霖般地酣畅。反正这种感觉，文字很难说得清楚。孔子闻《韶》，三月不知肉味；人闻腊梅，三月也不知肉味。孔子的闻，是听《韶》乐；我这闻，是嗅腊梅之香。虽说欣赏的对象不同，其实美的感受，美的震撼，都是一样的。

我有个搞哲学的朋友，曾有高论云：赏竹者，多耿介之气；赏兰者，多清雅之气；赏牡丹者，多富贵之气；赏腊梅者，多超脱之气。凡有所爱，凡有所赏，皆有所得。他这观点，我颇为激赏。

　　立春，腊梅全都开放了，它是那样壮观热烈，激情四射。春天肯定是它呼唤来的，招邀来的。此时此刻，到处是一派春光，一派喜气。在这个春天，迎春花开了，连翘也开了；桃花开了，梨花也开了；贴梗海棠开了，樱花也开了；玉兰开了，玫瑰也开了……

　　春来了，多么美好，蝴蝶飞舞，蜜蜂歌唱，这让人想起小约翰·施特劳斯的《春之声圆舞曲》。这是多么欢快，多么美好。春来了，世间的万物，都用绚丽的色彩，勃发的激情，"演奏"着一曲曲雄浑壮观、生生不息的《春之声圆舞曲》。

清香袅袅碧螺春

我是爱茶的人。茶可消食，茶可解乏，茶可清心，茶可益思，茶的好处多得难以枚举。我喜欢茶的淡雅清香，尤其是它营造的清雅氛围和它造就的闲适和愉悦的情调。

我喝茶的历史，毫不夸张地讲，足有三十年，这在于环境的熏陶，其一，我从小就好茶，加之长期实践，渐入佳境；其二，我的游历较广，每到一处总要品茶、买茶；其三，亲朋知我爱茶，不时有人馈赠。

我的茶性还是较广较强的，这可推广到对生活的认识与理解。对好的物事，我从不排斥，总是满怀激情、舒张双臂的。以茶而论，我欣赏西湖的龙井、黄山的毛峰，也喜欢云南的普洱茶、福建的铁观音。在林林总总、形形色色的茶中，我最常喝、最爱喝的是碧螺春。

品评碧螺春真是一种享受。水注入茶杯，立马一股清香袅袅升起，在空中氤氲弥散。再看杯中，顷刻是白云翻滚，雪花飞舞。茶在杯中升腾起伏，变幻多姿，它用多姿多彩的舞蹈，描绘了一幅清香碧绿的生活画卷。品上一口，满是清香。这香是淡淡的，清雅的，淡雅得没有一点俗尘，但它决不淡薄，更不寡淡。这其中还有丝丝的甜，这甜也是淡淡的，似无似有，若即若离。这是种意会，是点到为止。这茶中还有些许花果清香的气息，也有太湖清澈的水汽，亦有山岭缥缈的云气。这种感觉美妙得难以言状。

碧螺春是我国名茶中的珍品，早已享誉中外。该茶产于苏州太湖的洞庭东、西两山，以形美、色艳、香浓、味醇备受茶客的青睐和盛赞。其特点是：条索紧结，卷曲成螺，白毫显露，银绿隐翠，叶芽幼嫩，鲜爽生津。当地茶农则形象地描述为：铜丝条，螺旋形，浑身毛，茶果味。

烟波浩渺的太湖是我国第三大淡水湖，号称"三万六千顷，周围八百里"。这东、西两山的总面积共有一百五十多平方公里。此地气候温和，云雾缭绕，加之土质疏松，土壤酸性，极利于茶树的生长。此地亦是我国著名的茶果间作区。茶树与桃、李、杏、梅、柿、橘、白果、石榴、枇杷等果树交错种植，使得树枝相连，根脉相通。花香和果香熏陶着茶树，使其具有花香和果味的天然品质。这是他处茶区难以企及，难以比拟的。

为加强对碧螺春的感性认识，前些年我曾专程到原产地去采风。我去的时候，正值梅花盛开的时节，那漫山遍野、无边无际的白色梅花，给人视觉的冲击，就像刚下了一场瑞雪，铺天盖地，一片洁白；就像刚扯下漫天的白云，漫山遍野，飞琼舞玉。这是一种空前的美，令人震撼的美，美得让人不知所措，失去言辞。那些茶树静静地生长着，默默地饱享着梅花的熏陶，美美地享受着梅花的呵护。春分时节的茶树，生机勃发，绿意正酣，它正孕育着一片碧绿，一派清香。

那次采风，我登山岭，走茶园，串农庄，访茶农，加深了对碧螺春的认识与了解，也结识了一些茶农和茶友。我有个叫阿耕的朋友，是个纯朴善良的茶农。他精瘦高大，面色黝黑，整天像耕牛一样勤劳。阿耕种茶，采茶，也卖茶。他知我爱茶，尤爱碧螺春，每年总要寄茶给我。他说现在外面假茶太多，假的碧螺春更多，他怕我上当。

　　如今，每当我喝起碧螺春，我的眼前便浮现出阿耕那张黝黑的面庞，我为自己有阿耕这样淳朴善良的朋友而高兴。这一杯杯货真价实的碧螺春真是清香，一直香到我的心里。

纤细柳条做柳编

我的父亲属于心灵手巧、勤俭持家的那类劳动者，他虽不是瓦匠、木匠、篾匠，却会起房造屋、打制家具、编筐织篓。论做的活计，有板有眼，像模像样，跟专业工匠相比，毫不逊色。

我的故乡盛产柳树。城里城外，运河边，长江岸，河旁渠畔，荒岗野地，到处都是杨柳。我小的时候，就喜欢一个人坐在河堤上看杨柳。大片的柳树经风一吹，跟浮动的绿雾一样。人的心马上就飘动起来，是轻飘飘的，朦朦胧胧的，有点诗的感觉，它令我产生许许多多的幻想。

我的父亲会因地制宜，利用柳条编织许多生活器具，如篮子、匾子、巴斗、鱼篓、猫叹气等。我小的时候，我们家这类生活器具，不仅不用买，有时还多得要送人。

那时，每到冬末春初时节，父亲总要手持镰刀，沿着河沟四处走动，寻找柳条。河边到处都是成行成片的柳树，尽是野生的，也没人管。遇到合适的，随手割下，这当然选择匀称的，长点的。匀称的，编织的器具，整齐划一，看了舒服，漂亮；长点的，编织时留有余量，不然到处都是接头，难看，不雅。俗语云：长木匠，短铁匠。这是职业的特点，需要。编筐织篓，也要长。

待积攒了一大堆柳条，便将其分成小捆，用绳子扎起，扔在河中浸泡。泡的目的，是将树皮沤烂，另外使柳条增强韧性。这样加工时，弯呀折呀，不易断。就这样，这些柳条要在水中舒舒服服地躺上半年。到了秋天，把它们捞起，阴干。俟干，将柳条的皮剥去。此刻的柳皮特别易剥，已经泡腐了，轻轻一捋就撕了下来。其后，再用镰刀或小刀将柳条上的疤疤节节，疙疙瘩瘩，修平修光。一根根光洁修长、白白净净的柳条躺在地上，既整齐又美观，让人产生许多美好的联想。此刻的柳条，散发着一股特有的清香，这香撩动着人，令人对生活充满了热情与渴望。

其后的日子，父亲便利用工余闲暇，通常是晚饭前后的时间进行编织。总见他系个大大的围裙，把起好头的篮子放在腿上编织。只见一根根的柳条，有序地穿插，归位。看他神态动作，有条不紊，不急不躁。编筐织篓，全在收口。收口时，他将柳条的头，全都掖在篮子圆口里面的下方，不仔细看，还看不出来。就外表来看，是光溜溜的，滑顺顺的，真是漂亮悦目。

柳条编的篮子结实，不怕磕碰摔损，坏了也不心疼。那时我们家的篮子，大大小小，足有十个八个，真像景德镇的瓷器——一套套的。篮子多了，就可以分门别类派上用场。这其中有买菜用的，有洗菜用的，有存放食品的，有用来放置衣服、到河边洗汰用的。那时人们的生活虽不富有，可篮子一多，总给人一种家业兴旺的感觉。

用柳条编织猫叹气，挺别致，也挺费事的。什么叫猫叹气？它的形状跟篮子一样，只是收口时往中央多收点，只留海碗大的一个口；再用柳条编个盖，盖子一盖，严严实实的。这种生活器具，就叫猫叹气。用柳条编的猫叹气，较竹篾编的缝隙更大，易通风，存放食物不易坏。往猫叹气里存放食物，即便是鱼虾，往家中或是檐口一挂，猫够不着，即便够着，也掀不开盖。没辙，只有叹气的份儿。

我少年时代，正值"文革"时期。那时工厂停产，学校停课，整个社会忙于"革命"。一时没事可干，于是便约邻居家的孩子，三三五五结伴去钓鱼。为便于存放战利品，父亲特意为我编了个鱼篓。那鱼篓不大，小小巧巧的，与我的身材、年龄正般配。背在身上，假模假样，有股少年渔夫的感觉。就这个鱼篓，常常惹得小伙伴心热眼馋，个个抢着背，轮番过瘾。

那时垂钓者，有鱼篓鱼盆的很少。钓到鱼，随手折根柳条，从鱼鳃经嘴，一穿完事。多的时候，一根柳条上能穿几条鱼，这就是水乡的一个特色。不过这样穿鱼，虽方便，但无异给鱼上刑，鱼易死。鱼篓存鱼，除了上路，其余时间均养在水中，回到家里，这些鱼还欢蹦乱跳的。

就我这鱼篓，足足能装三四斤鱼。由于我的钓技不佳及贪玩，从未装满过，但大半篓还是常有的。父亲喝着酒，就着我钓的鱼，美美地咂着嘴，撂出一句话："这小子还有点出息。"

俗话说，从小看老，这话不假。如今我虽已年逾不惑，但父亲的这句话也是对我人生的大致写照。

慈姑抒情在水田

我从小就喜欢吃慈姑，早年间，我们家所吃的慈姑都是父亲种的。我们虽住在城里，但那时节，正值国家经济困难时期，左邻右舍都忙于小开荒，种些蔬菜瓜果，用来改善生活，我家也不例外。

慈姑是水田或是半水田作物。我们家所种慈姑的田地，是父亲一锹锹挖出来的。待冬天河水退去，也就是"山寒水瘦，水落石出"的时节，父亲便将河底的淤泥，一锹锹地往上挖，在岸边垫高，成为一块平整的土地。这地有七八张单人床的面积。河底的污泥很肥，全是经年累月的落叶、枯草和死去的小鱼小虾的混合物。这河泥漆黑漆黑的，比北大荒的土地还要肥。

翌年的暮春时节，河水渐涨，父亲便开始种慈姑了。把慈姑的"嘴"（嫩芽），一个个插在这松软、肥沃的地里。每个慈姑"嘴"的间距，横竖都是一拃。这些"嘴"齐刷刷地，精神抖擞地站在地里。没过多久，它们便长出了新苗，水田里一片绿意，这让人对生活充满了希望。

到了夏天，慈姑的叶子逐渐长大了，是碧绿碧绿的，一片野趣，洋溢着勃勃的生机。它的叶子略呈长三角形，尾部是开叉的。有人说慈姑的叶子像兵器戟的形状，我觉得更像箭镞，张扬着冷兵器时代的一股英武之气。夏秋时节，慈姑会开出白色的花来。这花很白，洁白无瑕，跟我们扬州的琼花一样。

盼望着，盼望着，地里的慈姑悄然长大了。到了冬天，河水退了，慈姑的收获季节也到了。采收慈姑一般要到立冬以后，慈姑采收早了，苦！人们常说，心急吃不了热豆腐，同样，吃慈姑也不能心急。大凡动植物，若不顺应天时，或是没长成熟，味道总是差点。现如今反季节的大棚蔬菜，就不如在自然环境中生长的好吃，这是不争的事实。

生活中爱吃慈姑的人很多，在诸多慈姑菜肴之中，最受人们欢迎的当数慈姑烧肉。我的父亲烧这道菜最拿手。做这道菜看似简单，实则是有诀窍的。其一，慈姑要小，小了才粉。红枣大小的慈姑最好，也不用改刀。有的慈姑能长成乒乓球、草鸡蛋大小，这么大的慈姑有点"呆"，还要改刀，麻烦。另外，慈姑大了水分也多，水叽叽的，也不粉，那只能炒着吃。其二，猪肉最好是五花肉，肥瘦相宜，既不肥得腻人，也不瘦得塞牙；还要带皮，没有皮的肉不香，卤汁寡淡，也不起粘。其三，所用的烹调器皿，以砂锅为好。急火烧开后，改用文火慢慢地焖。慈姑烧肉虽是油汪汪的，但一点也不腻人。就慈姑来说，它不仅有糖炒栗子的粉，有五香蚕豆的面，还兼有肉的香。在慈姑收获的时节，我们家不知要吃多少回慈姑烧肉。多少年下来，还从来没吃厌过。

我小的时候最喜欢烤慈姑吃。偷偷地拿几个慈姑，往蜂窝煤的煤炉上一放，就睁大眼睛看着。期待之时，见它袅袅地冒出热气，霎时慈姑的清香便洋溢了出来，从厨房一直往外飘荡。这香非常诱人，馋得邻居家的孩子们都挂着口水，顺着香味找过来。烤慈姑火不能大，火大了慈姑容易煳，再者还要不停地给它翻身调个，搞得手忙脚乱，不亦乐乎。烤慈姑金黄，喷香，一直香到你的骨头里。

慈姑主要生长在南方一带，北方较少，北方的慈姑大都是南方运过去的。那年，我有个战友从遥远的哈尔滨来看我，我们一别二十多年未曾晤面。其时正是慈姑大举上市的时节，我特意做了几道慈姑的菜肴，其中有排骨焖慈姑、五花肉烧慈姑、青蒜炒慈姑片、鲫鱼慈姑汤。我的厨艺把他给震住了。

说来奇怪，思乡的人常要联想到故乡的食物。我的岳母是江南人，年少之时，她响应国家的号召，和广大的热血青年一道，怀揣着建设西部、建功立业的远大理想，意气风发地奔赴西部。这一去就是几十年，并在那里安了家，扎了根。有一年她老想着故乡，也总想着慈姑，正好我有个朋友要开车到甘肃的玉门去，恰巧要路过她那儿。于是，一不做，二不休，我请这位朋友整整捎去一蛇皮袋的慈姑，足有十公斤。看到这些慈姑，你猜我的岳母怎么着？眉开眼笑！

慈姑虽是蔬菜，但亦可作为河边塘旁的装饰植物。光秃秃的河沿，经慈姑的点缀，正好为水中的浮萍、大漂、菱角、睡莲，岸边的菖蒲、鸢尾、香蒲、芦苇，岸上的连翘、迎春、桃树、柳树起到一个过渡的作用，不至于突兀。写诗作文讲究起承转合，这慈姑正好起到了一个承上启下的作用。我们这儿好些公园的河塘就长有慈姑，上海和昆明世博园漫漫的水边，也生长着好些慈姑。它们或疏或密，漫漫散散的，洋溢着十足的野趣，张扬着勃发的激情。

激情真唱赞蝈蝈

民谚曰："夏天到，蝈蝈叫。"夏天一到，卖蝈蝈的便一准出现了。我们这一带常来的就那几个商贩，都是河北保定的。他们推辆自行车，车后架上全是串起扎起的蝈蝈笼子，足有两三百个。那些蝈蝈在使劲地叫，使劲地唱，跟啦啦队，大合唱似的，以致你无法分辨是谁在叫，是谁在唱。卖蝈蝈的省力，只需推着车慢慢走着，或是超市口，或是小区的门前一站，也不用吆喝，那蝈蝈的歌声就是最好的广告，远远的你就知道卖蝈蝈的来了。孩子们听到蝈蝈的叫声，喜欢得撒腿奔去。

现如今的孩子大都喜欢养蝈蝈，为啥？如今的人家，每家每户通常都是一个孩子，邻居间又不串门，多孤单。养蝈蝈可让孩子打打岔，解解闷，何况又多了个伙伴，多了份乐趣。仅我们这个楼里，就有三五家养蝈蝈。平日里，这些蝈蝈跟斗气一样唱，谁也不服谁，谁也不让谁。虽是吵人，却也热闹，总比悄无声息好，总比死气沉沉强。顷刻之间，生活有了生气，有了活力，兴旺！

在我女儿小的时候，我们家每年都要养蝈蝈。它不仅热闹，孩子也多了个"玩具"。那时节，女儿每天放学的第一件事，便是喂蝈蝈，或是一粒毛豆米，或是一小片辣椒。好在它的胃口不大，食性既广又杂，也不挑食，有什么就吃什么，逮什么就吃什么，一点也不烦人。不像养猫养狗，要荤的还要腥的美食，甚者还要买猫粮、狗粮。再者还要给它们洗澡、美容。就狗来说，还要哄，还要遛。弄不好，使出性子，伤了人，那麻烦就大了。养蝈蝈则没有任何后顾之忧。

我观察过蝈蝈，它根本不怕人，有人叫，没人也叫。没人理它，则自娱自乐，全当练歌了；有人欣赏，则大展歌喉，视为知音。我的女儿总嫌它太吵，每每午睡、晚睡之际，总要把它放在门外，她说不花钱的独唱音乐会让大家分享。再说了，把蝈蝈放到门外，它们可以联欢了。于是楼道里独唱、对唱、合唱，啥歌唱形式都有。蝈蝈们精力充沛，激情澎湃，不停地歌唱，一点也不累。

"嘤其鸣矣，求其友声。"蝈蝈的鸣叫是求友还是求偶，或是兼而有之？它总不会是简单地鸣叫，卖弄歌喉吧？是啊，把它独自一"人"关在这笼子里也太孤独了。按照人的情感来推断，蝈蝈也需有些伙伴，也要恋爱。后来我看到有关介绍蝈蝈的文章，方知它的鸣叫，不仅有找友的因素，亦有求偶的成分。这一下动了我的恻隐之心，决定将其放生。我把此理讲给女儿听，她毫不犹豫地接受了我的主张，于是我们驱车来到乡间把它给放生了。这小家伙头也不回地窜进庄稼地里，一点流连，一点感激都没有。待我们父女俩怅惘留恋之际，庄稼地里，蓦然响起一阵高亢还略带沙哑的鸣叫。这声音我们极为熟悉，就是那只蝈蝈，它还真知道感恩呢！

救助落单美鹦鹉

前不久的傍晚，我的书房传来一阵阵嚓嚓嚓的异响。其声极不规则，时快时慢，时重时轻，好像是摩擦与敲击的声音。走进书房观瞧，啥也没有。嚓嚓嚓的异响还是响个不停，循声找去，原来是只鹦鹉。它正蜷成一团，瑟瑟发抖地藏匿在我家书房防盗窗第二层的横杠上。此时此刻，它正努力把整个身体尽量地靠近墙面，以便支撑。摇摇晃晃之际，好像随时会跌落，稍稍喘息，它的两眼便不停地四处张望，像在搜寻什么，也像在发出求助信息一样。

仔细打量这只鹦鹉，其红喙、黑眼、白腹、一身翠绿光鲜的羽毛，且身材娇小，体态匀称，真是一只漂亮的鹦鹉。

这只鹦鹉怎么啦？怎么落到这般田地？是笼中出逃，是负气出走，是被驱逐，是迷路了，是受伤了，是被猛禽追击了……我的头脑里闪出一连串的假设。归根结底，它是落单了。根据目测，有两点是可以肯定的：一是虚弱；二是惊恐。要说虚弱，简直弱不禁风，气息奄奄；要说惊恐，简直风声鹤唳，草木皆兵。

鹦鹉的现状令我动容。恻隐之心，人皆有之。我决定施以援手，将它捕捉回来，该医治的医治，该安抚的安抚。拿定了主意，付诸实践。可是当我刚刚抬腿举步，企图靠近，它立马便有应急反应，表现得极度惊恐与狂躁，整个身体也在剧烈地战抖着，跟筛糠似的，好像随时会跌落而致重创一样。鹦鹉的反应为何如此强烈？以己推鸟，它肯定以为我要伤害它，是故防范、拒绝！

怎么办？！总不能坐视不救，就此放弃吧？俗话说："帮人帮到底，送佛送到西。"思来想去，我决定维持鹦鹉的现状，就地就近为其提供可行的物质援助。打定主意，即刻行动。说实话，我一点也不知道鹦鹉的食性，根据自己的喜好，准备了一些食物与饮料。那些食品有苹果、梨子、面包、饼干、巧克力。为方便鹦鹉取食，我还将那些水果切成粒状、条状，面包、饼干、巧克力也掰成小块，并把它们统统放于长条纸盒里，盒里还配备了一个牛眼大小的酒杯，杯中放满了矿泉水，水中还放了一点白糖。其后，我小心翼翼地打开窗户，轻手轻脚地将这些食材放于窗台下方的角落。此刻的鹦鹉好像颇知人意，更知善意，它没有任何应急反应，只是静静地观看着，默默地打量着，毫不推辞。意外完成任务，想想，还有不足，缺少一个鸟窝。赶紧地，又从旧被里拽出一小团棉絮，撕成蓬松状，捏成窝形，再次小心翼翼地放于紧靠食物的地方。完成上述艰巨任务，我的心里如释重负，也充满了快乐。

是夜，借着朦胧的月光，我多次小心谨慎地观察着鹦鹉。不知何时，它已经移位于我为其提供的"安乐窝"，偶尔喙也动动，是吧唧吧唧的，像是品尝我提供的食品，正在补充能量，恢复体力，并且是一副满足的模样。仔细观看，鹦鹉虽然依旧是蜷缩的体态，但舒展了很多，放松了很多，就像打完针的婴儿，不哭不闹了，情绪稳定了，也不颤抖了。一时间，我的心里也更为宽慰，更为踏实。

次日清早，起床头件事，就是蹑手蹑脚地跑到书房观察情形，四下打量，不见鹦鹉的踪影。疑惑之际，左右看看，楼下找找，也不见踪迹，可以断定，它飞走了。鹦鹉飞走了，可我的心里却是五味杂陈，是依依不舍，是牵肠挂肚。纵有理由万万千，我也要为其高兴，高兴它回归蓝天，回归山林，回归团队，回归家庭，回归爱情……

湿地观看黑水鸡

现如今，在我们扬州，大凡有挺水植物的河塘，总能见到黑水鸡的身影。它们或是优雅地在荷塘漫步，或是悠闲地在水面游弋，或是从容地在河滩觅食，或是惬意地在堤岸打盹……

过去我们没见过黑水鸡，更不知它是何物。它们是最近十年迁徙而来，并在我们扬州落籍定居的一族。现如今，它们不仅成为我们这座城市新的成员，也成了一道亮丽的风景。

黑水鸡是鹤形目秧鸡科的鸟类，世界各地均有分布，全球共有 12 个亚种，在我们这儿仅能见到黑色的一种。黑水鸡的羽毛为黑色，猩红的喙，喙的前端为橘黄色，腿与爪呈青黄色，翅膀有条白色的装饰带。它的体量跟鹌鹑、鸽子相仿，堪称是小巧玲珑。

黑水鸡喜欢栖息在有挺水植物的淡水湿地，喜欢群居，集体活动。它的食性较杂，荤素均可。黑水鸡能走会飞，能游泳，善潜水，堪称是四项全能。黑水鸡走路与游泳，头是一点一点的，也像一伸一缩的，似在赞许，又似道好，一派好好先生的风范。

人有人言，禽有禽语，黑水鸡的语言就是鸣叫。它的叫声大致有两种：一是"嘎啊"；二是"嘀嘀、嘀嘀嘀"。第一种低沉、浑浊，还有点拖泥带水，含糊不清的，估计是雌性的。第二种短促、清脆、响亮，中气十足，干净利落，掷地有声，应该是雄性的。其实黑水鸡的鸣叫，要远远超出上述两种。有的声音细小沙哑，小心翼翼，有点胆怯；有的声音含糊其词，好像处于人类少年的变声期；有的则让人难以分辨，难以捉摸，难以领会，就像各地的方言一样。通常黑水鸡的鸣叫，均是有问有答，有唱有和，十分热闹。黑水鸡的鸣叫，虽说没有黄莺悦耳，也没有春燕中听，但不烦人。静静的荷塘芦滩，有了它们的鸣叫，而有了生命的律动，有了生气。若是清明以后，再有蛙鸣的应和，那就更热闹了，那简直就是一部河塘生命的大合唱，春之声交响曲。

黑水鸡不仅会游泳，更长于扎猛子。每当在水面闲游，一时受到惊吓，或有险情，它们会一头扎入水中，一个猛子能游出十多米。其扎猛子的方向，有点不固定，或东或西的，让人难以捉摸，反正是朝河的中央游去的，朝安全水域游去的。这就是黑水鸡的智慧，它们大概也懂得兵不厌诈的道理。待其抵达安全的区域，便扭头回身，打量你，取笑你，笑你无可奈何。其后身心放松，大摇大摆地游走。时常在平安无事的日子里，它们也会扎猛子，不过此刻扎得不远也不深，一起一伏，入水便起，浅尝辄止，跟蜻蜓点水似的。它们这举动，镇定从容，随心所欲，挥洒自如。这有点自娱自乐、温习技艺的性质，还有点炫技的意味。

其实黑水鸡跟我们人类一样，也懂得放松休闲，享受生活。在确认安全的前提下，没人打扰的情况下，它们会爬到河岸，三三五五地依偎在一起，一边联络着亲情与友情，一边慵懒而舒适地晒着太阳。不过它们的警觉性很高，自我保护意识很强，只要人们稍稍靠近，哪怕是心存友善，并无打扰与伤害之意，它们也是三十六计——走为上，立马"抬腿走人"，溜之大吉。它们这"溜"挺特别，是连走带飞，扑扑啦啦的，把河面拍得水花四溅，响声一片。

常言道：爱美之心，人皆有之。黑水鸡当然也爱美。常见黑水鸡独自一人将头探入水中，然后抬起，飞快地甩去水分。这般举动要重复多次。有人说这是嬉水，可分明是在洗浴。洗浴完毕，还嫌不足，用喙对颈下、颈后以及后背的羽毛进行逐一整理。这般的举动也要重复多次，乐此不疲。有人说这是挠痒，可分明是在梳妆打扮。如此"折腾"，肯定是为了出客。待上述工作结束，它便静静地立于荷塘，似在遐思，又似发呆。我想它肯定是为了赶赴一场浪漫的约会，准备着甜言蜜语；或是为了参加一场盛大的聚会，构思着精彩的台词。

除非是迁徙，通常黑水鸡不会轻易离开自己的家园。人们常说外面的世界很精彩，到底是怎样的精彩，不得而知。但总不能困守一地，终其一生吧？好些黑水鸡在好奇心与求知欲的驱使下，也想打开"国门"，到邻近的水域一探究竟，借以开眼界，长见识。这正如人类的春日踏青，秋游赏景，国内观光，出国旅游一样。可黑水鸡的远足，跟人类的出游是有区别的。陌生的水域，尤其是空旷的、无遮无掩的水域，潜藏着诸多风险，但好些黑水鸡还是鼓足勇气，义无反顾，勇往直前。它们的这般壮举，极为罕见，三两结伴的有，通常独行侠居多。

暮春时节，黑水鸡的后代诞生了，小家伙长得黑乎乎的，毛茸茸的，煞是可爱。在风平浪静、阳光和煦的日子里，黑水鸡妈妈带着五六只幼雏在水面游弋，练习着生存的本领。幼雏们紧紧跟在妈妈的后面，有模有样地学着它的一举一动。它们也鸣叫着，不过声音很微弱，还是童声；它们也划着水，头也是一点一点的，身后拖着长长的波纹。瞧这一家子，真是人丁兴旺，其乐融融。

情趣卷

父爱浓浓磨米粉

我的女儿今年十八岁了，跟我这一米八的大个站在一起，仅差半个头的高度。她这身材在同龄人当中算是高挑的了。

女儿的身高跟遗传有关，也跟后天的营养有关。女儿出生的时候，虽已改革开放，但实际的供给还属于计划经济。那时节，即使你有钱也买不到所需、称心的商品。孩子一出生，长到三个月，光靠吃奶水是不够的，吃不饱啊，要靠米糕来补充，否则营养不良，瘦不拉几的，长不大。

那米糕食品店里有得卖，是某大城市生产的，还就此一家，别无分店。那米糕用纸包着，外观还挺漂亮，上面印一个坐着的婴儿，白皮肤，大眼睛，赤条条的，肉实实的，神灵活现的，很是招人喜爱。可纸里的内容就不敢恭维了，一块块的米糕，跟麻将牌似的，硬邦邦的，吃时要用温水在奶锅中泡化，上炉烧开，才能食用。

那时的食品，还没有保质期这个概念。很多时候，这米糕能泛起许多绿色的斑点，有时还能长出一层绿毛。你不要，嗨！紧俏得很，一般还买不到，要找熟人，通关系。偶尔去巧了，能买到一点点，那是应付门面的，怕人提意见。在女儿成长的那段日子，我是食品店的常客，就想逮着个机会。

我这人平生最怕找人，总有看人脸色，低三下四的感觉。再说了，老往食品店跑，麻烦。关键，长毛的米糕给孩子吃，心里不踏实，吃出毛病，麻烦就大了。那咋办？！为了女儿的米糕，那段日子，白天黑夜，我没少动脑筋。

一天绞肉的时候，我眼前一亮，这绞肉机是另外配有磨盘的，可用来磨黄豆、打豆浆的，能磨黄豆为何不能磨米粉呢？！况且米粒比黄豆要小，要软。几次试验，嗨！还真行。

那位说了，磨米粉多麻烦，粮店不是有卖现成的。您啊，外行。那时节连粮食都紧张，还得凭票、凭证，哪来的米粉，顶多过大年的时候，每户有三五斤的计划。瞧那个紧俏劲，要在平日，连个影子也没有。

就我的实践来说，要磨米粉，通常取二斤优质大米，淘洗干净后，泡在水中。浸泡的目的，是让米粒膨胀发酥，好磨。半个小时后将米取出，晾晒。这晾只能晾到八成干，太干，米粒发硬，磨出的米粉跟沙砾一般，能呛着孩子。再说磨时咔咔作响，闹心，费时又费力。太潮，那米粉黏成一片，磨不出来。只有八成干才恰到好处，这是经验！

二斤的大米，顶多半个小时的工夫就磨好了。磨出的米粉，跟雪花似的，白净、细腻，还透着一股诱人的清香，香中还带着一点点甜。这时的米粉还有点潮，需垫在纸上，放在筛中晒干。干后，把它收拢在瓶罐之中，随吃随取，吃多少取多少。

打米糕时，要根据孩子生长阶段和营养的需求，有时要放点蜂蜜，有时要放点奶粉，有时要加个鸡蛋，有时还要放入两片钙片。这米糕烧成稀溜溜的，起锅前再淋几滴香油，放凉，往奶瓶一灌。孩子逮着奶嘴，就一个劲地吮吸。这味跟往日的不同，新鲜、喷香。很快一瓶米糕吃完了，只见孩子舞动着手脚，咂巴着嘴，还要！于是再来一瓶。这一下子，孩子的饭量比往常翻了一番。两个月下来，就看孩子庄稼似的茁壮生长。我的女儿要比人家相同月份的孩子长得结实，模子还大一号。尤其那张小脸，尽朝横向发展，圆滚滚的，胖乎乎的，真是招人喜爱。

看我家女儿喂养得这样好，一些邻居家年轻的父母纷纷前来取经。我毫不保留，把我的"发明"和盘托出。遇到没有工具的，我还得提供绞肉机；碰到动手能力差的，我还得上门服务，一一讲解，一一演示。都是街坊邻居的，就算学回雷锋吧。

磨米粉虽说是尽父母的责任，但也有不少快乐。可时间一长，也挺累人的。九个月一到，女儿的牙床露白了，她开始长出米粒样的小牙，这时她也该吃软和的米饭和稀粥了。我也算完成了这段时期的使命，真有一种释然的感觉。

幸福满满咸鸭蛋

每到初夏，临近端午，咸鸭蛋便大举上市了。这蛋是当年清明前腌制的，纯属时鲜货。此时的各大超市，咸鸭蛋是绝对的主角。此刻大小酒店的主打凉菜，均有咸鸭蛋的身影。通常将咸鸭蛋一开二，或是一切四，五六只鸭蛋，足可摆放一大盘。打量一番，蛋白如雪，清清爽爽的；蛋黄则红黄相间，红油流淌，这是初夏时节的一幅动人的美食图画。就居家来说，通常人手一个，人们有滋有味地用筷子掏着吃，由蛋白到蛋黄，渐入佳境。那个滋味，虽是寻常熟悉，却是期待已久的满足。品评之余，人们脸绽笑容，不住赞叹。

就咸鸭蛋来说，尽管一年四季均可腌制，亦可随时享用，但尤以清明前腌制的鸭蛋质量最好。此时的鸭蛋，空头小，出蛋率高，据说土腥味相对也小，口感更是没话说。这就像明前茶，开江鱼，三九天的青菜一样。明前腌蛋，这里有古法传承，亦有民间习俗。生活中，一些恪守传统的人们，就这样顺应自然，应时而为，乐在其中。

说到鸭蛋，我颇有发言权，在我女儿小的时候，我们家常常腌制。自家腌制鸭蛋，虽说有点麻烦，但主要是让孩子了解腌制鸭蛋的全过程，推而广之，增长阅历；再者是让其体验劳作的辛苦，幸福的不易。通行的腌制鸭蛋方法有三：一是盐水；二是黄泥；三是稻草灰。这三种方法我均实践过，后两种方法较为费事，还容易脏手脏脚的，其实也只有专业作坊采用。就家庭制作来说，最简易的方法，就是盐水腌制。

腌制鸭蛋并不复杂，也没什么深文大义。清明之前，将买回的新鲜鸭蛋洗净，自然阴干。而后烧一大锅开水，放入食盐，让其充分融化，自然冷却后，倒入缸中。为保证腌制的鸭蛋好吃，此刻缸中还要放适量的高度白酒。酒不仅去腥，还具有很强的穿透力，能够"直指蛋心"，促使蛋黄起沙出油，产生质变，有点铁成金之妙。前期所有工序完毕，最后将鸭蛋小心翼翼地逐一放入。如果您想早点吃到咸鸭蛋，那就多放点盐；若是不急不躁，就按正常的比例放盐。腌制鸭蛋跟人上学一样，既有揠苗助长的速成班，亦有循序渐进的常规班。任君选择，随心顺意。

大凡人类在小时候全是心急气躁的主儿，刚栽树苗，就想结果；刚撒种子，就想开花；鸭蛋刚刚腌制，恨不得立马有味，能吃才好。世间哪有这等快捷的美事，把过程全都省略了。为了满足女儿尽快享用咸鸭蛋迫切而美好的愿望，每回腌蛋，我们家均要分两步，采用一小一大两口缸，小缸盐分的含量要大；大缸的盐分则小。小缸可以腌制二十个鸭蛋，这是先遣队，大概一周便可入味，可先行解馋；大缸足可腌制六十个鸭蛋，这是后续的大部队，为夏日的口福保驾护航。

仔细观瞧，颇为有趣。鸭蛋放在缸里，一律大头朝上，并呈半漂浮状。虽是挨挨挤挤的，比超员的公交车还要拥挤，但它们却和睦相处，既不争吵，也不抱怨。器皿密封之际，它们争先恐后地探着头，是对光明的恋恋不舍，是对主人的深情告别。纵有千言万语，终是将言嗫嚅。以后的日子，它们看似不分昼夜地蒙头酣睡、美梦灿烂，实则心无旁骛、锲而不舍地为人们酝酿着美味。

鸭蛋们静静地安睡了，可孩子的心思却异样地活泛悸动，全是如茧样剪不断、理还乱的牵挂。我女儿小的时候，在腌制鸭蛋的那段日子，每天下午幼儿园放学，回家头件事，便急不可耐、满怀期许地掀开缸盖，一边观察着鸭蛋的变化一边念念有词，计算着好日子的到来。期盼着，念叨着，仅需一周的时间，小缸中的鸭蛋便可尝鲜了。它们是急先锋，带着满满的爱意，是来慰藉孩子的。此刻的鸭蛋虽不太咸，但也有味了，不齁也不淡，空口也能吃。用来搭粥，乖乖，我的女儿一口气能吃一大碗。吃完，意犹未尽，外加一个鸭蛋才算满足。小缸中的鸭蛋刚刚吃完，大缸中的鸭蛋又腌制好了。它们好像是带着十分的歉意，八分的笑意而来的，且是联袂而至，浩浩荡荡的。那些年的夏日，就在咸鸭蛋的悉心关爱下，满足而幸福地度过了。

说到咸鸭蛋，还有浓墨重彩的一笔。每到端午，它要走大运了。在我们江苏一带，端午正日的午餐，家家要吃"十二红"，此风尤以我们扬州为盛。何谓"十二红"？也就是十二种红色菜肴。这些美味，有的是食材本来就是红的；不红的原料，是用酱油"染"红的。在这"十二红"之中，咸鸭蛋肯定理直气壮地名列其中，其地位自古不可撼动。对于孩子们来说，不仅要大饱口福，还要用鸭蛋装点生活，装点快乐。此时节，在我们这儿，所有的孩子，不论男女，他们的胸前都挂有"项链"。不过这项链非金也非银，而是一个咸鸭蛋。通常把煮熟的咸鸭蛋，放于彩色棉线编织的网兜里，长长地挂于胸前。端午挂鸭蛋，此为古法，有平安顺遂、大吉大利诸多美意。这就像过年要贴春联、放鞭炮一样，否则也不能叫作端午。一时间，孩子的心里是美滋滋的，脸绽笑容，脚下生风，好像自己是世间最快乐的人，最幸福的人。我的女儿在小的时候，年年如此，岁岁快乐。

是日，孩子们不仅戴着"项链"去上学，还戴着一起玩耍。孩子们聚在一起，还要比鸭蛋的大小，颜色的深浅，以及网兜的精致程度。他们开心地说笑着，尽情地疯野着。刹那间，求学的重负全都卸除了，成长的烦恼通通释放了。瞬间，他们又回归到本真快乐的童年。回归虽是闪电样短暂，但在他们的记忆里却如电烙石刻一般。及长，他们每每回首往事，不因虚度年华而悔恨，也不因童年无乐而羞愧。

回家后，一些孩子还要把"项链"挂于床前，或是书桌的前方。这寓意美好的"项链"，还要继续呵护着孩子，守护着他们编织的美梦。

月饼飘香的故事

  2021 年 8 月初，我在闲逛间，不经意间来到老城区一条久违的老街，迎面扑来一阵阵美食浓郁的异香。这香里既有面点的香，食用油的香，亦有芝麻、核桃、瓜子等果仁的香。这几种香型融合在一起，令人垂涎。这香味我极为熟悉，可以确认，这是月饼散发的气息。沿着香源找去，果然，这气味就来自我们扬州百年食品老店——大麒麟阁。近前观瞧，只见店堂内外人头攒动，人们纷纷在抢购刚刚出炉的月饼。面对美食的召唤，总不能等闲视之，无动于衷吧？！我立马付诸行动，手捧热乎乎的月饼，小心品尝着。乖乖，这月饼又热又酥又香，一直美到我的骨头里，这感觉就像久旱逢甘霖一样酣畅。

  我们扬州的月饼属于苏式月饼的范畴，苏式月饼扎根并坚守于江浙沪三地。苏式月饼的品种很多，其中最受大众欢迎的有白芝麻、黑芝麻、上素、五仁四种，另外还有肉松、枣泥、火腿、豆沙、玫瑰、百果、椒盐等品种。苏式月饼的特点为：外形饱满，端正美观；表皮金黄，厚薄均匀；馅料丰富，精致细腻；口感香酥，回味悠长。佐茶搭粥，妙不可言。

  就我们家来说，一直喜食甜品，比如八宝饭、蜜三刀、桂花糕、汤圆、麻团、酒酿，对待月饼，更是情有独钟。每到中秋，我们全家，人均至少要食用月饼二十个之多。有一年，我的妻子一次性就购买了六十个月饼，全家可谓大饱口福，痛快淋漓。对月饼的酷喜，就连我那年近期颐的母亲也是欲罢不能。牙口不好也没关系，就把月饼掰成小块，慢慢咀嚼，这样还能品出别样的滋味。其实，生活中对待任何食品，任凭油腻、重糖，关键要做到：一是控制总量，细水长流；二是适度运动，收支平衡。只要您恪守这两条法则，保您食后无忧。

苏式月饼虽好吃，也有被冷落的、不堪回首的一段往事。记得改革开放伊始，广东的经济在全国居于领跑地位。一时间，粤语、粤语歌曲风靡一时，广式月饼也搭上顺风车，几乎在一夜间强势占领了全国月饼的半壁江山。各地的传统月饼，纷纷高举白旗，饮泣一隅。广式月饼虽好看，也算好吃，可是嚼在嘴里，软了吧唧的，跟我们苏式月饼相比，牙齿没有咀嚼的快感，口舌没有把玩的乐趣，品评的幸福感也过于短暂。常言道，一方水土养一方人，一方味蕾也有着一方顽强的记忆。没有几年，人们开始怀旧了，于是苏式月饼顺风借势，重整旗鼓，强势回归。美不美，家乡的水；香不香，故乡的月饼。面对回归的美味，人们是百感交集，感慨万千。慰藉乡愁之际，更坚定了人们"谁不说俺家乡好"的信念。

说到吃月饼，我们家还做过月饼。早年间，我的女儿还在上幼儿园。大概为了应时应节，临近中秋，幼儿园的老师教了首新儿歌，歌名叫《八月十五月儿圆》。歌中唱道："八月十五月儿明呀，爷爷为我打月饼呀，月饼圆圆甜又香啊，一块月饼一片情哪……"孩子对新歌有股热情，那些日子整天在唱。夸张点说，能从眼睛一睁，唱到晚上点灯。女儿为何总在唱这首歌？是想让我们做月饼？也许是唱者无意，听者有心；也许女儿本来就有此意，不便言明而已。且不管孩子有无此意，全家商量，一致决定自己动手做回月饼。

为了确保月饼制作得万无一失，我事先查阅了相关资料，并找到在食品店工作的发小，详细询问了重要事宜。中秋这天，万事俱备，吃完早饭，一家三口全部上阵。制作月饼需要两种饼皮，一是油面，一是水面。油面起酥，水面隔层。月饼的馅料则可简可繁，但核桃仁、瓜子仁、葡萄干、红绿丝、芝麻是必不可少的，否则也不能叫作月饼，更不能称为苏式月饼。把这些馅料，用糖、油、水、熟面粉拌匀即可，实在是没有什么深文大义。再者，月饼的制作跟做包子一样，用面皮把馅料裹住，封口，搓圆，压扁便可。但要做到大小一致，厚薄相等。最后在月饼的表层涂点蛋液，撒些黑芝麻，余下的工作就交给烤箱了。

期待之际，月饼"出炉"了，顿时一股浓烈的香气满屋飘散。刚刚"出炉"的月饼很烫，拿在手上，还要不停地颠来倒去，临吃还要撮着嘴，吹气散热。自家做的月饼不仅新鲜，还奇香、奇甜、奇酥，其质量一点也不亚于食品厂的同类产品。这不仅是真材实料，关键享用的还是自己的劳动果实。那天我的女儿热情高涨，歌声不断。我们就是在她歌声的激励下，仅用了一个上午，就做出了二十多个月饼，圆满完成了月饼制作的首秀。于此，我的女儿可算是功不可没。

别样滋味鱼腥草

喜爱美食，喜欢烹饪，是故，我是菜市场的常客。前不久，我去买菜，见个大嫂在卖鱼腥草。问问价格，一块钱一两，这真让人好奇，我们这儿没人吃鱼腥草，连认识的都没几个。原来这大嫂是成都人，在我们这儿以卖菜为业，回乡探亲多带了点鱼腥草，一时吃不完，便拿到菜市场碰碰运气，没想到一连几天没人问津。

早年间，我不认识鱼腥草，只是听人说过，在书本上看人描写过，至于口味怎样，挺叫人好奇的，还有几分向往。有一年我去大理旅行，见餐馆有鱼腥草卖，七八种凉菜组合在一起，任意挑选，两块钱一份，盘子可以装满。此时此刻，当然不能错过品尝的良机。光是鱼腥草，我就要了半个盘子的分量。凉拌的鱼腥草，火柴棒长短粗细，白生生的，很是招人喜爱。尝尝吧，以慰思慕已久的心绪。满满地夹了一筷子，朝嘴里一送，嚼嚼，妈呀！什么味？一股浓烈的生鱼的味道，还夹杂着土腥味。这叫人怎么吃？！我硬着头皮吃了几根，说实话，实在是接受不了，也不敢恭维。俗话说，一方水土养一方人，你不爱吃的食物总有人喜欢，这在哲学上叫作"存在就是理由"。这就像有的地方的人喜欢吃苦瓜，有的地方的人酷爱吃榴莲一样，谁也不好勉强谁。

记得有次出差，我从贵州的铜仁去湖南的凤凰，途中需到怀化转车。据了解，鱼腥草大都产于云、贵、川、湘一带，论吃鱼腥草，尤以怀化人为最。中午，怀化的文友小李请我吃饭，在诸多的菜肴之中，小李特意点了一盘鱼腥草炒鸡蛋，看到此菜我是一点食欲都没有。席间此君不仅连连劝菜，还要奉菜。人家一片热心，也不能"黄"了人家的面子，我是强作欢颜，勉强食用。好在我有大理初食的经历，加之我的适应性很强，多少还是吃了点。

我的女儿正在麻省理工学院攻读MBA，很快就要再度走向社会。小女颇有志向，立志要外出创业。要外出，首先在饮食上要过关，食性要强要广。出国前夕，我搞了点鱼腥草让她尝尝，一进嘴，她的五官立马全都凑到了一起，就像吃了黄连，吃了芥末一样，真是说不出的滋味。不过她还是坚强地尝了尝，也算是对鱼腥草有个初步的感性认识，知其深浅。外面的世界很精彩，外面的世界也有好多难以接受的食物与事物。常言道："物竞天择，适者生存。"要生存，首先需要的是勇气。从小女大胆地品尝鱼腥草，可见其勇敢的精神。我祝愿她在人生的道路上，永葆这种锐气。

西北醉枣红艳艳

红枣素有"百果之王"的美誉。民谚曰："一天吃三枣，终生不显老。"平日里很多人喜欢吃红枣，借以养颜保健，尤以西北人为最。

枣类的食品很多，有枣片、枣干、蜜枣、枣茶、阿胶枣、醉枣……在林林总总的枣类食品之中，我最喜欢吃醉枣。

醉枣的模样很好看，它的外表是红艳艳的，就像西北高原少女的脸膛。由于饱含水分，外加有酒的成分，醉枣个个光鲜饱满，没有一点褶皱，真是青春阳光，亮丽动人。醉枣不仅香甜爽脆，还有一股浓浓的酒香，尤其是刚刚开启的醉枣，一股密封已久的酒香，便急不可耐地飘荡出来，用"绕屋三匝"来形容毫不为过。这香里不仅有酒香，有枣香，也有生活的芳香，真是沁人心脾，令人心醉。我有个爱吃醉枣的诗友，盛赞醉枣为红粉佳人，红粉知己。这个比喻确实不错，令人赞叹，也让人心动。

生活中好些人喜欢吃醉枣。相比而言，蜜枣甜而腻，干枣有点干巴，阿胶枣有点粘手，枣茶贵而麻烦。只有刚刚采收的鲜枣才能与醉枣媲美，但还输它一段酒香，输它一段红晕，输它一段风姿。

我国的红枣大都产于西北、华北一带，这跟自然环境有关。在这一带，好些商店均有醉枣售卖。我曾在河北的沧州，山西的太原，青海的西宁，宁夏的银川，就见有专门经营枣类的商店，其中醉枣均放于醒目的位置。经营枣类的商店，总给人一种喜庆的感觉，整个店铺通红一片，一派喜气，一派生气。这些枣类食品，既有散装的，也有袋装的；既有瓶装的，也有罐装的，很是方便。我外出旅行就喜欢购买当地的土特产，这也是从一个方面了解各地的风土人情。

就醉枣而言，尤其在西北一带，不论城里乡村，好些人家都会自己制作。我有个远在宁夏的战友冯参谋就会做，我也跟他学过。醉枣的制作不难，还挺有意思。首先要选择果形饱满，大小匀称的鲜枣，还不能有伤疤，有虫害。其次要看得上眼，看着要舒服，长得"歪瓜裂枣"的一概不要。说来有趣，冯参谋的独生女是个完美主义者，强调先饱眼福，再饱口福。她选枣就跟选美一样，不仅要健康，还要美得匀称，美得悦目。这闺女什么事情都喜欢较真，连吃也不马虎。

红枣选好了，还要给它们洗个澡，让这些红枣洗净身上的风尘。洗净后得自然晾干，接着要过酒，或者叫蘸酒，也就是把所有的红枣在酒里过一下，让红枣在酒里扎个猛子，走个过场。话虽这么说，也马虎不得，得让红枣的外表均匀地沾满酒。另外，这酒要高度的白酒，度数低了，这枣"醉"不了，就像人喝酒，没有达标，未到境界，总有欠缺，总有遗憾。蘸过酒的红枣还要分装在小瓶小罐之中，这样取食方便。半个月以后，枣便"醉"成了，便可慢慢享用了。

做醉枣是项轻松愉快的劳动，它不需搬抬，不用夯举，是故不用大的力气。在西北的乡村，常见一些村姑边做醉枣边歌唱。她们唱什么呢？唱理想的生活，唱希望的田野，唱萌动的爱情……言为心声，歌亦为心声，这颗颗醉枣也寄托了少女们美好的希望。

　　过去我不会做醉枣，每去西北出差，总要带些回来。这枣虽不重，但占地方。一路走来，麻烦。自从会做之后，每有兴致，我都要做些。我的女儿还挺喜欢吃醉枣的，堪称是我的同道。有次她竟吃了两小瓶的醉枣，足有半斤的量。瞧她那张脸庞，一片绯红，如同染了朝霞一般。尤其值得一记的是，那年我的女儿要去麻省理工学院攻读 MBA，我还特意为其准备了两瓶醉枣，但愿这红艳艳的醉枣，能够给她带来好运。

笑口常开开口笑

在我国林林总总的茶点之中，最喜庆、最招人待见的品种，我以为是开口笑。光听这名就叫人喜欢。

开口笑是一种传统特色小吃，我国南北各地均有出产。北京、上海、天津、济南以及我们扬州，很多大大小小的城市，都把它列为地方特产，可见其分布之广，受人欢迎程度之深。开口笑的模样很是招人喜欢，它永远咧着嘴在笑。这笑是亲切的，和蔼的，反映了积极乐观、豁达大度的生活态度。看到它，总让人们的生活充满了阳光，充满了正能量，多好！我觉得用开口笑当作微信、QQ的表情包，也是很不错的选择。在此为开口笑点一百个赞！

市面上常见开口笑的型号有两种：一是大号的；二是小号的。大号的各地仍旧叫开口笑，大小犹如橘子、梨子，外表金黄，密布芝麻。生活中，这开口笑虽是扮演的副食角色，但偶尔亦可客串主食。三口之家的生活总是忙碌的，尤其是寒冬的早晨，谁能无情地拒绝温暖被筒的热情挽留，于是尽量享受着暖烘烘的幸福，延挨到最后一刻。眼看上班、上学的将要迟到，才痛下决心，赶紧起床。于是火急火燎地准备早餐，通常用开口笑就着茶水、牛奶、豆浆来享用。虽是将就，却也痛痛快快地把一顿早餐解决了。倘若时间实在紧急，干脆大人、孩子，每人带两个开口笑，到了单位、学校再慢慢享用。开口笑的特点是保质期长，易贮存，可应急；优势是实在饱人，熬饥扛饿。它的价格虽贵了点，但比馒头、花卷、烧饼、油条味美。偶尔食之，难得潇洒，也值。

小号的开口笑，仅有红枣、樱桃大小，是精致、袖珍型的。它的外观与口味跟开口笑一模一样，仅是规格有差异。它也在笑，或是微笑，或是开怀大笑。小号的开口笑，有的地方喜欢叫一口酥，在我们扬州，人们习惯叫"麻雀头"，有可爱讨喜之意。天下麻雀的体量大体相仿，脑壳的大小自然也就差不离。这麻雀头还是茶楼的必备细点，最受樱桃小口的女生青睐，品评之际，能够保持优雅的仪态。在我们这儿，大凡高档的酒宴，餐前都有几样美味的零食，其品种通常是六样，这是既要考虑性别的，也要兼顾年龄的。这些零食的品种，大抵有瓜子、话梅、酥糖、开心果、蜜三刀、麻雀头。一般来讲，麻雀头是不可缺席的，关键是喜庆。再说了，但凡酒宴，客人们总有先来后到，现如今，公共场所全面禁烟，人们干坐着也无聊，于是喝着茶水，就着零食，可助谈兴。再者这些零食或开胃生津，增强食欲；或垫垫肚底，免得喝酒伤胃。

这香甜酥脆的麻雀头，还很受学子们的欢迎。记得我女儿上高中那会儿，家中常要备些小零食当作夜宵。那时节，孩子们的学业普遍紧张，若想考上理想的大学，只有自我加压，自觉熬夜。长期熬夜的人，尤其是正在长身体的孩子，自然要吃点夜宵，补充能量，否则容易损伤身体，难以坚持。就我们家来说，夜宵的品种有麻雀头、萨其马、云片糕、蛋糕、桃酥、饼干等精致美食，以便轮换着吃，避免单调和厌倦。在诸多的零食之中，女儿对麻雀头尤为喜好，既方便又不油腻。这麻雀头，通常都是一大把，也就十来个，大约二两的量，均用小碟盛着。于是，女儿边做功课边享用，两不耽误。您看这小小的麻雀头，还伴随人的成长，为人加油，可谓功不可没。

又见往日猫叹气

　　一个春风醉人的傍晚，我外出遛弯。途经闹市的一家大型商场，只见门口的摊点，人头攒动，热闹非凡。走近观瞧，原来是专卖藤编、柳编工艺品的。这些货物的品种很多，还都是些久违的老款式，要论材质与做工，件件精美，令人赞叹。在众多的货品之中，最吸引我目光的，就属猫叹气，一时也勾起了我的回忆。

　　猫叹气是啥？这是一种家庭日常生活器具，是用来存放食物的。因为有盖子的忠诚守护，猫咪无法得手，只有叹气的份，故名。早年间，百姓们没有冰箱，若要存放一些茶食、饭菜，尤其是荤腥类的美食，这猫叹气是首选。猫叹气的形制跟篮子大体相仿，也是有把的。关键区别有二：一是器皿的开口较小，仅有碗口、面膜大小；二是要增设一个盖子，这个盖子必须有，否则不能叫作猫叹气，只能称为篮子。

　　跟碗橱相比，猫叹气的好处是小巧轻便，可以随手提，随意拎，随地放。通常将它挂于屋檐、屋梁，亦可随心地放于屋内的桌上，或是室外的凳子上。反正是通风，或是阴凉的地方，能够达到保存食物的终极目的便可。就居家来说，那时节，家家户户虽说均有碗橱，但它的主要功能是放置碗盘盆勺的，当然亦可摆放食物。跟猫叹气相比，碗橱显得粗大笨，且难以移动，谁见过哪家把碗橱挪到室外的。猫叹气的功能独特，专为食物量身打造，属于"专款专用"。

对于猫咪的天性，我是较为熟知的。少年时代，我就多次暗中观察猫咪的偷盗行为。生活中，为了方便，我们家时常将猫叹气放于桌上，这也成为猫咪盗取的首选。面对猫叹气中的美味，猫咪先是左右打量，见四下无人时，纵身一跃，悄无声息地便上了桌。起初它是围着猫叹气前后打转，上下观瞧，抓耳挠腮，思量从何下手。无计可施，无从下手之际，急得喵喵直叫。其实猫咪也具有百折不挠的精神，总在不停地尝试各种方法，寄希望于灵光一闪，开启美食宝藏的大门。技穷之际，又气又恼，对着猫叹气既抓又挠，既拍又打，继而狠狠地摇晃推搡。气急败坏之时，干脆连踢带踹的，简直是泄愤性质的破坏。试想，猫叹气的敞口与盖子紧密贴合，即便人工开启，也要费点力气。猫咪虽说具有四爪，但根本不及人手的灵活与力度，若想"囊中取物"，一饱口福，简直比登天还难。无奈之余，猫咪扔下一声声沉重的叹息，悻悻而去。

时光飞逝，岁月如歌。自改革开放以来，国家日益富强，百姓越发富足。由于冰箱的普及，猫叹气早已失去了原有的功能，并悄然退隐江湖。平心静气之际，人们回首往事，出于怀念与感恩，便萌发了诸多怀旧的情愫，尤为怀念那些渐行渐远的老物件，它们毕竟与人朝夕相处，呵护过人们的生活。可现如今，老物件的存量极为稀少，且陈旧破损，难以满足人们与时俱进的审美需求。但人们可以仿制老物件，并赋予时代的审美情趣。于是，这些新潮的老款物件，振作精神，粉墨登场，重现江湖。这功劳赫赫的猫叹气，自然名列其中，不可或缺。现如今的猫叹气，材质多样，款式繁多，小巧精美，有的还要髹漆，绘以花鸟，完全是美轮美奂的工艺品，还是收藏、陈列、怀旧的首选。人们重温过往，是为了记得来时的路。

童年灯节乐无比

　　元宵节是热闹的，不仅要吃元宵，还要玩灯，正像端午，既要吃粽子，也要划龙船，不然怎么叫节呢？！

　　元宵节恰在春节期间，两节相连，年的气氛、节的气氛特别浓烈。人的心情也格外好，个个脸上的笑容，就像盛开的牡丹花一样。这时的白天不仅要跑旱船、踩高跷、舞狮子、耍长龙，还要扭秧歌、唱小戏，真是热闹非凡，快乐无比。

　　元宵节其实是灯的节日，各式各样的灯，跟游行，跟赶集一样，全都汇集到一起来了。这里有兔灯、龙灯、猴灯、荷花灯、金鱼灯……只要你想得起来的，天上的，地上的，反正是美好的东西，全都有。这些灯全都点上蜡烛，把寒冷的夜空照得红彤彤、明晃晃的；把人的心照得亮堂堂的。一大帮一大帮的孩子，提着灯笼，呼朋唤友，呼啸着，叫笑着，走街串巷，一路奔跑。个个跑得是气喘喘的，汗滴滴的，头上的热气直冒，跟蒸笼似的。

　　孩子们在一起，不仅玩，还要唱。怎么唱？想怎么唱，就怎么唱。纯粹是信口开河，全凭兴致。最有趣的，至今仍记忆犹新的，是一种"说唱"性质的儿歌，唱曰："玩灯的孩子，过江的划子。"孩子们扯着嗓子，喊成一声，生怕旁人不知道自己的快乐，也好像是喊给月宫里的吴刚、嫦娥听的。声音此起彼伏，遥相呼应，把节日的气氛渲染到极致，真让人激情飞扬，热血沸腾。这血就像翻滚的粥锅，要潽出来一样。

在玩灯的队列中，有的孩子买不起灯，又不会扎灯，就拿把稻草，点上火，让它冒烟，跟在同伴后头，瞎起哄，凑热闹，也算过把瘾，其心情也蛮快乐的。还有些"小把戏"，就三五岁大小，拖着大大的兔子灯。这个灯呢，足有七八个真兔子大小，有的还要大，又憨又拙，真是好玩。这些"小把戏"，慢慢地走，嘴里也是叽里咕噜的。

玩灯的时候，许多人家是兄弟姐妹玩一盏灯，还要争，还要抢，闹不好还要吵起来，打起来。这就是童趣，这就是乐趣，是拿钱买不到的，也不好复制还原的快乐。现在的孩子没有人玩，都是独子独女，居家都是楼房，单门独户，串不起来，玩不起来，很是孤单。不仅孩子们这样，成人亦是如此。我的对门，跟我是一个单位的，还比较熟悉，一年也就串一次门——大年初一，礼貌性地拜个年，其余时间，大门一关，各过各的。是说是笑，是吵是闹，都是各家的事。真有点鸡犬相闻，老死不相往来的"古风"。

玩灯的时候，有的顽童还要燃放鞭炮，说是去去晦气，助助兴，替天地扬扬威，其实做的是恶作剧的勾当。这些好佬或单独行动，或三五成群，朝黑旮旯里一躲，看准来人，冷不防撂出一个鞭炮。冒冒失失之间，简直把你的魂都得吓掉，接下来便是追逐打闹。不过这都是善意的玩笑，是灯节期间的一个插曲。

一些女孩子玩灯则很斯文，或是提着一盏金鱼灯，或是挑着荷花灯。这荷花灯很有趣，用一根缠绕着彩带、点缀着细花的小扁担挑着。这灯一头一个，小巧别致。随着脚步的起伏，随着风的吹拂，是颤颤的，晃晃的，很是好看。女孩子玩灯不喊也不叫，不疯也不野。我的妹妹，小时候就这样玩。

记忆最深的是有个邻居，叫春梅的小姑娘，扎两根羊角辫，圆圆的脸蛋，每次玩灯，她都跟着我。她的母亲说，长大了让她嫁给我。那时虽不懂嫁和娶的含义，但还有些朦胧的理解。我听后小脸臊得通红，跟火烧的一样。我不仅领着她，还保护她。虽说后来她未嫁给我，但现在想想，还有几分童趣童爱的回忆，蛮温馨的。

过去还有一种灯，叫麒麟灯，是专门送子的灯。孟子曰：不孝有三，无后为大。没有后代，就没有承传的香火，这是人生天地间的一件大事。一般新婚后的小媳妇，娘家人就送对麒麟灯，这灯里寄托了多少期望和祝福，真是美好。这些灯也就象征性地点上蜡烛，挂在家里，装点着节日的气氛。还有一种情况，是婚后老是不生的女人，一家人总犯愁。娘家人就年年送对麒麟灯，有的一直送到断气为止。看到这种人，总有种凄楚的感觉。现在人的观念却不同了，有些人对要不要后代，看得很淡。有的忙事业，有的要享福，有的看得破，凡此种种，不一而足，真是不可同日而语了。

在过去，灯节期间，各单位不仅张灯结彩，有时政府还要在城区主要干道举办灯展。这些灯又大又多，都用汽车拉着，也是什么灯都有，有动物灯、植物灯、神话故事灯，论品种和数量，多得难以枚举。这些灯一律硕大无比，形象夸张，色彩艳丽，都努力营造出一种歌舞升平的景象。

灯展期间，万人空巷，竞相奔走。现场是人潮涌动，喧阗不息。要在古代，元宵节期间还会演绎出许多浪漫的爱情故事，古代的传奇小说、诗词中不乏记载。我小时候就喜欢看那些文字，总让人产生许多美妙的联想，有点发飘的感觉，这就是文学艺术的魅力。试想，过去的女子受封建礼教的束缚，大门不出，二门不迈，养在深闺，故对爱情的渴望较为强烈。灯节期间，一旦外出，就像小鸟回归天空，那个自由与快乐的程度，无法形容。在茫茫人海之中，稍有看中的男儿，立马眉目传情，通常都能擦出火花，并产生许多或喜或悲的结局。

现在这样的事情好像没有了，源于社会进步，女性解放；源于观念更新，文明开放。我有个写诗的女友，她总在幻想，现今若能重复过去的故事该有多好。她真会想入非非，我估计她的内心就充满了传奇色彩，到底是个浪漫的、爱做梦的诗人。

少小趣事打水漂

　　小的时候，住家的门前有个河塘，宽敞处足有二十米。每天下午放学，我常捡起瓦片，尽兴地打水漂。只见一个个瓦片轻快地飞到对岸，真是快乐无比，这一玩能玩半天。这个简单有效的娱乐活动，使单调乏味的童年，平添了许多欢乐。

　　孩子们在一起常要比试一番。既然是比，就有竞赛的味道，就得决出胜负。于是屈腿、扭腰、屏气、聚力、手一扬，啪啪啪，瓦片紧贴水面，在水上跳跃，激起一个个涟漪。眨眼间，瓦片便飞也似的落到对岸。棋逢对手难藏兴，将遇良才战犹酣。碰到真正的对手，得斗好几个回合方能分出输赢。于是胜者鼻沁汗珠，敞胸露怀，在伙伴的欢呼中，脸绽笑容，得意凯旋。

　　那时我们常到十里外的瘦西湖去玩，那是我们"练兵"的好场所。瘦西湖的湖面很宽，少说也有五六十米。一般人打水漂，即便使出吃奶的力气，瓦片也飞不到对岸。那瓦片绝大部分便在湖的中央，犹如强弩之末，无力地带着长长的慨叹，飘飘摇摇地沉下去，于是湖中的一个岛便成了我们的目标。只见十来个男孩，一字排开，霎时瓦片齐发，叫好震天。这时常常会吸引许多路人驻足观看，我们便在人们的赞叹中玩个痛快。

童年游戏斗鸡乐

　　这里所说的斗鸡，是特指在我们儿时，男生之间所开展的一项具有娱乐和竞技性质的体育游戏。

　　小学时期，每每秋冬下课时分，同学们都跑到阳光灿烂的操场，抱起一条腿，蹦着跳着，冲着撞着，相互迎战。一时间，"硝烟四起"，呐喊一片。课间休息仅有十分钟，意犹未尽之际，一些同学约定，放学之后仍在操场继续斗鸡。

　　斗鸡通常采用的斗姿是：左脚独立，右腿高高地抬起，并曲成三角形；左手勾住右脚的脚面，右手按于右腿，其状犹如一门蓄势待发的火炮。远远看去，一排排的"斗士"，真是威风凛凛，豪气夺人。

　　斗鸡的攻防是用膝盖部位来进行的。其战术有上挑、下压、左拨、右挡。最具杀伤力的，当数冲撞，它常能一炮"轰"倒对手。见此"法术"，对方或是避其锋芒，或是望风而逃。真正的勇者，挺身而出，敢于"亮剑"，也是采用同样的战术，"策马"迎战。这将是一场惊心动魄的龙虎之斗。

　　大凡斗鸡的形式，通常有三种：有一对一的单兵作战，有分成两阵的攻打，也有不分敌我的随机混战。单战最公平，也最有意思。为公正起见，让身高、体重大体相同的二人出战。他俩或相搏，或僵持，或逃遁，或追逐，个人的胆识与勇气，全都淋漓尽致地展现出来，颇具观赏价值。最有气势、最为壮观的当属两阵的攻打厮杀。只见"敌我"双方，通常是不同的班级，各选派十来个同学，就像古代军队交战一样，一字排开，相互进攻，狭路相逢，勇者胜。这需要一往无前、排山倒海的气势。此时，偌大的操场，尘土飞扬，呐喊震天，双方一直拼杀得难解难分，天昏地暗。最有趣的首推混战，混战的特点就是乱，它不拘人员多少，不论年龄大小，不管个头高矮。通常是人高马大者，凭借自身的优势挑起事端。他不分敌我，见人便斗，纯粹是为了炫耀武力，也是为了过把力大为王的胜瘾。仓促之时，大家只有群起而讨之，群起而攻之。达到高潮之处的混战，简直不分敌我，人们见谁斗谁，逮谁斗谁，只要能出汗，只要能快乐，只要能过瘾就行。

说来有趣，在我们男生斗鸡之际，一时间，能引来无数围观者。人们或虚张声势，起哄一片；或推波助澜，叫好一片。当然叫得最起劲的，最煞有介事的，就数那些身穿红花袄，头扎羊角辫的女生。她们的少女之心，欢快之时，也在"蠢蠢欲动"，保不准斗鸡队列中的某个男生，就是她们心仪的对象。

我们小的时候，实在没有什么娱乐器械，也没什么娱乐项目。于是，这种不用投资，不用器械，不拘场地的斗鸡游戏，便大行其道，并在各地风行，长盛不衰。它曾给我们的童年带来无限的快乐，也给今天的我们带来许多美好的回忆。

三十年，弹指一挥间。现如今的孩子们，游戏的项目太多，已没人重操我们的"旧业"，更没人重温我们的"旧斗"，后继乏人，感慨之余，令人感叹社会的进步与巨变。

少年垂钓最忘忧

垂钓是项轻松愉悦的休闲活动。天气晴朗的3月，骑着自行车，优哉游哉地来到乡间野外，饱享大自然酿造的清新空气。目光所及，是麦苗、菜花、桃李编织的锦绣野景，真是赏心悦目，心旷神怡。

说到垂钓，印象最为深刻的当数少年那段时光。那时，我们家的附近，有几条河汊，找个空隙之处，不用撒米做窝，只要垂下钓钩，一会儿工夫，准能钓到十条八条巴掌大的鲫鱼。这天的午饭，就吃得有滋有味，赛过神仙。

钓鱼的人都喜欢钓鲫鱼，这在于它的肉质鲜美。对待钓饵，一点一送，随即只见水中的鱼漂一个个往上直挺。提起鱼竿，就是一条活蹦乱跳的鲫鱼。鲫鱼爱群居，一钓就是一窝，少的两三条，多的七八条，甚至还有十来条的。虽少，也碰得到，你看垂钓者，咧嘴在笑的，肯定是钓到了鲫鱼。

钓鱼的时候，最怕碰到"罗汉狗子"，此鱼中文学名叫麦穗鱼。这是一种长不大的鱼，就手指长短。"罗汉狗子"的吃品最差，逮住钓饵，毫不含糊，拖了就跑。只见鱼漂像闪电似的、斜斜地下沉，心想坏了，快速提竿，十有九空。"罗汉狗子"不仅刁钻促狭，还会抢食。频繁地举竿，把"塘子"搅得荡漾，使其他鱼类受惊而逃遁。钓到"罗汉狗子"，通常狠狠地掐断它的头，或者愤愤地踩扁，这才解恨。还有一种名叫"刀鳅"的鱼，我们也怕碰到它。刀鳅的形状跟泥鳅一样，只是背部多了一道铁刷样坚硬又密集的鳍。这鱼能一口将钓饵连同钓钩吞入喉部，要取出钓钩很费周折。再说，上钩的刀鳅能拼命地挣扎，大幅度地、有力地扭动身躯，常把渔线搅成一团。这下可麻烦了，变形的渔线抟不直，得将变形处剪去。刀鳅是劣质鱼，猫都不吃，嫌刺多。现在这种鱼已经看不到了，怕是绝种了。

钓鱼的时候，常能钓到昂嗤。昂嗤通体金黄，阔嘴，背部有根细尖的刺，扎手。过去没人吃昂嗤，钓到这鱼，一般都扔掉。可这几年，扬州的大小餐馆都隆重推出昂嗤烧臭豆腐这道菜。说实话，味道不赖，食客纷至沓来。一向背运的昂嗤，实在风光了一回。风水流年，谁也难以预料。还有一种叫虎头鲨的鱼，中文学名叫塘鳢鱼。这鱼头大身短体胖。扬州人形容某人胖而憨，便赐名虎头鲨，略含笨拙迟钝之意。虎头鲨浑身灰黑，尽是斑点，论模样，实在不雅。加之该鱼一股土腥味，很少有人问津。

水族中还有一种鱼，名叫鲦鱼，扬州人喜欢叫参鱼，或是参条。它是水中的闲客、浪客，倏来忽去，神出鬼没，有时三五成群，有时黑压压一片。鲦鱼经常冲撞鱼漂，有时还啄食一番，它是专门来捣蛋的。鲦鱼一般钓不到，要靠网。鲦鱼身上尽是刺，很少有人吃。吃鲦鱼的都是闲人。鲦鱼烧咸菜，是道下酒的好菜，借着半斤烧酒，嘬鲦鱼，搭咸菜，能消磨半天时间。

有时为了过足钓瘾，我们便到菜坝去钓鱼。菜坝距家仅三公里路程，那里有好几条长沟。说是长沟，其实是河，半天也走不到头。沟的宽度足有十几米，沟里鲫鱼多。撒米做几个窝，也叫打塘子，不一会儿，鱼全来了，像赶集一样。水面上大大小小的鱼泡冒成一片，塘子"兴"起来了。钓钩下去，你就一条条地拎吧。放眼望去，河岸边竿起竿落，个个脸上洋溢着笑意。也就两三个小时的工夫，就能钓到二三斤鱼，人又不累。那鱼全是一拃长短，一色的鲫鱼。

钓的鱼新鲜好吃。若是红烧，鱼肉雪嫩雪嫩的，味道喷香喷香的；若是汆汤，那汤又白又浓，跟牛奶一样，论汤的味道——透鲜。

门前运河汰衣忙

早年间，就我国城镇而言，还没有自来水。人们的生活用水得到水井去提。那时节，每每早中晚三个时段，您就看吧，家家户户的大人、孩子联袂而来，手提小水桶的，肩挑大水桶的，全是打水的人。

那时节，我年龄虽小，但颇懂事，能够主动分担家务。每逢提水，我常自告奋勇。遇到费水的汰衣，得先把木盆搬到井台。于是父母汰衣，我便一桶桶地提水。汰净一批衣服，少说也得二十桶水。因为力气小，一桶水常常沿着井壁七碰八撞地提上来，也就剩下了半桶。一双细嫩的小手，常被桶绳勒出两道又深又红的印痕，有时还能磨出血泡。汰完衣服，常常累得腰酸腿痛，苦不堪言。

后来每逢汰衣，我们干脆就到渡江桥的古运河去，既省力又方便。古运河在我家的北面，仅有五六分钟的路程。父母洗好衣服，我便挎起竹篮，里面满是麻花样蜷曲的衣服，沉甸甸的，随着脚步的起伏，竹篮颤颤地发出吱吱的声响。这是生活的乐章，虽说有点苦涩，却也充满了执着与美好的渴望。这致使我童年时代就深知生活的不易，也坚定了幸福靠打拼的信念。

来到河边，卷起裤腿，蹚到河中。随手将衣服甩开，搓搓，拧干，那肥皂沫就像螃蟹吐出的泡沫，全被拧了出来。再次甩开，再搓，再拧，直到汰净。每逢大件衣物，诸如床单、被里、外套之类物件，我们便在河边的石头上搓揉，有时直接用槌衣棒捶打。那捶衣棒通常是用榆木、枣木、槐木之类硬重杂木制成，沉而结实，捶起来有力。在一阵阵噼噼啪啪的声响中，水花四溅。待衣物汰净，得两人对拧，方能拧干。

每次汰衣，为省时间，我们都抄近道，但需经过一个叫万元桥的农庄。那时节，村人几乎家家都要养狗，既用于看家护院，也为了热闹，不然又怎能称为乡村呢？早年间，村里的这些大狗小狗，全都散养着，野性十足。平日里，这些狗整天东奔西跑的，还专爱成群结队地站在路旁，一呼百应地对着来往路人狂吠，很是吓人。有一年夏天的傍晚，我们汰衣归来，一条齐腰高的花狗，冷不防地窜出来，对着二姐的小腿就是一口，咬得是鲜血如注，真是吓人。二姐的狗伤虽是治好了，但是我们幼小的心灵，蒙上了一层挥之不去的阴影。真是"一朝被蛇咬，十年怕井绳"。以后汰衣，为安全起见，或是邻人结伴，浩浩荡荡，吵吵嚷嚷，以壮声威；人少之际，只能悄然绕道。为了防身，打那以后，汰衣之行，捶衣棒我是从不离手的。

20世纪60年代末，我们小区通了自来水，但仅有一个集体供水站，只能缓解吃水问题。到了70年代初，自来水便普及千家万户。这下可方便了，只要拧开水龙头，那清澈的水哗哗直泻，无论是洗衣做饭，轻松省力，不知方便了多少人，省却了多少宝贵时间。

男儿跳水最豪迈

看跳水真是一种享受。只见运动员立于高台，轻捷地助跑，轻灵地起跳，随即在空中做出一连串优美的造型。临近水面，身体呈"1"字展开，突地钻入水中。整套动作连贯舒展，干净利落，真是让人击掌叫绝。每每遇到央视直播跳水节目，我能投入尽兴地看上老半天。

论跳水，我会，因而偏爱有加。我在童年时代就会游泳，少年时代就会跳水。我的家乡是水乡，高高低低，长长短短的桥很多，每到夏天，这就成了天然的跳台。小伙伴在一起，时常还要比试谁的胆量大，谁的技巧好。就胆量来说，是指跳水的高度，当然是高度越高，胆量越大；就技巧来论，是指跳水动作的花样，肯定是花样越多，越让人敬佩。

小伙伴在一起玩耍，不会跳水，会被人取笑，视为胆小鬼。不会咋办？学！学跳水肯定要走一段弯路，吃点苦头的。初学跳水时，怕人取笑，我便躲在一旁练习。记得刚练的时候，光凭冲动，义无反顾地往下一跳，只听"啪"的一声，水花四溅，肚皮胸脯被水拍得火辣辣地疼。游到岸上一看，整个胸前通红一片，歇了半天，才缓过气来。这原来是角度没掌握好的缘故，整个身体与水面呈平行状态的接触，不疼才怪。后来逐步摸索，渐渐掌握了跳水的诀窍，便敢在众人面前炫耀了。

为和专业运动员的竞技跳水有个区别，我们管自己玩的一套叫民间跳水。民间跳水的动作归结起来，大致有四种：一是冰棍式，二是斜入式，三是镰刀式，四是飞燕式。所谓冰棍式就是头朝天脚朝下，水里一跳，硬邦邦的，绝类冰棍。这是初学者跳的，用来练水感，练胆量的。斜入式则身体呈四十五度，或者更小点的角度，一下便钻入水中，简单痛快。镰刀式则有点难度，人往空中一跃，随即身体蜷曲成弧形，状如镰刀，临近水面，身体展开。这动作优美漂亮，令人喝彩。飞燕式难度最大，人在起跳之际，双腿并拢，两臂尽量展开，像只临飞的春燕，贴近水面时才变换动作。这姿态舒展潇洒，令人叫绝。

　　我们扬州有条世人皆知的河流，曰京杭大运河；河上有座桥，曰扬州大桥。过去这桥有个特点，桥面设有两道起加固、装饰作用的桥拱，远远看去，犹如雨后的彩虹。论桥拱到水面的高度，足有五层楼之高。每到夏天，各路跳水好手，都云集此桥，一展身手，跳得好的，赢得一片喝彩；跳得差的，收到一片嘘声。时常一些好佬动了真，较上劲，轮番地跳，轮番地比，半天下来也难分胜负。在人困马乏之际，约定时间，改日再赛。

　　现如今，一年一度的盛夏如期而至，时下又值 2019 年世界游泳锦标赛在韩国光州激战正酣，牵动人心的跳水项目，再度激起我们跳水的激情。忽然想到苏东坡"老夫聊发少年狂"的诗词名句，我也要约一帮发小，找个合适的场所，再度一展往日跳水的英姿，再次温习往日燃烧的激情。

夏日游泳趣事多

　　我喜欢游泳，水性虽不及《水浒传》中的浪里白跳张顺，却上得台盘的。无论是蛙泳、仰泳、蝶泳，还是自由泳，都能来两下。

　　在炎热的夏秋时节，泡在水里，真是一种享受，这是会游泳的好处。过去每逢盛夏，傍晚一下班，我便径直到瘦西湖，先是尽兴地畅游一番，过足游泳的瘾，然后静静地躺在水面。这其实是仰漂，手脚不动，或是偶动，以保持平衡。此时身心放松，有种天人合一的感觉。转眼间，暮色四合，一片寂静。此刻，你可倾听柔波款款的细语，亦可聆听游鱼唼喋的絮语。这真是一种享受。

　　论游泳，我从小就会。我们这一带是水乡，出门就是河浜。要游泳，孩子们都是成群结队的，为了热闹好玩，也好互相有个照应。孩子们在一起游泳，常要逞能，比比本事。譬如较量扎猛子，看谁在水下待得时间长，游得又快又远。又如比赛谁游得快，刹那间，孩子们手脚并用，拼命地划动，奋勇争先。这时啥姿势都有，有蛙泳的，有自由泳的，有蝶泳的，还有狗刨的，一时间，水花四溅，热闹非凡。大凡人类在儿时，都具有一种争强好胜、英勇无畏的精神。在漫漫的人生历程中，要保持这种劲头，还真不容易。

为了玩耍，有时我们还去古运河或是京杭大运河，有时孩子们闹起豪兴，还要到六圩或瓜洲的长江。虽说有十公里左右的路程，但对于精力过剩且又贪玩的孩子们来说，简直是小菜一碟。夸张点说，脚一跷就到了。说实话，江中浪大，还有大大小小的漩涡。尤其是风大流急之时，危险系数极高，心里还是有点怕怕的。加之那时江边空旷，还有点荒，一眼望去，看不到一个人的影子，万一有个意外，呼救都无济于事。为安全起见，我们只在江边戏水，一有险情也好及时上岸，溜之大吉。到长江游泳只是偶尔为之，算是一种经历，也是日后炫耀的资本。

我们一般都喜欢在古运河和京杭大运河游泳，尤其是古运河，离家近，直线距离仅五六百米，方便。古运河跟京杭大运河均是繁忙的水道，南来的、北往的船只很多，几乎都是拖船，打头的是机动船，嘟嘟地开着，后面拖着十几条木船，缓缓地走着。这些船有运粮食的，运砖瓦的，运化肥的……在这里不仅可游泳，还可扒船玩。一般是扒朝上水开的船，然后跳下，顺水往下淌，水流推着你，一点都不吃力，转眼间又回到原地。早年间，古运河与京杭大运河一直是跟长江连通的，受潮汐的影响，是故有上下水之说。

玩耍之际，偶或也能碰到运输西瓜的船队。此时，孩子们个个眼睛发亮，虎视眈眈。这时我们就要分工合作了，七八个人从不同方向，向船靠拢。为分散船工的注意力，有向船工问话的，有借东西的，有佯装打水仗，把河水使劲往船上泼的……声东击西之时，已有两三个好佬扒上了船，神不知，鬼不觉，便将西瓜扑通、扑通地扔到河里。待船工发现，孩子们早已呼啸而去，抱着西瓜，一个猛子扎得无影无踪。享用着"打劫"而来的西瓜，我们能快活一个下午。

　　有时我们也到河浜游泳，那是要顺带搞点副业的。河浜里有螺蛳河蚌、小鱼小虾。孩子们每人带个脸盆，先是畅游一番，然后开始摸螺蛳，摸河蚌。要摸鱼虾，就要到河边的草丛。有草的地方有吃的，存得住鱼，加之有水草的掩护，有安全感。小半天的工夫，收获颇丰。那天晚上，我的父亲便可美滋滋地喝酒了。

　　说来奇怪，我在四十岁之前，居然没有看过大海，其实要去看海还是很容易的，可我不愿假以人力，凡事遵循顺其自然的法则。年届不惑，机会来了，美事接踵，我的差事老是往海边的城市跑。我几乎跑遍了大陆沿海的主要城市，跟"海"沾点边的青海湖、洱海也去了，这应该是对我的一个补偿。

　　到了海边当然不能错过游泳的良机，最畅快的，最难忘的当属在洱海游泳。万山丛中的洱海，安然而恬静，像羞涩的少女，更像安详的母亲。在其南端，有个洱海公园，那里有个游泳场。洱海的水质清澈透明，不仅可以直接饮用，还可洗涤身心。它的颜色随着水位的深浅，或青，或蓝，或绿，或相互晕染，简直令人痴迷，使人沉醉。我在洱海整整待了一个下午，或漂浮，或畅游。漂浮时，我就是一朵浪花，和洱海的柔波一同鼓荡，鼓荡着陶醉，鼓荡着满足；畅游时，我就是一条鱼，在洱海的碧波里畅游着自由，畅游着快乐。真想与这醉人的洱海长相厮守，直到地老天荒……

江南风情说晒伏

　　江南一带潮湿多雨，尤其到了梅雨季节，那雨是一场接一场，时而细雨霏霏，时而暴雨倾盆。这时的空气总是湿漉漉的，用手一拧，能拧出水来。这话虽有点诗意，但毫不夸张。此时家具的表面是水汽一片，挂满了大大小小的水珠，那水珠还不停地往下滚落。至于书橱、衣柜、化妆台的镜片，更是雾气一片。孩子们可用手指在上面写字画画，很好玩，也很过瘾。若是平房或是楼下的地面，到处都泛潮，甚者还能汪出水来。那墙根经年累月地受潮，吐出一片片的、一道道的白色的盐霜和碱霜。这些水汽无孔不入，它能钻到箱柜之中，使衣物受潮发霉。

　　梅雨一般要有一个月左右的时间。梅雨一过，节令就到了小伏。这段时间，阳光最热，气温也最高。此时家家户户，翻箱倒柜，忙于晒伏。人们在门前、院里的空地，横的拉起绳子，竖的架起竹竿，有的甚至连门板都卸下来，竹床都搬出来，把衣物一股脑儿全都拿出来晾晒。

　　晒伏是江南人家盛夏的一道生活画卷，这时的空中飘荡着一股淡淡的樟脑的气味，这气味极富生活气息，它能勾起人们久远的，甚至是发黄发霉的回忆。晒伏也是亮家底的事情，是贫是富，一眼就能看出。富有的人家，毛的皮的、长的短的、绸的缎的各式衣物，花花绿绿，晒成一片。这些衣物直接反映出生活水准的高低。有的人家怕露富，还用一些薄纱薄布遮着盖着，怕人眼红，怕人议论，怕人嫉妒。至于平民百姓，当然也要晒伏，新的衣物，旧的被褥，多多少少还是有的，也要应应时节，这是当家过日子的事情。

其实晒伏都是女人的事，一般要从早忙到晚。她们头上要戴顶草帽，或是顶块潮湿的毛巾。顶毛巾有个好处，可随时捵下擦擦满头满面的汗水。把衣物挂好晾好，已是汗湿衣衫，这时她们则坐于阴凉的树下或是墙脚歇凉，还要顺便看着衣物，以防梁上君子顺手牵羊。晒伏要一拨拨地晒，一拨拨地翻动。要使所有的衣物、所有的层面晒匀晒干，否则要留后遗症的，等于前功尽弃。晒伏还有个好处，平时想要而找不到的什物，这时全都展现出来了。你可慢慢地归位，这样找起来方便，用起来顺手，再不用跺脚叫喊，再不用把箱柜翻得底朝天。

至于晒伏源于何时，我没考证过，应该很久很早，大概盛于魏晋时期。《世说新语》里记载了南阮北阮的一件趣事。其意为，阮氏分别居住路之南北，而南阮贫，北阮富。七月七日这天，北阮盛晒衣物，都是绫罗绸缎，鲜亮无比。南阮别无他物，阮仲容则以竹竿高挂大布犊鼻裈于院中晾晒。人们奇怪不解，阮答曰：未能免俗，姑且如此。阮仲容是阮籍的侄子，亦是竹林七贤之一，也是个大名人。犊鼻裈，一说是短裤、一说是围裙，反正晒的是衣物，是应时应节的事。他的举动谈吐虽说诙谐，但不能说出格。

现在基本上已没人晒伏了。一是居住条件的改善，现今人们大多住于楼房，宽大通风透气，没有什么潮气。再者是人们观念的更新，如今人们穿戴讲究时新，尤其是一些追求时尚的女性，衣服还未穿旧，因为款式落伍，色彩过时，早就淘汰了，处理了，再没人将那些过时的衣物当作宝贝收藏着，又占地方又麻烦。

如今只有老城区的人家，还守着这晒伏的传统，守着这古旧的习俗，而且还都是些老头老太。看到他们晒伏，总让人想起，过去的生活还有这么晦暗的一笔。

燠热江南可赤膊

"赤膊"这个词实在是欠雅，它总让人想到赤膊上阵，大打出手；总让人想到俗不可耐，有辱斯文。可赤膊这一生活现象，在我们这一带，却是夏日常见的一道"风景"，并且是男性的专利。

我国有三大火炉"热誉"的城市，分别是重庆、武汉、南京。我们扬州与南京，仅一江之隔，若在盛夏，要论酷热的程度，不亚于南京，只是城市知名度有差异而已。

盛夏时节（当然也包括"秋老虎"时段），强烈的阳光照得人两眼都睁不开，火辣辣的光束照在身上，跟灼烧一样。时间一长，皮肤还有隐隐的、灼痛的感觉。此时的气温，室内能达到三十八摄氏度，甚至更高一点。桌椅家具的表面温度，比人的体温还高，热得有点烫人。室外的气温更是攀高不下，能够达到四十多摄氏度，将近五十摄氏度。那炽热的阳光能把人晒得脱水，晒得中暑。

此时此刻，知了在枝头使劲地鼓噪，狗在墙角拼命地吐着舌头。这时的柏油路全都融化了，就像融化的狗皮膏药一样。远远看去，整个路面，腾起一阵阵的热气，是朦胧的白，还有点幽幽的蓝，袅袅腾腾的，跟烟跟雾一样。走在这样的路面，稍稍大意，鞋子就会被粘住，搞不好还能闹出笑话。我有个娇小的同事，她的鞋就曾被粘过，拽了半天，后跟都拽掉了。

这样的天气，让人热得烦躁不安，六神无主。此时男性最好的、最传统的纳凉方式，就是赤膊。大白天，放眼望去，墙旮旯儿、树荫下，只要稍为凉快点，通风点的地方，到处都是赤膊的男人。不仅老的赤膊，少的也这样。有的躺椅上一仰，迷迷糊糊，似睡非睡，似梦非梦，快活极了；有的圈椅上一倚，吮吸着紫砂壶里的香茶，不时悠闲地抽着卷烟；有的四个人朝下一坐，甩场八十分；还有的两人打对面，来盘象棋，日子过得真跟小神仙一样。

居家处室，一般的男子都是赤膊的，方便，痛快啊。要是碰到做饭炒菜，拖地板等家务活，个个忙得是大汗淋漓，整个人就像蒸过桑拿一样。赤膊的好处，身上一旦有汗，可随手拽块毛巾，随时揩擦，方便。我有个熟人，别看他外出总是衣冠楚楚，风光无限，其实在家，他也是赤膊一族。

在我们这里，赤膊者还有道别样的风景，他们的肩上都要担块毛巾，半潮不干的。一出汗，随时一拽，脸上揩揩，身上擦擦。还有一种人，专门把毛巾叠成两道或四道，朝手腕上一绕，跟体操运动员的护腕一样，也是随时揩擦的。这种做派，姿势足点，讲究点。最有趣的是一些小把戏（孩童、少年）也学着大人的模样，肩上搭块毛巾，假模假样，走起路来胸脯挺挺的，两臂甩甩的，一派老资格的模样。

到了夜晚，如若有风，还不错，但通常仍是闷热难当。我们江苏有个成语叫"吴牛喘月"，意思是说，吴国等地太热，以致到了夜晚，炎热不减，那些水牛看见月亮，仍是"心有余热"，还在不停地喘息。

在这样的夜晚，吃了晚饭，洗完澡，好多人赤着膊，蒲扇一抓，板凳一搬，朝自家门前的空地一坐，三五个人谈古说今。一直说到瞌睡虫直爬，眼皮千斤重为止。还有一些赤膊一族，干脆夹张凉席，哪里风凉，就往哪里跑，花园、操场、桥头、路边，甚至是房顶，凡是空旷点的地方，通风点的地方，全是人。只见横躺的，竖卧的，鼾声一片，美梦遍地。我们这里有句俗语，叫"着急人受伤，淌汗烂衣裳"。过去人们钱少，加之物资紧张，省布的良方就是赤膊，既痛快又省事，这是一举两得的好事。

关于赤膊，记忆最为深刻的是 2004 年的雅典奥运会。时值炎炎的盛夏，看台上，尽是神态自若的赤膊男观众，其中希腊人居多，成了雅典的一道特殊景观。看来，赤膊现象并没有国界，人们追求舒适本能是一致的，谁都不能免俗。

赤膊有时还可成为作秀的手段。有一年香港某大牌男性明星在成都演出，为了煽情，此人一时兴起，随手脱去衣衫，赤裸着上身，边唱边舞，惹得现场的观众是一阵阵狂呼和亢奋地尖叫。赤膊有时还带有宣泄的作用。看一些球赛，包括世界杯，每当进球，那些功臣脱去球衣，赤裸着上身一路奔跑，一路狂呼，观众对其壮举更是报以雷鸣般的掌声和呐喊，整个球场都沸腾了。

我崇尚自然，热爱自由，也是赤膊主义者。不过，每当外出做客，衣着还是整齐的，尤其社交场合，更是注意形象，这是对别人的尊重，也是对自己的尊重。所以，做任何事情都要讲究个场合、尺度，不要逾越为好。

冬日摸鱼豪情壮

　　十月种了小麦，村中最是清闲，这时村道上常常可见摸鱼的渔夫。

　　摸鱼不用大本钱，一叉、一篓、一防水衣便足矣，更何况不用起早带晚，风中雨中吃那辛苦。渔夫们肩扛渔叉，雄赳赳、气昂昂，像是古代出征的武夫，令人敬慕。

　　冬日河水清且浅，鱼性静，活动范围小。渔夫们蹚到河中，举起渔叉，对着河面一阵乒乓敲打，吓得鱼四处逃散，纷纷藏到岸边的草中。此刻渔夫们潇洒地将渔叉呈弧状一扔，便稳稳地插在河中，然后双手呈扇状张开，慢慢靠近鱼。此时的鱼早已被吓得魂不附体，只顾藏身。渔夫们一手抓住鱼背，一手卡着鱼鳃，如囊中取物，一条条地塞进鱼篓。不用很久，便可满载归来。

　　摸鱼这行当不是谁都能干的。体质差的，长时间泡在水中，吃不消；年纪大的，手脚不灵活，往往误了时机。因此，渔夫们都是身板硬朗的青壮男子。他们的怀里都揣着酒瓶，下水前，一仰脖子，咕嘟几口，豪爽得令人羡慕。摸的鱼新鲜好吃，傍晚渔夫们来到农贸市场，未及吆喝，很快便被买主抢购，或红烧、或氽汤，味道鲜美，咂舌赞叹。

淮扬往事话淘井

扬州老城水井有多少，四百八十口？"不止！"一个专门从事水井调查与研究的老者说，"是五百八十五口。"乖乖，这么多，还真看不出来。

水井一多，就得有支专业维修队伍，他们属于房管所。该所不起房，专门负责维修，瓦木匠、油漆匠齐全。房子补漏，修理地板，油漆门窗，他们都干，淘井也是他们分内的事。

我们家附近，有口水井，论距离，也就几步路。水井的水源一旦不畅，打上来的水十分浑浊。这怎能淘米洗菜？又怎能饮用做饭？严重的时候，水能冒泡发臭。

水源不畅的原因，是经年的落叶及淤泥所塞，加之顽童扔下的砖头瓦砾，树枝杂物所致。水源不畅，得马上报修，淘井的便以最快的速度赶来。这是关系到家家户户生活的大事，不能耽搁。

淘井的人好像是分地段负责的。我们这一带常来的就那几个，熟脸。时间一长，张三、李四、王二麻都叫得出来。来淘井的也就三四个人，他们是有明确分工的，做辅助工作的是大块头，下井的要小个子。两个大块头先用大号水桶，把井中的积水打干，这中间是不歇气的，小个子专门负责井下的活。

我们这一带下井的师傅姓陈，四十来岁。论身材，五短，猴瘦。皮肤是黑黝黝的，皮肤一黑，一双眼睛、一口牙齿就显得很白，白得发光，发亮。他虽长得瘦小，却猴样机灵。当辅助者在打水的时候，他往井旁柳树下的小凳一坐，面前的方凳上，摆放着一碟椒盐花生米，一碟茶干，外加一瓶二两五的老白干。这是专供下井人享用的，这是规矩。这规矩是谁定的，啥时定的，谁也说不清，反正萧规曹随，承传传统。有一点是可信的，井下潮湿寒冷，时间一长，易得风湿，易得关节炎，酒有舒筋活血，祛风祛湿作用。这话在理，有理就喝吧。

　　只见陈师傅拿起酒瓶，指甲一挑，撕去瓶口的封条，用牙将木塞一咬，随口一啐，将瓶塞吐得很远，很潇洒。随后一扬脖子，咕嘟几口，顺手抓把花生米，嘴里一扔，慢慢咀嚼起来。吃完，又是两口白酒，抓两块茶干，撕撕，嘴里一塞，嚼上半天。半瓶酒下肚，他便全副武装起来，穿起橡胶衣裤。这是连体衣，跟渔夫的一样，只露出头和双手。然后往腰部系根拇指粗的麻绳，扎紧扎牢。待辅助者把井中的水打干，亮出井底，他也该下井了。井上的人抓住他腰间的绳子，小心往下放，这其间还要另放一根绳子，供陈师傅把控，以防闪失。这绳子还兼有系簸箕，吊杂物之用。

　　到了井底，陈师傅先清除砖头瓦砾。待装满了簸箕，他把绳子一摇，井上人知道了，将簸箕提上来，倒掉，再放下去。有的地方，这绳子上还系个小铃，一摇，当啷直响，很有趣。清除完杂物，他便用铁锹清除淤泥。这锹很小，比巴掌大不了多少。铁锹的木柄也很短，也就二三尺长，长了在井底不好伸展，别扭。待淤泥装满了簸箕，他又把绳子一摇，井上的人又提起来。就这样，反反复复好多来回。

其后，他还要检查井壁。遇到井砖脱落的，他要补齐；若有松动的，还得用泥浆粘牢。对被淤泥所塞的井缝，还得用铲子逐一勾缝，以确保渗水顺畅。有时他还顺手将井壁上的青苔刮除，这属于锦上添花的事情，不特意为之，以手臂够到为度。我们这儿的水井，年代都很久远，毕竟是有两千五百年历史的古城。上百年的水井多的是，甚至还有宋朝的汉朝的。你看这青苔，不知长了多少年，积了有多厚。

待干完活，他还得觑一遍井壁、井底，以防疏漏。井底光线暗，必须得觑。觑属方言，有眯起眼睛，凑近看的意思。待查看完毕，他将绳子一摇，人们把他从井底提上来。到了井台一看，大家乐了，这时的陈师傅跟换了个人似的，手上、脸上、头发窠里，尽是斑斑点点、片片块块的污泥，黑不溜秋的。这一黑，就更显得他的眼睛和牙齿白。

脱去"外套"，稍事清洗，他将剩余的半瓶酒，一扬脖子，全都下了肚，再往嘴里塞把花生米，随后将剩下的茶干、花生米，用纸一包，怀里一揣，手一拱："得罪，先走一步。"

陈师傅到哪里去呢？去澡堂！他要在澡堂好好清洗下身上的泥污和汗水，躺在池头痛痛快快焐一下，舒舒服服出身汗，好让寒气全都发出来，以确保身体健康，无病之虞。

至于那剩余的花生米和茶干，那是陈师傅洗完澡，躺在躺椅上，就着茶水享用的。

渐行渐远木靸子

木屐又叫柴屐、脚屐、鞋屐，也就是木制的拖鞋。在我们江南这一带，人们喜欢叫木靸子。

早年间，在我们这里，每到夏秋时节，木靸子是唱主角的。不仅男的穿，女的也穿；老的穿，少的也穿。整个夏天，大街小巷，木靸子响声一片，这就像春天要有布谷鸟的歌声，夏天要有知了与青蛙的合唱一样，如果缺少了木靸子的声响，这个夏天就会显得单调。

木靸子的好处是宽大、光滑、透气、养脚，走起路来啪嗒啪嗒地响，尤其在夜晚，多远都能听到声音。要是走夜路，孩子们还能壮胆。经常是几个孩子走在一起，用力直跺，真是响声一片，还有点吵人，烦人。假如走在七弯八绕小巷的石板路上，那个清脆的声音就跟打竹板一样。有的人家的父母，根据声音的轻重缓急，就能分辨出是哪家的孩子。木靸子的缺点是不跟脚，不适宜走远路，再者步幅大不起来，快不起来。初穿者动作不协调，不留意容易跌倒。

在我的记忆里，市面上好像没有木靸子卖，都是自家动手做。做木靸子并不复杂，找来板料，按照脚的尺寸，放点余量便可。木靸子通常用杉木或是硬杂木制作。杉木的好处是轻巧，不怕水，不变形；硬杂木的特点是笨重，但耐磨。也有些人家不讲究，找到什么木料就用什么。

我们家的木屐子全是父亲做的。我的父亲很聪明，他虽不是手艺人，但动手能力很强。什么东西眼睛一看，诀窍全都了然于心。我看过他老人家做木屐子：锯、刨、锉，一气呵成，最后把带子一钉，三下五除二，一刻工夫，一双木屐子就做好了。既漂亮又大气，赞极了。

木屐子有时还会成为家长教训孩子的工具，方便！我有个小伙伴，名叫小安，可他一点都不安稳。这个小孩总是不听话，经常跟人作对，老是闯祸，纰漏不断。好几次，家长气极了，抓小鸡一样抓住他，摁住，木屐子一脱，直打，他拼命挣扎，乱喊乱叫。结果屁股被打得都肿起来了，跟馒头一样。

现如今，木屐子已经找不到了，它离我们越来越远。它的"合唱"，回响在岁月的长河里，回荡在人们的记忆里。

闲话斋号有寓意

　　自古至今，大凡文人的书房都有斋号，有的状物，有的说理，有的抒情，有的言志。或雅致，或通俗，均有个性，皆有情调。

　　就现当代作家而言，孙犁斋号"芸斋"，寓意芸芸众生中的一介书生，谦逊之极。萧军斋号"蜗蜗居"，其居虽蜗壳样狭小，实则心胸豁达。表达了作者心系国运，荣辱与共的心态。徐刚斋号"一苇斋"，他以一苇自喻，表达了对故乡的眷恋，以及平凡朴实的本质。散文家赵丽宏斋号"四步斋"，作者自谦为文抒情，仅为学步涂鸦而已。我有个文友的斋号曰"听雨轩"，源于明朝东林党领袖顾宪成所撰名联。其联曰："风声雨声读书声，声声入耳；家事国事天下事，事事关心。"表达了读天下书，做天下事的脚踏实地之精神。

　　我也算个不大不小的文人，亦有几千卷藏书，加之长期为文，耳濡目染，也渐渐"风雅"起来，也曾先后有过几个斋号。最初叫"成荫斋"，源于"有心栽花花不开，无心插柳柳成荫"这一俗语，抒发了不慕功名，一心笔耕的心态。

　　我从20世纪70年代末开始搞文学，始则易浮躁，好功名，慕虚荣。几张退稿单，犹如醍醐灌顶，从此深刻认识到"汝果欲学诗，工夫在诗外"的道理。于是坚信"一分耕耘，一分收获"

的道理，付出越大，收获也就越丰。

年届而立，经历了些坎坷，也品味了不少酸甜苦辣。诗言志，歌咏言，斋号为心声，于是改斋号为"五味斋"。

年近不惑，笔耕不辍，不时也有些约稿，正是扩大战果的良机。大概世上没有一帆风顺的船，也没有一路走得直的车。那年命运跟我开了个大大的玩笑：小人设套，使我无端卷入一场纷争；纷争中，又遭恶人暗算，身受伤害，因而染恙。面对严酷现实，只好刀枪入库，马放南山，我的一支秃笔也就封存了起来。人在干渴的时刻，最希望得到甘泉的滋润；人在病中的时候，最渴望健康的回归。真是纸上得来终觉浅，绝知此事要躬行。

好在那时我还算清醒，得病伊始，便四处求医，并习练太极拳，修炼气功。我先后曾拜好几位武术名家为师，一边修炼，一边研习功理功法，每日坚持，多年不辍。事物总是一分为二的，得病虽是坏事，但能使我从繁复的生活和人际关系中跳出来。既没有案牍之劳形，也没有名利之缠身，无牵无挂，一下轻松许多。一时间懂得什么叫清闲，什么叫知足。其时虽不写作，书还是读的，还有"觊觎"文坛之心。

为表明那些年的追求，又改斋号为"养怡斋"，出自曹操"养怡之福，可得永年"之诗句，意思是：只要好生保养、修炼，便可颐养天年。如今，虽说我已缓缓复出，但仍将曹操的养生之道奉为圭臬。只有青山不老，绿水才能长流！

打夯

打夯是建筑行业中的一种体力劳动，就是用夯把房屋的地基砸实。

砌房时，先要挖地基。地基的宽窄深浅是根据房子的大小高低来决定的。挖好了地基，要用夯将其夯实，这样房屋的根基才牢固坚实。

夯为长方形，有大半个人之高，多为木制，均采用高密度、有分量的木材，如桑木、榆木、槐木等。其目的为增加夯的自重，增强打击的力度。夯的底部，用钢板包裹着。钢板对应两边的前后端，各设一个铁环，共四个，用来拴系绳索，供人把握拎举。夯的上方，设有两个把手，供掌夯人把握方向和加压。

打夯时，掌握方向的是男子，拽绳子的是女子。四个女子，一人一边，一人一条绳。她们把夯拎得很高，往下一掼，拎起再一掼，一下又一下，坚实有力，富有节奏。打夯时，她们都唱着夯歌。那歌词十分简单："哎哟哎哟哎哟，哎哟哎！"她们边打夯边歌唱，边歌唱边移位。虽说是同样的歌词，她们却能依心情和劳动强度，唱出不同的音高、音色和节奏，于变化中调整情绪。唱歌可减轻疲劳，可愉悦心情，亦可提高劳动效率。小的时候，我常去看人打夯，一是好玩，二是有趣。它不仅让人看到井然有序、热烈红火的劳动场景，更让人体验到团结就是力量的真谛。

打夯的情景，在生活中也会出现，不过那是种玩笑。通常几个人欺负一个人，将对手摁倒，然后四人分抓手脚，将其高高举起，打夯一样往下掼，一下、两下、三下……直到对手告饶为止。不过这种掼，不是真的，四人的手也是不能松的，否则将人摔伤，玩笑闹大了，就不好收场了。当然，被夯者也没有那么顺从听话，不会任人摆布，任人宰割。他的手脚、身体肯定要拗，要犟。有时，这个玩笑能僵持小半天。

生活中打夯的玩笑，通常只在男性中进行。若是女性中出现这样的翻版，那就热闹了。有一年秋收时节，我去乡村采风，只见打谷场密密匝匝地围着许多人，人们亢奋地叫着笑着，群情激昂。挤进去一看，见几个强壮的农妇，正抓着一个更为强壮的农妇在"打夯"。农妇们生得粗手大脚，粗犷豪放。她们把"猎物"举得很高很高，高过头顶；往下摔得又很重，跟真的一样。好在打谷场是泥地，加之该"猎物"的臀部很肥硕，仅这个部位触地，一点也不疼。女性"打夯"的玩笑，真是十年不遇，百年难遇的事情。此次下乡，算是饱了一回"眼福"。

唱歌晨练乐陶陶

离家不远，有个荷花池公园，常见人们去那里晨练。晨练的样式可谓百花齐放，令人眼花缭乱。在晨练大军中，有这么个人尤为特别，他不打拳，也不跳舞；不玩空竹，也不打球；不练气功，也不跑步；从来到走，就一个人，一个劲地唱歌。

不知他姓甚名谁，光听人们叫他老马。老马六十开外，中等身材，精瘦如猴，淡黄面皮，狭长马脸，有着一对短促而浓密的眉毛，一身粗衣布裤的装束。老马很有特点，看人说话，总爱眯着眼睛，歪着头，一副似笑非笑的神态。

老马不是歌唱家，但嗓子还说得过去。他的歌声属于男中音，还略带点沙哑和沧桑的意味，有点像歌星杨坤。远远地听到沙哑和沧桑的歌声，人们便说：老马来了！

老马唱歌很特别，一边走一边唱，一边唱一边拍着巴掌。说行走，他是到处走，时快时慢，像是漫无目的，无始无终似的。时而他会不由自主地停下脚步，看会儿风景，跟人说会儿话。说起唱歌，他想到什么就唱什么，逮到什么就唱什么。反正是哼唱，是自娱自乐。论拍掌，他经常把巴掌拍得啪啪响，敲鼓打镲一样响，巴掌的响声能盖过歌声，好像是为自己打拍子，也像是为了引起他人的关注，更像是炫耀自己的快乐和力量一样。通常他是走路、唱歌、拍掌三结合，要快一同快，要慢一起慢，堪称是有机的统一。

不知什么缘故，有段时间，老马总喜欢围着抖空竹的人唱，围着打拳的人唱，像是观看他人的表演，又像是展示自己的喜悦似的。唱得得意之际，巴掌也不拍了，纯粹就唱。此时他是正儿八经，有板有眼地唱，就像大牌明星的个人演唱会，也像歌唱家下基层慰问演出似的。此刻，他还配有丰富的面部表情，做出各种大幅度的手势，真是投入忘我，感情丰富。

偶尔也能看到老马隐在湖边的柳下，就一个劲地唱，好像波光粼粼的湖水和飘飘拂拂的柳丝，就是他最忠实的听众。那歌声忽高忽低，忽喜忽悲，像要把自己几十年的酸甜苦辣，忧喜悲欢，竹筒倒豆子般全都唱出来。唱到得意时，满脸绽放出灿烂的笑容，就像四月盛开的油菜花一样；唱到伤心处，竟然泪水涟涟，仿佛是黄河决口一样。

老马会唱的歌很多，最有趣的是唱儿歌。好几次见他唱《找朋友》："找呀找呀找朋友，找到一个好朋友，敬个礼呀握握手，你是我的好朋友……"此刻的老马是连蹦带跳，连唱带演，使尽了浑身解数，时常还装作蹒跚学步的孩子，哼哼唧唧，跌跌撞撞的。老马这些夸张搞笑的举动，常让一旁晨练的人们忍俊不禁，不时发出哧哧的笑声。人们常说：这个老马真逗！

"老马啊老马，让人说你什么好？！"嗨，晨练不就是为了追求释放、健康和快乐吗？！

古城夜放许愿灯

　　在我们这座城市的夜空，经常可见一盏盏烛光闪烁的许愿灯。这些灯，多的时候有上百盏，颇为壮观。它们带着一个个美好的心愿，一个个沉甸甸的祝福，高高低低的，远远近近的，在夜空里冉冉升起，缓缓飘飞。它们照亮了天空，照亮了人们的心灵，也成为都市一道亮丽的风景。

　　许愿灯又叫孔明灯，也叫天灯，相传是诸葛亮发明的。孔明灯早先是用于军事情报的传递，这跟韩信发明风筝一样。随着时代的进步，孔明灯和风筝的军事功能逐渐淡化，并退出了军事舞台。现如今，它们纯粹成了人们娱乐或祈福的道具。

　　制作许愿灯的材料多为纸质，形状多种多样。它是用来许愿、祈福的。但凡放飞许愿灯，几乎所有的人都要在灯上写下自己的心愿。这其中有求财的，有求健康的，有求平安的，有求爱情的，凡此种种，不一而足。大凡人间所有的愿望和追求，均可简洁明了地反映在这一盏盏许愿灯上。

　　其实看人放飞许愿灯挺有趣的，从中也可大致看出各人的性格。记忆最深的是有对中年夫妇，他们是我的大学同学，男的叫大伟，女的叫小萍。大伟提起笔来，旁若无人，不假思索，洋洋洒洒地在灯上写道："老婆，我爱你！"小萍则依在他的肩头，抿着嘴，幸福而羞涩地笑着。大伟爽直热烈的举动，令好些看客不住叫好。有人一时兴起，还报以热烈的掌声。待大伟把笔递给小萍，她则有些忸怩，还有点推托，沉思再三，小萍郑重地写下六个大字："老公一生平安！"您看，外向奔放与内敛含蓄的性格，均表现得淋漓尽致。

再看看一些小年轻，则是一番别样情景了。我们这个时代，是国门大开的年代，是与国际接轨的年代。现如今的青年，不论男女，大都外向热烈，表现出开放与接轨的精神。一些年轻恋人的表白，简直用火辣热烈来形容毫不为过。有人写："爱你一万年！""吻你一万年！"有些人不仅用中文写，还佐以英文和日文，甚者还用法文、希腊文，这就是文化和时尚。有的人不仅写，还要画上两笔，好像不如此这般，便不足以展示才华，不足以表达心情。有个时尚的女士，还在灯纸上印了一个鲜红的唇印，真是情深意长。他们的"题字"大都直奔主题，不绕弯子，不兜圈子，可谓直截了当，酣畅淋漓，令人连呼痛快！

看着一盏盏冉冉飘飞的许愿灯，我想起梁静茹有首叫《宁夏》的歌曲，唱曰："宁静的夏天，天空中繁星点点，心里头有些思念，思念着你的脸……"我总以为这"繁星"就是许愿灯。我想此歌作者的创作灵感，兴许就是来自许愿灯，为了押韵才改为繁星的；又想，即便把"繁星"当作许愿灯，又何尝不可呢？它们都是亮的，也都在天空，都是可以托物言志的。人们不是常说，一千个人赏花，便有一千种感受吗？！在我的眼里，在我的心里，这一颗颗"繁星"，就是一盏盏许愿灯。

看着这些缓缓飘飞的许愿灯，我的心里头还真有些思念了……

寄寓城郊小李村

扬州城东南十里，有个村庄，曰李村。小村前靠长江，东临运河，西挨公路，或车或船，交通便捷。长期以来，村里的农民种植蔬菜供给城市，因此比种粮的农民富有。

近些年，因为城市建设的发展，许多工厂纷纷外迁。愣是有家工厂看中了李村这块风水宝地，要在此处建厂房。村里的土地本来就紧张，这样一来，一些人无事可干，也不能闲着啊。市里的劳动部门，便把他们安置到城里各厂工作。于是青壮男女都去城里做工，就剩下老汉老太照看地里的庄稼。

清晨鸡叫三遍，天色渐亮，人们起床下地干活。一时间，有浇水的，有锄草的，有翻地的，有施肥的，忙得是不亦乐乎。卖菜的农人，为了赶趟，手脚不停地摘黄瓜，割韭菜，铲青菜……带着露水，装满大筐小篮，车上一装，火急火燎地运往城里的农贸市场叫卖。

七点一到，田野里是叫喊声一片，都是呼唤地里干活的人们。吃了早饭，饭碗一推，进城务工者电瓶车的喇叭声，摩托车的电机声，私家车的马达声，响成一片。八点以后，一片静寂，阳光淡淡地洒在田野上，在柔缓地抒情；轻风拂动着丝丝的杨柳，卷起一树的秀发。村道上白公鸡、黑公鸡引颈长鸣，练着美声；小花狗、大黄狗追逐嬉戏，享受着"天伦之乐"。此时的田野里，只见一个个的老汉，裸露着古铜色的臂膀，从容地运锄；老太们则坐于门前，安然地择菜，准备着午饭。

村里树木很多，房前屋后，大道两旁，沿河靠沟，密密匝匝，而杨柳、洋槐、泡桐、水杉、香樟、银杏居多。随便种下，不用管理，便自自然然生根，舒舒服服生长。待长到腿粗、腰壮，村人便砍去，用来打家具、做农具，或是出售赚钱。

春天里，杨柳抽芽，轻风一吹，远远看去，缥缥缈缈，如烟如雾，整个村庄像是绿海中浮动的小岛。最美的是洋槐开花，满树的槐花，一串串的，其香像茉莉，优雅持久，醉倒行人。此时的蜜蜂、蝴蝶，整天在花丛飞舞歌唱，乐而忘返。每每此时，孩子们便用长长的竹竿，打下满树的花朵，用来泡茶、蒸制馒头，或是用它们做枕头，梦又香又甜。

村人从不盆栽花卉，仅是房前屋后，路边篱畔，随便扔下种子，插下花枝，那花就长就开。正月红梅、二月连翘、三月桃花、四月玫瑰、五月月季、六月蔷薇、七月凤仙、八月桂花、九月杜鹃、十月菊花、十一月木芙蓉、腊月里有冬梅。一年四季，月月有花，天天有花。或红或粉，或黄或白，或香或淡，悦人目光，怡人嗅觉。想象城里人，一抔黄土，几只花盆，几朵鲜花，长得瘦了吧唧的，茶余饭后，还自以为风光宜人，自鸣得意。殊不知凡花凡叶，拘谨局促，不得灵性，就像囚笼中的鸟儿，跟自然条件下的同类相比，少了野性，缺了灵气，短了生机。

村人的住房很是讲究，一律是七架梁的平房，青砖青瓦。房屋均高大敞亮，通风透气，冬暖夏凉。家家户户还都守着古旧的习俗，南开大门，北设小门。开门说话，应答一片。进村从西往东，不多不少，整整四十户。堂屋是立柜、沙发、彩电、洗衣机、微波炉、电冰箱、电脑，现代化的家电一应俱全。冰箱虽设而常关。人们要吃蔬菜，地里现铲，吃多少铲多少，新鲜对味；要吃鸡，抓住就杀，鲜美可口。

现如今村人富有了，生活也更为讲究，一改往日整鱼大肉粗放型的生活习惯，平日吃喝也讲究煎炸氽炒，有汤有水，重视色香味形，注重营养价值，追求生活质量。

村人个个精神，眉眼清爽。爱打扮的是姑娘，头发烫得蓬蓬松松的，或是一卷一卷的，有的还要染色，更要焗油。论短发，精神清爽，干净利落；论长发，披拂在肩，飘飘逸逸。讲穿戴，则紧跟时尚，什么新潮就买什么，什么流行就穿什么。小伙们则追求西装革履，讲究仪表，注重风度。老人则是对襟布褂，圆口布鞋，要的是舒服。

红日西沉，烟囱里的炊烟袅袅地升腾，一时间，稻米的清香就飘溢出来。暮色中，老太们倚靠门框，翘首远眺，等那城里做工的儿孙。暮色渐浓，村口是喧嚣一片，务工的人们陆续归来。孩子们飞快地跑去，得意地往车上一坐，讨好卖乖，撒娇发嗲，把喇叭摁得直响。这时的田埂上也闪动着依稀的身影，荷锄归来的老汉，哼着悠扬的小曲。

吃了晚饭，一家人围坐在堂屋，收看电视。女人编织着毛衣，说着闲话；男人则躺着，悠闲地抽着卷烟，喝着茶水。自然也少不了上网查阅资料，看书读报，练习书法的青年。老人们最爱看的是戏剧节目，平日少有。月光之下，常见三三五五的老汉，聚于前院，胡琴一响，亮嗓便唱。此时不管是京腔昆调，还是扬剧淮戏，不论是古今剧目，生旦净丑，也不问是悲是喜，逮谁唱谁，反正过瘾就行。最为有趣的是那些孩子，煞有介事地学那一招一式，一哼一唱，倒也有板有眼，像模像样，逗人发笑。

最不安稳的是些青年男女，吃了晚饭，嘴一抹，就去河边柳下，渠畔草地，卿卿我我，如胶似漆，自然也少不了斗嘴使气，诅咒发誓；当然也有剑拔弩张，反目成仇的；亦有握手言和，重归于好的。生活中的酸甜苦辣，全都浓缩在这个小小的天地。

更有一些浪漫的男女，摩托车一骑，或是私家车一开，径直来到灯红酒绿的城里。他们下馆子，要酒点菜，慢慢地吃喝，美美地品尝；其后便到影城看大片，随着剧情的发展，时泣时笑，为剧中人物担忧欣喜；余兴未尽之际，他们也手拉着手，在霓虹灯闪烁的大道上，用脚印"打卡"。直到夜深月斜，才依依不舍地回到鼾声一片，美梦灿烂的小村。

因为写作的缘故，我曾在李村客居过一段时光。这些日子，时常梦回李村，因此写下这篇文章，算是雪泥鸿爪，也是一种慰藉吧。

惩恶扬善泥人杨

我们大院有道耀眼的风景——泥塑。这些泥塑的保有量，通常有十来个之多。论其形制，基本上跟真人真物一般大小；论色彩，鲜艳无比，对比强烈。这些泥塑最大的特点，便是随着主人的意愿，常换常新。这跟戏台上的角色一样，没有固定的主。你唱罢我登场，各领风骚一时间。

这些泥塑的主人，是个老太，此人姓杨。她长得高挑，精瘦。杨老太今年虽已七十开外，却耳不聋，眼不花，谈吐利索，手脚敏捷。因她喜欢塑泥人，时间一长，人们管她叫泥人老太，或是泥人杨。

杨老太为啥要塑泥人，这其中颇有些原委。在她六十岁那年，老伴先走了，她顿感极度悲伤和孤寂。其实她是子孙满堂的，可这些子孙均在外地，够不着。杨老太不打牌，不跳舞，也不跟人拉闲话，一个人守着一百平方米的房子，屋里是冷冰冰的，心里是空荡荡的。不能总这样闲着，让心田长满荒草，让骨骼生锈吧。不知哪来的灵感，哪来的激情，她捏起了泥巴，做起了泥塑。

她的屋前有块空地，这就成了她最好的作坊。起先，她塑个小猫小狗、小马小羊之类的小动物，塑得有鼻子有眼，像模像样。人们看后，叫好一片。杨老太那个美啊，心里就跟喝了蜜糖

153

水似的。杨老太兴许天生就是雕塑家的材料，以往她的潜能只是没有被开发出来。这一开发，便不可收拾。她整天捏呀塑呀，甚感其乐无穷。时间一长，老这么塑小动物，她觉得没劲。那就塑人吧，塑谁呢？干脆就塑自己的老伴吧，熟悉。

她的老伴过去是个厅级干部，两人一起生活了几十年，那就捏吧，塑吧。不几天工夫，做好了。邻人一看，真像，精气神一样不少。后来她一想，不能光让老伴一个人在露天待着，没遮没拦的，一年四季，让风吹着，让雨淋着，让太阳晒着，怪心疼的。于是，杨老太又连塑带建，搭了个凉亭给老伴。这下心里踏实了许多，安生了许多。其后，她又想，总得给老伴配个秘书吧，写个总结，接个电话，跑个腿，总得有人使唤。她又按老伴生前原先秘书的形象，给老伴配了一个。这秘书是个小伙，眉清目秀，挺精神，也挺机灵的。这回她没敢动真格，怕秘书真的有意见，只在似像非像之间，完全是画家写意的性质。

文人们常说，"诗言志，歌永言""文以载道"，杨老太文化虽不太高，也说不出这些话，但道理她懂。如果说，早先捏泥巴，做泥塑纯粹是玩的性质，出于排遣的目的，几年下来，她已懂得用泥巴表达自己的情感，准确地说是善于表达自己的爱与恨。

目标一旦明确，杨老太便将无限的热情化为自觉的行动，她开始塑造自己喜欢的人，或者是对人类进程有影响的人物。这些年，她塑过华夏始祖黄帝、至圣先师孔子、出塞和亲的昭君、民族英雄岳飞、奥运冠军许海峰、杂交水稻之父袁隆平、诺贝尔奖获得者居里夫人、发明大王爱迪生、创立相对论的爱因斯坦，她还特意塑造了令人感动流泪的梁山伯与祝英台，以及欧洲的梁祝——罗密欧与朱丽叶。

记忆最深的是 2003 年 10 月 15 日，我国成功发射了"神舟五号"载人飞船，圆了中华民族千年的飞天梦想。一时间，举国欢腾，民众若狂。在这特定的历史时刻，杨老太的爱国激情犹如火花一样迸发。在心潮起伏之际，她连夜塑造了航天英雄杨利伟的塑像。这跟真的一样，杨利伟英姿勃勃，意气风发。她还给杨利伟披上了鲜红的绶带，佩戴了多枚勋章。塑像一塑好，左邻右舍的人们络绎不绝地前来观看，人们的赞誉之词，犹如三月的春潮。杨老太乐了，那笑容就像四月盛开的牡丹。

杨老太平生最恨贪官，以及各种歹毒之人。她塑过贪官群丑图。这些贪官在她这里的日子并不好过，他们全都五花大绑，屈膝下跪，就跟永跪于杭州岳王庙的秦桧、王氏之流一样，供人千秋斥责，万世唾骂。

本着鲍鱼芝兰不相容，冰炭不同炉，美丑不同园的精神，杨老太还将泥塑区作了严格的划分。好人待的地方曰"美园"，坏人待的地方曰"丑园"。美园的景致是红花绿草，碧水映天，好一派怡人的景象。丑园则是另外一番情景，四周围以铁蒺藜，里面陈列着各种刑具，包括泥塑的刀山火海，再布以冷酷无情的判官，青面獠牙的小鬼。此情此景，真是阴森恐怖，令人不寒而栗。

弘扬真善美，鞭挞假丑恶，这是人类共同的、永恒的主题。杨老太用那自娱和遣兴式的劳作，默默地演绎着这一主题。无意之中，她已对人们起到了教化作用。这种教化是具体的、明晰的。我想，倘若将杨老太的这一做法推而广之，那将对社会起到更为广泛、更为深刻的影响。

号子声声鼓干劲

　　早年间，生活中，或是劳动时，常能听见雄浑有力的号子声。这是一种阳刚的、雄性的抒发。打号子就像唱山歌，不仅有情绪的宣泄，还兼有消除疲劳，为自己鼓劲加油的作用。

　　有人把号子分为搬运号子、工程号子、农事号子和船渔号子四种，这种分类也大致涵盖了所有号子的种类。

　　我从小就喜欢听人打号子，它展现的是火热的劳动场景，是劳动者拼搏的风采。我熟悉的打号子的群体有：搬运工人、农民、纤夫及工人师傅。

　　搬运工人给人的印象颇为深刻。通常，他们双手紧握板车的车把，身体前倾，肩上的背带绷得紧紧的，步履沉着坚定，用一步一个脚印，一步一滴汗水来形容，毫不为过。"哎哟、哎嗦，哎哟、哎嗦"，这是搬运工人的号子，响亮有力，简洁明快。搬运工人一路走来，一路打着号子。这类劳动的宣泄，让我们这座城市充满了生气，充满了活力。通常，搬运工人单一行动的很少，都是联袂成队，首尾相应，迤逦而来。这种队伍很壮观，号子也很有气势。听他们打号子，时间一长，还能听出些门道。若是平路，他们的号子显得舒缓，并且有间隔，不急不躁，还有点自娱自乐的性质。要是上坡或是上桥，他们的号子就急促了，一句接一句，是一鼓作气，是一气呵成。搬运工人还有个特点，每逢上坡或是上桥，他们便集中人力共推一辆车，少则三五人，多的十来个。这时的号子也更为响亮，有撼天地、吞山河的气势。"团结就是力量""咱们工人有力量"这些豪迈的话语，在这里得到最好的验证。

农人也是打号子的。每当他们肩挑重担，一字排开，甩开脚步，走在田埂上，他们的号子便脱口而出："大姑娘的歪歪在！"他们的号子有调侃和娱乐的成分，但没有恶意与邪念。有时他们故意把号子的尾声拖得很长，很悠远，让其回荡在希望的田野上。队列中当然也有未婚的大姑娘，她们当然是默不作声的，关键是害臊，但她们的心里是应和的，不然跟不上节奏，也累得慌。当她们结过婚，成了小媳妇，也就没有顾虑了，可以放开胆子，亮开嗓子，跟男性一样响响亮亮地打号子，响响亮亮地宣泄自己的情感。偶尔也能看到清一色的"娘子军"，她们也打号子，也是"大姑娘的歪歪在！"女性有种阴柔的美，她们尖声细气的，迈着细碎的脚步，跟风摆杨柳一样，一溜烟地掠过。这是一种劳动的美，阴柔之中带有阳刚的美。

运河的纤夫，也是要打号子的。只要纤绳一背，他们的号子便同时响起："哎喉，哎喉"，或是"哎嗨哟喉，哎嗨哟喉"，深沉而坚定的号子，响彻运河的两岸。有人不理解，在运河行船为何要拉纤？早年间，运河里行驶的几乎全是人力船只，加之运河跟长江一直是连通的，有上下水之别。运河的"流"虽没有长江的急，但每逢上水，就要靠拉纤来做动力。再者，在无风借力之际，或是为了追赶进度，也要拉纤。这时纤夫们便背起纤绳，身体努力前倾，纤绳在肩上勒得很深，勒出了老茧。同时，他们的纤绳，也把桥桩以及岸边高大的石块，磨出道道痕迹。看到这些深深的印痕，让人对"绳锯木断，水滴石穿"的执着精神有了新的认识与理解。

运河纤夫的号子，是带有乡音也略有变化的，这跟人员的构成有关。船主有来自山东的、安徽的、浙江的，也有我们江苏里下河一带的。他们操着不同的口音，打着不尽相同的号子。运河拉纤的还有个有趣的现象，那船都是一家一户的，拉纤的全是一家人，个子有大有小，性别有男有女，年龄有老有少。"打虎亲兄弟，上阵父子兵"，这句老话在这里得到最好的印证。

工厂的工人师傅，偶尔也打号子，他们的号子有借鉴与发挥的成分。通常，工厂有行车、吊车、铲车等起重设备，号子应用的时候较少。只有在起重设备一时派不上用场，或是采用起重设备有杀鸡用牛刀之嫌时，才动用人力。人工装卸、扛抬重物之际，多半的师傅是要打号子的，也是"哎哟、哎嗦，哎哟、哎嗦"，有的人喜欢发挥一下，号子便成为"哎呢个喉喉，哎嗦，哎呢个喉喉，哎嗦"。在工厂打号子，总给人一种新鲜感和娱乐感。

我喜欢打号子，这跟人的个性与兴趣有点关系。我不喜欢跟"哑巴"一起干活，闷声不响的，死气沉沉的，真要把人憋死。记得我在工厂工作那会儿，偶或搬运重物，我便要打起号子。据说同事们都还爱听，因为我爱唱歌，爱宣泄，加之有副好嗓子，圆润浑厚，还兼有磁性的男中音。我离开原单位后，或到媒体打工，或专职做自由撰稿人，掐指算来，已有二十多年的时光，打号子的技艺早已荒疏。真想哪天"温故"一番，在人生的漫漫征途，再次给自己鼓劲加油。

生活往事贴瓷砖

　　我会贴瓷砖，认识我、了解我的人都不相信。一个细皮嫩肉、捉笔为文的人，竟会干这等粗活。每当人们看到我的"杰作"，个个竖大拇指赞叹。我不仅会贴瓷砖，还会砌墙、贴墙纸、贴拼木地板。论质量，不仅横平竖直，表面光滑，而且严丝合缝，没有破绽。论水平，跟专业工匠相比，毫不逊色。我这个人有个特点，只要是喜欢的，想学的东西，只需留心观察，动动脑筋，几次实践，马上就会。

　　就家庭而论，要贴瓷砖的地方一般是前后阳台、卫生间和客厅。要贴瓷砖首先要对着地面"找平"，还要校对墙角的对角线。毛坯房的地面和墙角都是毛糙的，处理的方法有二：误差大的，就用水泥补救，使其达到标准；出入小的，贴瓷砖时多用些水泥来"救"，否则贴出的瓷砖高低不平，七扭八歪的，怎么看都不舒服。

　　贴瓷砖的步骤，先墙体，后地面。墙体的步骤是由下至上，地面的程序要由里至外。世间的任何事情都是有规矩的，要遵循章法。贴瓷砖时要画条基准线（或用墨盒弹线），一条就够了，以此为基准，施展手脚。我曾见一个瓦匠师傅，他把每块瓷砖的线条都画了出来，外行看起来好像是精工细作，其实不然，这是笨拙的表现，既费时又窝工。这是愚弄人的，说好听些是卖关子的。

我贴瓷砖时凭的是经验和感觉，这跟我的经历有关。多年前，我也曾在我国某行业最大的企业做过一段时间的总检。总检是专找"麻烦"的人。那些年的历练，练就了我一双"火眼金睛"。什么线条直不直，尺寸相差多少，眼睛一瞧，就能看个八九不离十。要做好任何事情，基本功是必不可少的。庄子的庖丁解牛怎么讲？！欧阳修的卖油翁怎么讲？！说的是熟能生巧，说的是圆融。小文章大道理，小事情也有大道理。

过去人们都喜欢用小瓷砖，豆腐干大小，规格为 100 厘米 ×100 厘米。小瓷砖看起来小巧精致，但贴起来费事，半天下来，见效甚微。现如今都用大瓷砖，跟百叶一样大，200 厘米 ×300 厘米的尺寸，一块要抵六块小瓷砖。大瓷砖贴起来痛快爽手，几块一贴，就见成效，叫人干活越干越有劲。世间的事情有时很难说得清楚，照过去的观点来看，大瓷砖有点"侉"，属于粗大笨，极为不合时宜。现如今，回头再看小瓷砖，则显得局促狭隘，鬼大小气，上不了台盘。人的审美观念是发展和变化的，这叫此一时，彼一时。人们活在世间，很多观念和行动是受流行趋势影响和制约的，这叫顺势而为。

过去贴瓷砖讲究错位，上下行的瓷砖要错开半块，现在则不需要，讲究横平竖直，一缝到底，大气漂亮。过去的一套确实烦琐。贴瓷砖前，要将墙面和地面洒上几次水，让其"吃"透。另外瓷砖还要充分浸泡，不然贴不上去，或是粘不牢固，时间一长它要"闹情绪"的，至少要"分居"的。凡有落水的地方要稍为低点，为了方便排水。操作之际，为了节约起见，颜色不正的，有点残损的瓷砖，还要放在犄角旮旯。外表光，大面靓，这是常识。表面文章有时还是要做做的。

贴瓷砖时还要及时勾缝。贴好两三路的瓷砖，趁着水泥未干之际，要把缝里的黑水泥理出、剔出，以便腾出足够的空间用来镶白水泥。这就像打仗一样，要抓住战机，若等黑水泥干了再勾缝，已错过了良机。此时的白水泥已很难粘牢固，很难达到要求和标准。时间一长，缝里的白水泥常要脱落，弄个大花脸，很不雅观。

贴瓷砖时手和水泥难免要有亲密的接触，这种滋味可不好受。水泥里含有多种化学成分，会"烧"手。时间一长，手指上烂成一个个的小洞，能看到鲜红的肉，钻心的痛。此时用创可贴包扎包扎，稍事休息，咬牙继续。这时你才能领悟到"樱桃好吃树难栽""梅花虽香寒难挨"的道理。手艺人的手，全是厚皮，全是老茧，糙巴巴的。有个成语叫手胼足胝，就是形容劳动者的，这话一点不假。经过锤炼，后来有段时间，我的手就是那模样。

贴瓷砖中的诀窍很多，苦与乐也很多，难以一一言说。凡事只有躬亲，才有体会。"如人饮水，冷暖自知""如小马过河，深浅自明"，讲的就是这道理。

社区升旗手焦师傅

　　我们这个社区叫金林苑，意为金色阳光雨林一样密集荟萃的地方，在社区唯一的广场，每天清晨总有一面鲜艳的五星红旗，随着朝阳一同冉冉升起。"五星红旗迎风飘扬，胜利歌声多么响亮，歌唱我们亲爱的祖国，从今走向繁荣富强……"每每看到鲜艳的五星红旗，大家总要不由自主地哼唱起来。一时间，人们踔厉奋发，踏上了新的征途；笃行不怠，开启了崭新的一天。

　　社区每天升旗的地方是社区的中心。此地是个大大的广场，五星红旗的基座就位于广场的中央，基座之上矗立着一根不锈钢管的旗杆。旗杆足有十米之高，从下到上，由腿壮渐次过渡到拳粗。此杆，淋不生锈，晒不褪色，风吹不摇，人晃不动，牢固结实，令人信赖。鲜艳的五星红旗，就是凭借这样坚强的依托，每天与朝阳热烈呼应。

　　就升旗的广场而论，以五星红旗为中心，可将其一分为二。红旗的正前方，是花岗岩铺就的场地，平整开阔，干净整洁，一览无余。此地是孩子追逐、嬉戏的乐园，也是大妈们跳广场舞的大舞台。红旗的后方，是鲜花盛开的花园和红色塑胶的网球场，此处是打拳、舞剑、打球、健身的绝妙所在。广场伊始无名，为了指示明确，引导方便，又只因每天升旗，是故，社区百姓便亲切地将其命名为"红旗广场"。

若问升旗手谁人？社区居民焦师傅！焦师傅本是供电局一名退休员工，中等身材，淡黄肤色，精瘦精瘦的。平日里，他就喜欢戴一顶黑色呢子鸭舌帽，穿一身藏青呢子中山装，下面是牛仔裤，脚穿休闲鞋，一副精明干练的模样。你别看焦师傅体格精瘦，却精力充沛，乐于助人。他一直热心于公益事业，整天有股使不完的劲。人问焦师傅："您高寿？"答曰："共产党一百岁正青春，我还小呢。""到底多大了？"人们追问。他伸出右手的拇指与食指做出一个手枪的手势。"乖乖，都八十了！精神头十足。"人们赞叹着。焦师傅脸上露出淡淡的得意笑容。

　　就升旗一事来说，早些年，为了把爱国主义思想落到实处，我们社区决定每天升旗。其实升旗不是什么急难险重之事，但是，此事虽小，意义重大，贵在坚持。早先，升旗一事，均由社区主任轮流负责。其实社区工作人员的家较远，再说了，谁家没有老人孩子的，难免有些特殊情况；加之他们不时还要参加上级组织的各项集体活动，不能缺席，也不能迟到，可升旗也不能耽误了。时间一长，升旗一事就成了一道不大不小的难题。正当社区为难、犯愁之际，有人听闻原委，赶到社区，拨开人群，自告奋勇，胸脯一拍："我来！"人们喜出望外，抬眼观瞧："焦师傅！"他把升旗一事应承了下来。记得有首经典歌曲，名叫《世界需要热心肠》，歌中唱道："为了一切都美好，世界需要热心肠……"生活中还真有热心人！

　　现实中，每天升完旗，焦师傅也闲不住，他背着双手，在小区到处走走看看。哪家被子、衣服掉地上了，他要帮忙捡拾起来；哪处自行车、电动车乱停乱放了，他也要帮忙理顺；哪家孙子哭了，他还要哄一哄，有时还要搭上两三块糖果；保安室人手不够了，他又朝大门口一站，当回保安……平日里，人们印象最深的是，焦师傅经常有两样清洁工具是不离手的。见他手持长柄扫帚与簸箕，在小区到处走走看看，哪里有落叶与垃圾，随手清扫，让其及时归类归队。看到焦师傅如此之举，人们常要竖起大拇哥。焦师傅总是笑笑说："举手之劳，不足挂齿。强如锻炼身体的，好比学雷锋的。"

社区拳师美女姜

在我们小区的花园，每天清晨，总见一位身材苗条、身姿挺拔的女性在打太极拳。她身着一套白色丝质的太极运动服，在晨风的吹拂下，颇有几分仙风道骨的气韵。只见她双脚并拢，全身放松，调整气息，随即起势、揽雀尾、单鞭、提手上势、白鹤亮翅、搂膝拗步、手挥琵琶……一套优美的杨氏85式太极拳的鲜活画卷便徐徐展开。

大凡熟知拳术的人们都知道，打拳的目的是内外兼修，提高身心素质。打拳之际，在沿袭传统的基础上，女拳师还融入了个人的喜好与理解，有的招式的力度大点，强调阳刚之美；有的动作幅度大点，舒展点，强化视觉美感。您看她的"揽雀尾"与"如封似闭"的中的"推"，双手仿佛汇聚了千钧之力，大有"力推山兮"的强大气场。您再瞧她"手挥琵琶"的演练，像是敦煌壁画中的飞天，似在弹拨，似在点化，姿态优美，飘飘欲仙。您再望她那"云手"一式，看似绵绵不绝，却有吞吐八荒之意，仿佛将宇宙置于双手之间，使之阴阳调和，融为一体，打造出和谐与美好。

女拳师姓姜，人称"美女姜"。她原来是家企业的管理人员，据说身体一直不太好。退休后，她不打牌，不跳舞，也不炒股，机缘巧合，喜爱上了太极拳运动。经过一段时间的锻炼，身体日渐强健，面色红润了，中气十足了，举步有力了。于是，她更是坚定了太极拳健身的信念，一心研学，每天练拳，就连大年三十，新年头一天，也不间断，这一坚持就是整整二十年，从此踏上了健康路。

女拳师打过拳，还要压压腿，下下腰，练练站桩，强化基本功。其后还要到一旁设有多种运动器材的露天运动场，选用各种健身器材，再做一次加强版、延长版的享受型的锻炼。平日里，她就喜欢使用一款立式腰背按摩器，按摩后背和腰部，借以疏通督脉与带脉等经络。此等按摩器跟苦瓜一样，布满了无数凸起的圆点。通常她听着舒缓的音乐，随着乐曲的节奏，从上到下，由左到右，有序按摩。按摩之际，她还要将身体扭扭，以便保持与器材的贴合，尽量照应相关体位与穴位。

说来有趣，女拳师打拳之际，身后总要跟着五六个老太，均是八十岁上下之人，她们也煞有介事地学那一招一式。你抬腿举步，她们也依样画葫芦；你振臂出拳，她们也照猫画虎。只要动作稍有难度，她们的手脚就不听使唤了，干脆就动动手脚，舞动、抖动、拍动、移动、抓动，仅是左右方位、前后方向、上下高度、节奏快慢的变化而已。与其说她们在学拳，还不如说像是小朋友在拍球，也像农人在推磨，更像渔夫在河里摸鱼摸虾摸螺蛳。学拳之际，她们还说说笑笑的，而且经常笑成一团。此类打拳，千古一绝，天下少有。

前不久，一位颇谙拳术的李先生认为老太们的所作所为有伤大雅，便对老太们发话了："你们不像在打拳。""像什么？"老太们个个不服，反问道。李先生回敬道："像拍皮球，像推石磨，像摸鱼摸虾的。"李先生临走还放话："你们不要再跟在人家后头学拳了，既干扰人家打拳，又影响人家心情，还影响小区美感，人家不再带你们玩了。"

俗话说："打人没有吓人凶。"老太们以为此话是女拳师的本意，免伤和气，请人转达而已。这一恫吓，她们信以为真，急忙找到女拳师，七嘴八舌："姜师傅、姜拳师、姜美女、美女姜、姜大师……"先用一大堆近乎语无伦次的美称恭维她，稳住她，"你不能把我们撂掉不管，我们又不影响你打拳……"女拳师听明来意笑笑说："我从来就没有赶大家走的意思，估计那位李先生是跟你们开玩笑的，你们只管把心放在肚子里，大家在一起玩玩蛮好的，既可互相交流学习，也比较热闹。"您瞧，这位女拳师会说话又谦虚，也真是"独乐乐，不如众乐乐"。

单杠须生陆师傅

　　"老张，早啊！老王，你早！"这是哪个在打招呼，老张、老王，四处张望，没有人，出现幻觉了？"我在这块呢！"抬头一看，原来是单杠须生陆师傅。他正骑坐在两米多高的单杠上小憩看风景呢。这是生活中的一幕，后来人们就晓得了，但凡有人招呼，地上没有人，直接朝上看，保准是陆师傅。

　　每天早上，陆师傅准要到小区的运动场玩单杠。只见他屏气聚力，一跃而起，双手抓住单杠，随即引体向上，然后左右手分别发力，将人撑起。这时他要亮出看家本领了，见他两手握住单杠，肚皮紧贴单杠，双腿向后荡几下，只听"嗨"的一声，用力一甩，整个人以肚皮为半径，以横杠为中心，由后向前，由下往上，逆时针旋转起来。"一个、两个、三个……"旁边晨练的居民在计数，"二十一个、二十二个。"乖乖！不简单！用专业术语来形容这个动作，叫"大回环"。不过这是改进型的，跟专业运动员是有区别的。

　　"大回环"结束，陆师傅跳下单杠，拍拍胸脯，甩甩膀子，跟人说说闲话。此时你再看看陆师傅，气息均匀，不咳不喘，仅是脸有微汗。稍事休息，他又纵身一跃，上了单杠。"大回环"每天他要玩六七组，一百多个。练过单杠，他还要玩玩双杠，一会儿又大幅度地蹬踏着"太空漫步机"，有时还要爬到健身器材的"云梯"上，晒晒太阳。

陆师傅今年七十五岁，他原来是客车厂的一名高级钳工，还是个抗美援越的退伍老炮兵。退休后除了带孙子，没有事做，干脆就锻炼身体，这一练就是十五年。对于"每天锻炼一小时，健康工作五十年，幸福生活一辈子"的生活理念，陆师傅是最好的践行者。

陆师傅玩单杠真是出了名，专门有记者找到他，又是拍照片，又是拍录像，又是拍视频；还有文字记者前来采访，他的光辉形象，动人事迹还多次登上了当地的报纸、广播、电视，至于民间的视频就更多了。现如今，陆师傅是个真正的地方名人了，有几次买菜，人家菜贩认出他，打死就是不要钱，还要跟他学习。

陆师傅有两个活泼好动的孙子，尤其他那五六岁的小孙子，看到健身器材，就浑身是劲。一把抱住两米多高的单杠立柱，手脚并用，眼一眨，就爬到单杠的顶端，立马抓住横梁，晃来荡去。过足瘾，双脚又勾住立柱，双手同时虚抱立柱，眼一眨，又滑落下地。

人们为何称陆师傅为"单杠须生"呢？开始有人叫他"单杠达人"，大家觉得如今叫"达人"的太多，太直白。就根据他的特点：一是陆师傅平时喜欢哼哼京剧，还是老生的戏，老生就是须生；二来结合年龄特征，七十多岁的人，恰是须生，索性将"达人"改为"须生"，两个字一改，叫起来响亮，听起来舒服。这真是民间有智慧，民间有高人。

空竹教练张先生

离家不远，有个荷花池公园。来此公园的游客很多，健身的民众更多，一年四季，从早到晚，人流不断。他们不仅有晨练的、午练的，也有晚练的。就健身的形式来说，有散步的，跑步的；有打拳的，耍剑的；有练单杠的，玩双杠的……真是百花齐放。在健身大军之中，最是受人关注的，当属玩空竹的。他们人数众多，声势浩大，而且长年坚持，有声有色。

就健身群体活动来说，有气势，还能长期坚持，必须有人出头，担任领头羊的角色。此人要有组织才能，要有口才，技艺超群，否则也难以服众，聚不拢人气。在这个空竹大军之中，出现了一个充当领头羊角色的人物，此人姓张，人称张先生或是张教练。

张先生，六十挂零，身材高大，腰板挺直，两脚有力，走路无声。他自幼习武，刀枪棍棒，样样在行，其中钢叉要得最好，空竹玩得更好。

他教空竹不仅免费，还包教包会。他教人的方法比较特别，用"简单直接，立竿见影"来形容最为精确，人称"空竹教练三部曲"。第一步是讲解要领；第二步是示范；第三步是边教边学，也就是他在前，你在后，模仿就行，依样画葫芦便可。一刻工夫，保你脸绽笑容，收获满满。对待有点迟钝，或叫手脚不协调的学员，他也有办法，也就是最后一招，人们称为撒手锏——手把手地教。他站于你的身后，两人同时手握抖动空竹的木棍，他带着你，让你找感觉，找平衡。这招果然灵验，再笨的人，也几分钟就有体会，就有收获。渐入佳境之际，学员成就感十足，信心倍增，乐此不疲。为了巩固现有的成果与提高水平，这些人往往趁热打铁，乘胜追击，练个痛快。顷刻之间，他们脚下生根似的，一玩能玩半天。常见一些年长者，练得过于专注，就连买菜、接娃的事务都抛到九霄云外。个别年轻人，练得过于投入，就连一旁催促的情侣都懒得搭理。尤其是星期天，一些中小学生，练得过于忘我，就连做功课的要事也暂时放下。这就是空竹的快乐与魅力。

就玩空竹来说，初学者的空竹都是塑料的（或是塑胶的），那空竹就像两只塑料碗，只是背靠背，底贴底地连接在一起。两"碗"之间仅用一根指粗、极短的铜棒连接着。它的好处是轻巧牢固，摔不坏，但不响，是"哑巴"。熟练后便是高手，也就到了"大虾"级。在我们扬州这一带，人们喜欢将各行各业的高手，称为好佬。好佬级的则改用竹制的空竹，上了一个台阶。老玩塑料的空竹，一看就是"菜鸟"，让人笑话，跟自己的名号也不相称。竹制的空竹是有孔的，会发声，一旦抖动起来，嗡嗡作响，简直是美妙的乐音，一点都不吵人，反倒叫人欢喜。生活中有了这样的乐声，反而有了生气，有了活力。常见那些好佬乐不可支地抖动空竹，还玩出许多花样。这是自乐，也在娱乐他人，引得一旁的看客，赞叹不已。

生活中有歌友、舞友、文友、驴友，玩空竹的则简称为"竹友"。竹友们玩空竹很是特别，除了需要单独练习，或是独自表演的，或是专研技艺的，通常他们或两三人一组，或六七人一群，大家边抖空竹，边拉家常，既谈新闻，又讲笑话。说到开心处，干脆按下暂停键，把一肚子的话语，竹筒倒豆子一样全都倒出来，可谓健身、健心两不误，真是快乐无比。时间一长，大家彼此了解，也就知根知底，成了莫逆之交。记得央视农业频道的一则广告："分享阳光，分担风雨。"既然是朋友，当然也要这样。现实中，若是谁家人的功课有了困难，退休教师便会自告奋勇，为您解难；假如哪家的水电有了故障，曾经的水电工便会主动帮您解决；如若何人烹饪技艺亟待提高，往日的大厨便会悉心传授技能……这是竹友们跨界友谊的延伸。

为了促进空竹健身活动的蓬勃发展，借造势之举，吸引人气，壮大队伍。是故，张先生每年都要组织几场空竹比赛。参赛的人员，均为好佬级的。他们的竞赛规则，跟排球比赛差不多，当然也有一张排球网。此刻的张先生，既要当教练，又要当裁判，还要当运动员，真是忙得不亦乐乎。万事俱备，一声哨响，比赛开始。只见一只空竹从高空抛过来，对方不慌不忙地接到空竹，在本队传来倒去，待调整好队形，看准对手的空当，冷不防地又扔过去。对方接住空竹，也用相同的战术回敬。这叫"投桃报李"，否则"来而不往非礼也"。一时间，只见空竹在空中上下滚动，来来往往，或快或慢，时高时低，跌宕起伏，险象环生，真是眼花缭乱，惊心动魄。比赛之时，个别好佬，为了炫技，一时兴起，使出绝活，或背后接招，或胯下传递，或后仰高抛，或转身快扔……这一系列的高超技艺，真是精彩纷呈，令人叹为观止。他们的这种比赛，虽有表演的成分，实则也是个人技巧与团队协作的集中展示，不但高潮迭起，还极为煽情。引得看客掌声不断，叫好不绝。每每此刻，人们群情激奋，热血沸腾，当场就有好些人报名学习。其踊跃程度，就像报名参军，报名高考一样。孟子曾曰"独乐乐，不如众乐乐"，引申来讲，独康乐，不如众康乐。真好！

往事录

幸福年蒸乐无比

我们小的时候就盼过年，过年有新衣、新鞋穿，可以贴春联、放鞭炮，还有压岁钱。不过最盼望、最兴奋的还数年蒸。所谓年蒸，就是蒸包子。在国民生活普遍困难的年代，这年蒸对千家万户来说，可谓是一件盛事、美事。

民谣曰："二十八，把面发。"其实一般人家腊月二十五六便陆续开始年蒸了。若是年蒸，最宜大锅土灶，火猛汽足。在年蒸的那几天，从早到晚，烟囱里到处是滚滚直上的青烟，火力旺时，那闪闪的火星，乘势轻快地飞出烟囱，洋溢着人们的喜悦。此刻摸摸靠近烟囱的墙壁，热得烫手。这些日子里，空气中终日弥漫着面点久违的清香，真是令人兴奋陶醉。

就我们家来说，年蒸的头天晚上，爸爸便把面揉好，满满的一大盆，然后盖上棉被、大衣，让其发酵。其后静观其变，等待号令。这个晚上，爸爸的心就放在这盆面上，夜里要起来好几次查看面情，以防"发"过了。凌晨四五点钟，面就发好了。此时的面就像滚开的粥锅，简直要溢出来一样，还裂开一道道的缝隙，就像人开心地咧嘴在笑。这时全家火速从梦中醒来，全部上阵。于是一家人从案板到灶台忙进忙出，忙成一团，笑成一片。

年蒸之际，我有个妹妹时常捣乱，有时故意把包子捏成三角形的，或是四方形的。不过她的杰作，我们从不享用，让她独饱口福。这天我的妹妹也真是过足了化妆的瘾，满头满脸全是面粉，就像粉刷过一样。妈妈说她到剧团演花旦，正是块材料。这话后来果然应验了，妹妹不仅唱戏，还成了角儿。人们常说："三岁看大，七岁看老。"人们在儿时的举动，看似漫不经心，实则发于内心，属于"抒情言志"的范畴，也大致表明了情趣与志向。

那时节，包子的馅还算丰富，有青菜的、萝卜丝的、马齿苋的、雪里蕻的、霉干菜的、豆沙的，但纯肉的很少。馅心用完，便将多余的发面做成馒头。那馒头又白又大又暄，跟副食店里卖的精面馒头相差无几。有时我们还在馒头的顶端，用天然色素点上红点点，让美滋滋的心情美化生活。

刚刚出笼的包子，要把它倒在院里的竹匾上，迅速揭去笼垫和纱布，将其一个个翻过来，晾凉，否则容易互相粘连，变形破损。刚出笼的包子又暄又香又解馋。每次出笼，我都吃一个，一个上午下来，早已解决了十个八个，肚子撑得又鼓又胀，还要不停地喝水，只缘那面碱"烧"得慌。

下午时分，年蒸结束了，爸爸便趁炉膛有余火，满满炒上两脸盆的花生果和葵花籽。接着，我们便帮着父母掸尘浆洗，全家里里外外、干干净净地迎接新年的到来。

大锅土灶的记忆

　　土灶又叫锅灶、柴灶，有单眼、双眼之分。早年间，我们家就有一台土灶，配上一口大铁锅，就叫大锅土灶。我们家的土灶，是父亲自己砌的。当时，就我们这个小区来说，有居民百余户，仅五六户人家有大锅土灶，可谓稀有。其实土灶通常扎根在乡村，它只烧柴火，并且是家家户户的必备"炉具"，否则也无法生活。那时节，若是城里人家有台土灶，那简直是件令人羡慕的美事。就炊事来说，又多了一项选择，这还说明家里人聪明能干，更会把日子过得有滋有味。

　　早年间，城里家家户户都有煤炉。可煤炉要烧煤，买煤要煤票，还要花钱。为了节约，我们家的煤炉是与土灶交替使用的。时间富裕，就用土灶，比如节假日，或是不急不躁的晚餐。总之是因时制宜，适机而为的。至于土灶的燃料，不用担心，只要你手脚勤快点，多的是。土灶的生性就像大海，有博大包容的胸怀，什么稻草、秸秆、芦苇、树枝、树棍、劈柴……大凡能够燃烧的物料，来者不拒，一概笑纳。

　　用大锅土灶烧出的米饭特别香。只要锅内翻滚，立马压火，或是撤火，就靠灶膛的余火、余温，足够把饭焖熟。此时，若在饭锅内放一碗稀溜溜的鸡蛋液，再往灶膛扔几个慈菇、芋头、山芋、栗子，在灶口放一把花生、银杏，不一刻，饭"菜"同熟，瞧那个省事。若煮的是新米粥，锅中滚三滚，乖乖，那个米香能够飘散四邻。不时一些关系颇铁，且又好吃的邻居大叔，能够垂着涎水，沿着香味的引导，端着饭碗到你们家来蹭饭。吃完还要带一碗回家，说是孝敬爹娘。瞧他能说会道的，还真会借花献佛。至于灶膛烘烤的美味，您不用担心，不会遗忘的，那是留作夜宵，或是解馋的零食，用来香香嘴的。

用大锅土灶烧饭还有个好处，能产生锅巴，这是衍生的副产品。这样的锅巴，又薄又香又脆，更为扛饿熬饥。通常父母是要晒干，预留着当作方便食品，用于应急的。若是大雪纷飞的隆冬清晨，天亮得迟，再者人们无法拒绝温暖被窝的热情挽留，起床晚了，一时间，家长要上班，孩子要上学，火急火燎之际，来不及生火做饭，那咋办？！这锅巴便派上大用场了。把它掰成小块，用开水冲泡，放勺糖，淋几滴香油，那顿早饭便美美解决了。一时间，孩子们就像加满汽油的车辆，肚饱意满，浑身暖和，干劲十足地开启了崭新的一天。

我自幼好动，不太喜欢帮父母做家务。但有例外，东跑西奔的事务愿意干，土灶烧火我更愿意干，不仅积极性高，还抢着做。我在少年时代，就喜欢静静地坐于土灶前，边看书边烧火，如《三国演义》《水浒传》《林海雪原》等。

说到大锅土灶，时至今日，它仍在城里发挥着余热。如今，每到夏秋时节，几乎所有打着农家菜、土菜馆、私房菜、传家菜旗号的饭店，都要隆重推出一道农家菜，此菜美称"大丰收"。这道美味就得用大锅土灶，要的是般配，要的是怀旧，要的是情趣。再说了，锅小了，食材装不下；火小了，食物难煮熟。再者还费火，也增加成本，心疼。

所谓"大丰收"，便是将农家应时当令的玉米、南瓜、山药、芋头、土豆、花生、毛豆等新鲜庄稼洗净，改刀后，一锅烩。此菜饭菜合一，要的是大气豪迈，况且是五颜六色的，喜气洋洋的，加之寓意好，还价廉物美，备受欢迎。试想，谁人不想学业、事业、爱情、家庭大丰收？每每"大丰收"上桌，食客欢呼，叫好声一片。

　　行文至此，忽然想到有首家喻户晓的经典歌曲——《在希望的田野上》。歌中唱道："我们的家乡，在希望的田野上，炊烟在新建的住房上飘荡……"歌中的这个炊烟，就是大锅土灶生火做饭之际所产生的烟，并且是袅袅地升腾，在希望的田野上飘荡。歌曲描绘了社会主义新农村的新景象，渐次展开的是自然胜景，劳动场景，生活美景，以及可期的愿景。此歌极具生活气息，极具正能量，更具诗情画意，令人产生共鸣。是故，时至今日仍具活力，传唱不衰。试想没有炊烟，又怎能叫作乡村？没有炊烟，此歌也就不能成立。我愿这深情款款的"炊烟"，永远在新建的住房上飘荡；我愿这首时代的赞歌，永远在奋进的生活中回响。

勤劳慈母纳鞋底

早年间，人们大多穿布鞋，鞋底都是布的。单鞋是布底的，棉鞋是布底的，拖鞋也是布底的，几乎所有的鞋都是布底的。这鞋底哪来的？纳出来的。这是当家过日子的事，没有哪个妇女不会纳鞋底。如果不会此项活计，是要被别人取笑的。

我的母亲和千千万万的母亲一样，都是纳鞋底的能手。至今，我还记得母亲制作的步骤。纳鞋底先要糊布骨子（也叫布板）。把破旧的衣服、床单拆成一块块的布片，剪去洞洞眼眼的部位，这就算做好了前期的准备工作。糊前，需烧一小锅糨糊，要稀溜溜的才好。糊时，需要找块门板，或是选块平整的墙面，然后将布片一块块地、一层层地贴在门板上，还要将碎布的接头错开，就像瓦匠砌墙时错开砖缝一样，这样才牢固。一般要糊七八层左右，糊好了，晒干便可。

纳鞋底时，需将多层布骨子叠加起来。这厚度随意，厚点的，耐磨，穿得时间久，但略显笨拙；薄点的，波俏，但不长久。如要恰到好处，只有折中。

纳鞋底有一定规矩，得从周边起针，再回到中间，然后半边半边地纳，否则鞋底会张口，会起翘变形。纳鞋底是手上的力气活，力气小的，纳出的鞋底松泡泡的，羞于见人；力气大的，则平平整整、板板扎扎的。这都有个实践的过程，积累的过程。

纳鞋底这活，时间颇长，就一双鞋底来说，通常得十天半月的工夫。此项劳作不算太累，随意性很大。记忆最深的是母亲纳鞋底的情景，冬天则坐于床上，或是凑近火炉，暖烘烘的；夏天则坐于树荫之下，听蝉鸣鸟叫，任凉风吹拂。那时的冬日时节，常见几个老太太、小媳妇在墙边太阳下一坐，边纳鞋底边唠家常。这是一幕常见的生活场景，是一幅和谐的生活画卷。

锥子是纳鞋底的必用工具。尽管这锥子具有很强的穿透性，但纳鞋底时，锥子常会发涩，需将其在头发窠里荡一荡，否则锥针会拖泥带水的，锥不动。看到纳鞋底这一幕，让人联想到两句话，一是"某人跟锥子一样"。系指会用心计，会钻营，是什么好处都想得，什么便宜都想占的主。二是"锥处囊中，其未立现"。这是指有才学、有德行的人。这些人虽然暂处困境或逆境，一时被埋没，但其才华迟早会展现出来，其光芒必定会绽放出来。这两句话，一褒一贬，可见人的品行、能耐的差异，是多么大。

光阴似箭，日月如梭，谈笑之间，往事如梦。现如今人们都穿皮鞋，休闲鞋，几乎没人再穿布鞋，也很少有人卖了。想着那舒服、透气的布鞋，多想再穿双母亲纳的布鞋啊！

幸福鱼汤爱无疆

生活中谁都喝过鱼汤，若是哪个母亲能够喝到九岁儿子亲手烹制的鱼汤，再者那鱼还是九岁儿子亲自垂钓的，那幸福的指数就无法来形容了。现实生活中就有这样的事例。

记得小时候有个乳名叫小和平的少年，他长得精干机灵，眼如点漆。趁着学校停课的时机，他与一帮邻居少年相约学习垂钓。

初入此行，伙伴们都没钱置办专业钓具，只能因地制宜，因陋就简。于是随便找根竹竿，系上鱼线与钓钩，挖几条红蚯蚓，抓几把米，就这样将就，马马虎虎，只要快乐不打折就行。

那时节，每天中午，饭碗一推，小伙伴的口哨此起彼伏，响成一条声，这是嘹亮的集结号。于是少年们火速集合，说说笑笑，打打闹闹，大叉着步，连跑带颠地去乡间垂钓。由于水平有限，他们的收获时多时少，且是小鱼多，大鱼少，也有空手而归的时候，但他们的快乐从不落空。

有一天，小和平听到一段对话。邻居崔奶奶说："听说你家儿子小和平还会钓鱼呢，蛮有本事的，你们家肯定天天有鱼吃。"母亲说："他是闹着玩的，到现在连条鱼的影子还没有看到呢，要是真能吃到他钓的鱼，那就开心了。"常言道："言者无意，听者有心。"这无意间的对话，坚定了小和平的信念。他暗暗发誓，一定要让母亲吃到自己钓的鲜活大鱼，给她当夜餐。

那时小和平的母亲在纺织厂上班，纺织厂通常是三班制，一是白班，二是小夜班，三是大夜班，一周一倒班。纺织女工很辛苦，干的全是体力活。一到上班，不仅精神要高度集中，手脚还要不停地忙碌，身力消耗极大，也极为劳累。为了补充能量，无论是下了小夜班，或上大夜班，都要吃夜餐，否则难以坚持。

话说是年深秋的一个午后，小和平又与一帮少年下乡去钓鱼。他们是满怀信心的，且是必胜的信心。奇了怪了，往日鱼虾喧闹的河沟，一反常态，寂静得一点动静都没有，那钓钩就像放在水缸里一样。两个小时以后，他们赶紧换了池塘，仍没有任何动静。时间在折磨人，就像受刑一样。眨眼间，夕阳西下，天已擦黑，同伴们都收起渔具，纷纷围拢在小和平的身旁，催促他回家。此时的小和平心有不甘，要做最后一搏，他把所有的鱼漂全部归拢在一起，睁大眼睛，全神贯注地盯住鱼漂。此时此刻，什么蟋蟀的歌唱，蚊虫的叮咬，全然忘却。时间一分一秒地过去了，小和平仍在坚守。依稀的月光下，那鱼漂好像在动，微微地颤动，小和平的心紧张得跟打鼓似的。瞬间，只见鱼漂往上直挺。说时迟，那时快，他兴奋地提起鱼竿，一条近两个巴掌大的鲫鱼，立刻就被甩到岸上。看着活蹦乱跳的鲫鱼，一旁无心等待、已经昏昏欲睡的小伙伴，立即惊呼起来。小和平立马用双手紧紧按住鱼，唯恐它会长出翅膀而飞去。

回到家中，小和平也学着父母烧鱼的模样与步骤，将鱼清洗干净后，把锅烧热，放油，投入葱姜，把鱼煸香，放盐，加水，大火烧煮。期待之际，一股鲜美的鱼香满屋飘散，令人无法自持。那忍不住流淌的口水，简直能把脚面打肿。打量鱼汤，雪白、浓稠。舀勺尝尝，实在是太鲜美了。他还想喝，甚至想全部喝完才觉得痛快，才过瘾。但想到辛劳的母亲，想到曾经的誓言，还是硬生生地将那些嗷嗷待哺的馋虫全部扼杀在摇篮里。

烧好的鱼汤，满满一大碗，小和平顺势烧了大半锅热水，将煤炉封火。然后在热水锅中倒扣一只大碗，将盛满鱼汤的大碗，平稳地放于那倒扣的碗底上。如此举措，是那个时代，千家万户给食物保温的通行做法。此时煤炉虽已封火，但还有点微弱的炉火，故能保持鱼汤的温度以至次日还是温热的。做完了这些事情，他还特意写张纸条放于桌上，然后进入甜美的梦乡。

那个夜晚，下了小夜班的母亲，疲惫而又饥饿地回到家中，见到这个意外之喜，一时激动得难以控制，顿时两行热泪潸然而下。寂静的夜晚，那泪水很烫，就像滚烫的开水一样，烫得那母亲是刻骨铭心，终生难忘。那个夜晚，小和平的母亲，就着温热的鱼汤和烧饼，实实在在地饱享了一顿人间难得的美味夜餐。

时光飞逝，弹指间，五十年过去了，那位母亲已届耄耋之年。每每谈及往事，她那写满沧桑的脸膛总要绽放出比牡丹、芍药还要灿烂的笑容。

天赐纯净天落水

　　我们小的时候，就盼下雨。一下雨，赶紧把桶罐盆锅之类的器皿，放到屋檐下的落水槽接水。为啥？省事啊。那时自来水还没有普及，生活用水得到水井去提。一桶桶地、一趟趟地，真是麻烦费事。都说天上掉不下馅饼，可天上能掉下雨水，这真是大自然的恩赐，是做梦娶媳妇的美事。可这美事竟然变成现实，怎么不叫人高兴？

　　那时的天落水，干净，清澈见底，照人是须眉毕现。这水不仅可以浆洗，还可直接饮用。原因是空气清新，没有污染。

　　我们这儿虽是多雨的江南，可雨也不是天天下的。据统计，平均下来，大概每周有一两场雨。下雨的时候，我们可以尽情地淘米、洗菜、汰衣服。不下雨的日子，只能去打水。说实话，打水确实是件麻烦的事，日子要一天天地过，水也得一天天地提。在暑热炎炎的盛夏，闲坐在树荫下都要出汗；在滴水成冰的三九天，哈气都成霜，此时此刻，碰到打水的事情，兄弟姐妹都是互相推诿，能躲则躲。对雨水的渴望使得后来我们看到云朵，就想到雨水。真想摘下那片片白云，把它放在水缸里，随用随取，这是多么省事惬意啊。

　　落水槽能起到收集、归拢雨水的作用。那时人们大多住平房，一般人家，或者说会过日子的人家，都在屋檐下设置落水槽。落水槽均为竹制，将碗口粗的毛竹，一劈两半，去除中间一片片的竹节，往屋檐下安装牢固便可。接水的一端，一般都设在家门口或阴沟处，且要稍稍低点。人往高处走，水往低处流，就是这道理。

设置落水槽，雨水不会损伤地面。"水滴石穿"这句成语就是形容水滴的韧性和力量。天长日久，这雨水也能把石头滴穿，更何况是泥地。若不设置落水槽，只要下场雨，这檐口无数的雨滴，便把一个平平整整的地面，滴得坑坑洼洼的，用千疮百孔来形容毫不为过。雨后还要填平地面，麻烦，否则时间一长，这坑越来越大，越来越深。设置落水槽，有一举两得的功效，何乐而不为呢？

现如今的天落水，却不能当作生活用水，尤其是饮用。无数的烟尘，无数的汽车尾气，加之大量的工业废气，尤其是化工废气，无情地把天空污染了。有时天空竟下的是酸雨，水是黄的，还有股异味。可喜的是，我们国家的治理工作多年前已经起步，并取得可喜的成绩。我想山青水绿、空气清新的那一天，迟早会回归的，迟早会实现的。届时我将扬起头，张大着嘴巴，豪饮着这天赐的、久违的甘霖。

三伏打土坯

1968年三伏的一个中午，骄阳似火，一个壮年和一个少年身着短裤，裸露着古铜色的身躯，在打土坯。壮年快捷地铲起满锹和好的泥土倒在木模里，少年紧咬牙关，也在铲着泥土。一会儿一块土坯脱好了，一会儿一块土坯又脱好了。少年扬起满是泥土的手，用小臂擦着满头的汗水，望着蓝天，对生活充满了希望。这个少年就是我，壮年就是我的父亲。

新中国成立后，人们仍是沿袭着多子多福的传统观念，竞相生儿育女。一般人家子女少的也有三四个，多的七八个。我的一个邻居家竟有十个孩子，真是人丁兴旺。孩子大了，住房就成了燃眉之急的困难。那时单位不兴分房子，更没有房子可分。很多人家两三个孩子睡在一张床上，夜里常常挤得摔到地上。孩子们时常为抢占睡觉的有利位置而发生纷争。无奈之余，只有向空间要房子。

一时间，一场打土坯的群众运动，轰轰烈烈地开展了。

打土坯的泥是在江苏农学院东南侧的扫垢山挖的。那是个荒岗子，泥多的是，又没人管，只要你有力气，尽管用车去拉。那土有点黏，打土坯结实。那个清冷的地方，一时间人来车往，一派喧腾。不几年的工夫，那座山便被"搬"走了。

取回的土把它堆成山状，用时在其中央拨个又大又圆的空地，把一桶桶的水倒进去，再将四周的泥土一锹锹铲进去。为使土坯坚固结实，成为一个整体，这其间还要投放纸筋。纸筋要钱买，多半人家用剁得寸长的稻草来代替。为使泥土揉面样均匀，这时常要光着脚板在泥中踩踏。于是一双双脚上下往复，发出扑哧扑哧的声响。这是劳动的乐章、欢乐的乐章。

打好的土坯有枕头大小，经太阳晒两天，便要将其竖起来，一是晒得均匀，二是防止单向受晒开裂。再过几天，便把晒干的土坯纵横交错地堆码在屋后或是树下，让其充分阴干。阴干后的土坯异常结实，人站上去也不会断裂，即便摔在地上也不会破损。到了秋天，这些"砖头"便肩负着新的使命，为人类造福去了。

夏秋往事接汗衫

20 世纪 80 年代，江南一带夏秋时节的街头，满眼都是穿接汗衫的男人，老者穿，少者亦穿；工农商学兵穿，公务员们也穿。这仿佛是种时尚，是种潮流，就像今天流行穿 T 恤衫、牛仔裤、休闲鞋一样。

接汗衫这个概念，对今天的年轻人来说，早已陌生得不知所云，但年纪稍大者则记忆犹新。那时节，人们的汗衫、背心，通常要"服役"三到四年，甚至更久。人们常常穿洗得布满洞洞眼眼，如同渔网，仍舍不得扔弃。于是送到编织店去，剪去上半截，或是下半截，缝接一段新的，既经济又节约，还不用布票，多好！拼接后的汗衫、背心，人们神情自若，照例穿起，走大街，过闹市；来登堂，去入室。一时间，城里专做接汗衫营生的编织店春笋般涌现，且是生意兴隆。

其实，那时一件汗衫、背心，不过一块来钱一件，并不昂贵。惜乎人们的收入普遍低下，就城里的人们来说，随你是工人、教师、医生，还是公务员，待遇平等，每人每月的普遍收入只有四五十块钱。大凡商品，样样紧缺，不仅计划供应，还得凭票购买。人们的日子过得是紧巴巴的。为树立信仰，共渡难关，舆论界也在宣传倡导勤俭节约、艰苦奋斗的思想。为配合政治形势，一些先进单位，还大力开展"今夕对比"的"忆苦思甜"

教育。

现如今，生活富裕了，人们穿衣讲究流行款式，追求新潮衣料，考究时尚色彩。通常，衣服还未穿旧，只因款式落伍，衣料守旧，色彩过时，便要"退居二线"了。汗衫、背心旧了，破了，阔绰者一弃了之；节俭者则用它来做抹布，扎拖把，或是留给子孙做尿布。再没有人到编织店去重温那段酸楚的别梦，编织店早就不弹老调，翻唱新曲了。

前不久的一天，是我的生日，妻子为我买了件昂贵的 T 恤衫，还是国际某某大名牌。面对如此奢侈的礼物，实在有所不忍，眼前便浮现出往日酸楚的一幕。我赞美明媚的阳光，热爱多彩的现实生活，但我没有忘记过去。是故，写下这段文字，记录一段过往。

怀想往日电石灯

　　四十年前，就我国而言，电力十分紧张，为确保重点的工农业生产，一时间，要对城镇居民用电加以限制，也就是经常拉闸断电。这对广大百姓来说，可犯难了。若是白天还好办，要是夜晚麻烦就大了，就得抓瞎了。那咋办？！只有启用煤油灯。嗐！煤油灯要用油，这油是凭票供应，还要花钱买，心疼。那咋办？！用电石灯，它不花钱啊。电石灯起于何时，无人知晓，它应该是人们在贫困窘迫之际的一个发明。

　　电石灯一点，顿时一片光明。它的火焰是银白色的，有一指长，烁亮烁亮的；它的性格是欢快的，哧哧地响着，充满了激情，像是发自内心爽朗的笑声。

　　倘若在冬夜，一家人围坐于灯下，看书、写字、做针线、织毛衣，或是呆呆地想着心事。若在夏夜，人们全都移师室外，三五成群，七八一伙地围坐于灯旁，或下象棋，或斗纸牌。很多人摇着蒲扇，竖着耳朵，饶有兴致地听人讲着神仙鬼怪、花妖狐魅的故事。也有人三三两两地挨着，谈着小道消息，花边新闻，让精神兴奋，借以打发闷热的长夜。亦有人躺在藤椅上，就着灯光，看书读报，很快便打着哈欠，美美地进入梦乡。

　　这电石灯哪儿来的？没地方卖，都自己做。至于电石，工厂有，随便带。做电石灯不难，找来铁皮，敲敲打打，敲打成圆桶的形状，焊接牢固便可。这圆桶要做就是两个，一里一外，用老百姓的话来说，叫作"一公一母"。里面的放电石，要有底，还要有点飞边，直径要有杯口粗，高度一拃左右。外面的要大些，高点，好罩住。外面的不要底，只需焊个弧形的顶，还要在其顶端钻个孔，以便焊接一节铜管和一个气嘴，气体就从这里源源不断地输送出来。铁皮做的电石灯容易生锈，个别有条件的人，干脆用白铁皮的，还有人用铜的，不锈钢的，那就考究了，可以传子传孙，百年之后就是古董了。

电石灯在使用的时候，要放入电石，还要放于水中，通常放于脸盆或是水桶之中。电石灯一放入水里，便咕咕地响。它的响动欢快有力，还有点急不可耐。这说明它已起化学反应了，已经有气了。点上火，便大功告成。一片片的光明，把黑暗驱赶得无影无踪，同时也让人们对生活充满了期盼。

四十年，弹指一挥间。现如今虽无停电之忧，可我却不时怀想电石灯，想什么呢？想它营造的氛围，尤其是人们之间的情感与友谊。我更珍惜这段美好的、温馨的回忆。

打会原来是互助

20世纪七八十年代，整个社会都流行着一种民间经济互助形式——打会。打会亦叫请会，不仅工厂有，学校有，机关亦有，就连百姓居住的社区也有。

那时人们的收入普遍低，一般职工每月只有三十来块钱的收入。就城里来说，随你是工人、教师，还是干部，薪酬都差不多。那时节，人们的生活极为艰难，若想买块手表，办辆自行车，添台缝纫机，或是结婚做寿，砌房造屋，得借打会之力，以解一时之需。

就我熟悉的工厂来说，打会通常均在同一车间内进行，大家彼此熟悉，知根知底，没人使奸耍滑。打会得有人发出邀请，请会者都是等钱用的职工。请会者叫会头，要有一定的号召力与组织力。会头实在木讷不善社交，得请一个有组织才能的职工来代理。打会一般是十二人，周期为一年；每人每月需交会费十元或十五元（具体金额由大家商定），每月一人得会。在物色人选上，未婚青年，无牵无挂，最为抢手。在那个年代，我曾连续多年光荣地被列为首选对象。于今想来，能为工友们出力解忧，深感自豪。

待人数凑齐，会头便利用工余时间，把大家召集到一起，开个简短的小会，谈谈有关事项，说些客套话语，并向大家散发卷烟、糖块，以示谢意。会头是第一满足者，无论是哪个月得会，大家都得应允，余者一律抓阄，确定得会次序。当然，会员之中若有职工遇到突发情况，急于用钱，大家都好商量，互相调剂，一团和气。

每到发工资之日，会员们刚刚拿到工资，会头便来收取，收齐后，便交给当月的得主。钱这个东西在世界上最为敏感，不能有半点差错，日期、时间、金额都得有保证。有时会头上夜班，白天也得赶到工厂，一一落实。我曾参加过好多会，亦曾耳闻目睹其他工友间开展的会，均能善始善终，颇如人意，这完全取决于工友间的友爱与信赖。

自改革开放以来，人们的收入大为改观，生活水平也逐年提高。现如今，职工们大都居住楼房，少的也有60平方米，大的达到100平方米以上，并且有电话、空调、洗衣机、微波炉、电烤箱、电脑、液晶平板电视机。就出行来说，摩托车、电瓶车已不足夸耀，好些人家还有了私家车。高兴的时候，或至亲一家，或呼朋唤友，还要下馆子，在联络感情之际，潇洒一回。若是有了雅兴，还要外出，或游览名山大川，或观光名胜古迹，在放松身心的同时，既增长知识，又陶冶情操。更有甚者，还要走出国门，近则新马泰，远则欧美。让异国他乡，也留有黑眼睛、黑头发、黄皮肤的中国人自豪的身影。

一位在银行系统工作的朋友言说，现如今，一般职工家庭平均存款在六位数以上，有的甚至更高。随着我国改革开放的不断深入发展，国家日益富强，人民日益富足，打会这种经济互助形式，早已经悄然退出了历史舞台，并从人们记忆中淡化，被人们忘却。

这些日子偶得闲暇，整理当时的日记，一时勾起了我苦涩的回忆。打会是特定历史时期的特殊产物，是收入低下年代的组织。它虽本着互助互利，自觉自愿的准则，但其实它是一种无奈的权宜之计，是一种残缺的圆满。是故写下这段文字，记录一段岁月，算是雪泥鸿爪吧。

岁月留痕染衣服

"染衣服"这个词现在使用的频率极低，几乎失去了生命力。可在过去，它的使用频率极高，经常挂在人们的嘴边，并付诸实践。路上两个女人见了，问："二嫂哪儿去？"答："买染料，染衣服。"到了星期天，在大杂院，王婶问："李妈忙啥呢？"回曰："染衣服。"这就是往日生活中的一幕。

几十年前，城里的主力军是工人，那是工人阶级必须领导一切，工人阶级能够领导一切的时代。当工人光荣啊！做工人当然要穿工作服，穿工作服不仅风光也时尚。那时工作服的面料不是劳动布的，就是混纺的，再不就是帆布的。论质量，结实，但时间一长就要褪色，白不拉几的，难看。那咋办？染呗。那位说了，扔掉，干脆买新的。他哪，外行。谁不想穿新的衣裳，大家既不呆又不傻。老话说，要知昨天事，需问过来人。过去那日子苦啊，那时过日子什么都紧张，买米、买煤、买布、买糖……啥都要计划，啥都要凭票，日子过得是苦哈哈的、紧巴巴的。可穷日子、苦日子也得一天天地过。衣服穿旧了总不能扔了，心疼。再说，扔了你穿啥？衣服褪了色，难看，就跟衣服破了一样的性质，这是懒人和无能的标志，要被人取笑的。于是染衣服就成了那个时代的一大特色。

染衣服要染料，那好办，化工商店有专门卖的。那时化工商店哪个城市都有，多的是，犹如春天的蒲公英，遍地开花。化工商店不仅卖油漆，也卖桐油、石膏、稀释剂，更有大量的染料。这些染料有红的、绿的、紫的、黑的、藏青的，啥颜色都有。那染料都是小包装，跟烟盒差不多，只是稍为薄点，小点。一小包的染料，刚好够染一件衣服。若是衣服大了，或是褪色过了头，顶多用两包。那染料从几分钱到一角多的不等，既便宜又方便。那时人们常用的染料是黑的跟藏青的两种，那时不仅工作服是这两种颜色，就连平日男女老少的外衣也大都是这两种色彩，你别无选择。说得好听点，就叫时代流行色吧。

　　染衣服不难，但要遵循章法。先将铁锅放入凉水，再放入染料，搅拌均匀。待水烧开，把衣服缓缓地放入锅中。有的人在染衣的时候，还要放点盐，大概是一勺的量。放盐的目的是提高染料的附着力，可使颜色光鲜。这就跟汰洗白色的衬衣，要在水中洒几滴纯蓝的墨水一样，两者有着异曲同工之妙。染衣服还有两个关键所在，一是衣服在染之前，先要洗净，还要浸湿了；再者，衣服下到锅里，还需用棍棒或是炉钩经常翻动，使其受色均匀。否则染出的衣服，深深浅浅的，跟白癜风一样，难看死了。这样染出的衣服不仅色彩均匀、漂亮，而且经久耐穿。衣服染好了，用清水汰净，晒干便成。染后的衣服跟新的没有两样，穿在身上，人也精神，心里也充满了自信。

　　一些爱美的女人，不仅要染衣服，还要将工作服加工一番。上衣要收胸收腰，裤子则要细腿提臀，这样显得线条毕现，身材楚楚动人。这些女性，走起路来腰肢都要扭几扭，跟风吹杨柳一般，心里是美滋滋的、乐陶陶的。她们走在街上，回头率极高。爱美与追求美，是不论时代，不分贫富的。能从苦日子中提炼出滋味来，提炼出乐趣来，这就是水平。套用 2007 年春晚小品《策划》中的一句台词，这些女性真是"太有才了"！

社区小万理发师

　　小万在我们小区里开了家理发店，已经十多年了。这是个连家店，也是夫妻店。这店有个特点，专理男发。通常，小万理发，老婆小梅则负责刮脸。平日里，小万把这店堂收拾得干干净净的，那些理发工具擦得是锃光瓦亮的，就跟新的一样；那镜子更是擦得纤尘不染，照得人是须眉毕现。

　　小万今年四十岁出头，长得精瘦小巧，清清爽爽的。他理发的时候，精力集中，不苟言笑，动作快而连贯，只听见电推剪运行的声响。这声音流畅匀速，从不打绊。真是行云流水，一气呵成。理完发，他还要习惯性地对顾客前后打量一番，生怕哪里存有不足。然后他还要稍事修剪，这是习惯，免得顾客心里不踏实。修剪完毕，他用毛刷将你脸上和脖子间的细碎头发掸净，然后再用电吹风给你满头满脸地吹一遍，这属精益求精，真心实意的举动，最后在你肩头轻拍两下。他这动作就像写文章结束时的句号，更像乐曲的休止符。

　　这时，他的老婆小梅上场了。小梅刮脸的动作很轻，但非常仔细，就连眼窝、鼻翅、下巴、耳边，旮旮旯旯的地方，全都刮到，一处不落。刮完脸，她还用手在你脸部反复摩挲，唯恐存有遗漏的地方。刮好了脸，她还要用润肤霜给你抹抹，再锦上添花地给你的脸部和头部稍作按摩。这虽是顺带的，可时间的长度掌握得正好，既不长得像是恭维，又不短得意犹未尽。

有人要问了，小万这个店生意怎样，奇好！从早到晚是顾客不断。每逢节假日，那真叫顾客盈门。为避免顾客无聊，小万还专门订了一份《扬子晚报》，供客人在等候之际阅读。有时他还买几本杂志，或是《知音》，或是《家庭》，反正都跟生活有关的，大家爱看的。有时他干脆把彩电也搬出来，这叫为客户着想。

现如今理发价格的行情，一般男性单理发，底价是二十块钱，贵点的要三四十块，若是店堂装修得好些，那价格就没谱了。可小万理发，只收十五块，质量还不打折。有些店家在顾客理发之际，还要连哄带骗地逼迫顾客干洗头，干洗头不是白洗的，要外加二十块钱的。若是洗发水好点，那价格又没谱了。可小万不来这一套，做生意靠的是诚信，讲究的是愿买愿卖，理发也是这样。由于小万的手艺好，口碑好，周围一带的居民都愿意到他这儿来理发。有的人家已经搬走了，可人们仍要大老远赶过来。为啥？一是看看小万，叙叙旧；二是享受一番优质服务。老话说，陈酒故人，就这道理。

小万是本分的手艺人，投机取巧的事不做，歪门邪道的事不干。他挣的是辛苦钱，赚的是干净的钱，"清清白白做人，干干净净做事"。小万靠理发虽发不了大财，也谈不上衣食无忧，但至少也算是布衣暖，菜根香了。小万常说："人家骑马我骑驴，后面还有推车的汉，比上不足，比下有余。"

热心修车刘师傅

刘师傅在我们小区的门口摆了个修车摊，专门修理各类自行车、电动车和三轮车。他的家当全在一辆三轮车上，气筒、扳手、钳子、剪刀、胶水、锉刀、内胎、外胎这些工具和配件，样样齐全，一件都不少。

刘师傅见人总是爱笑，露出雪白的小米牙。由于长期的风吹日晒，他的皮肤黑滋滋的，跟泥鳅似的。他虽不高大，却很结实，像头小水牛，浑身有使不完的劲。刘师傅就喜欢穿军装，那是他儿子上大学军训时发的，他说穿军装精神威武。他虽没当过兵，但他羡慕军人，崇拜军人。他学军人，昂首挺胸，腰杆笔直，走起路来像阵风。人们夸他有军人的气质，最起码也是预备役的。他乐得嘴都笑咧开了，就像六月的石榴。

刘师傅做起事来是认认真真，有板有眼的。他不仅修车，修完还把车辆擦得干干净净的，没有一点修理过的痕迹，也没有一点脏的痕迹。刘师傅不爱财，凡是加加油，紧紧螺丝，小敲小打的，只要不换零部件，不费大事的，他都不收钱。

平时常见他在大院试车，只要是涉及传动部分的问题，车辆修好了，他都要试骑，确保没有问题，才放心地交给车主。都说金奖银奖不如群众夸奖，金杯银杯不如群众口碑。这夸奖和口碑，你大明星要，一个草头百姓也要。他要回头客，要挣钱养家糊口。

没事的时候，刘师傅朝小区的门口一站，做个义务保安。几年下来，小区的人他都认识，虽叫不出张三李四王二麻，但基本八九不离十，全是熏烧摊上的猪头肉——熟脸。凡是贼眉鼠眼的，不三不四的，鬼鬼祟祟的，东张西望的，他都要盘问。几年下来，他还真配合公安机关抓过几个小偷。

清闲的时候，他还帮人送货，如报刊、黄沙水泥、户外广告……他把三轮车骑得飞快。他不仅帮人搬，帮人抬，有时还要送上楼，经常忙得汗滴滴的、气喘喘的。至于报酬，你看着办，爱给多少给多少，他从不斤斤计较。有时他还帮小区的花匠浇浇水，拔拔草。闲着也是闲着，力所能及地帮助人，心里也快乐。再说，人闲了身子骨容易生锈，这就跟自行车一样，要经常骑骑，也要经常加加油。流水不腐，户枢不蠹，就这道理。

刘师傅是手艺人，渴了喝水，饿了吃饭，困了睡觉。有时他朝椅子上一躺，腿一翘，含根香烟，那个惬意的劲头真叫人羡慕。这就是知足常乐，无欺自安。中午时分，人困马乏，他便四仰八叉，舒枝展叶地朝沙发上一躺，立马入梦，鼾声响起。他为何睡得这般快？没有心事啊！他没有非分之想，也不胡思乱想，更不想那些花花草草的事情。

蹬三轮的"左嗓子"

　　乔迁新居不久，我就发现一个奇特的现象，每晚九点左右，楼道里总要响起一阵歌声。歌者的喉咙又直又粗，没有长短的变化，没有高低的分别，更不会拐弯。妻子说：一个左嗓子。

　　扬州人喜欢把没有乐感，没有弹性，直来直去的歌喉叫"左嗓子"，它比五音不全还要低几个档次。左嗓子的歌声是毫无先兆，横空出世的，纯粹是脱口而唱，无腔小曲信口唱的那一类。不过左嗓子的歌听多了，也能听出些门道，他的歌中充满了酸甜苦辣，喜怒哀乐。言为心声，歌亦为心声，看来他是借歌抒情、宣泄的。

　　这左嗓子是谁？令人好奇，引人猜测。此后我便留心观察，左右打听。原来左嗓子是个蹬三轮的，每晚九点左右，正是他收工的时候，此时他要宣泄一天的心情。左嗓子长得高高大大，白白净净，虽年近五旬，但岁月在他脸上留下的痕迹一点也不明显。他的穿着打扮，清爽还有点时尚，谈吐举止，优雅得体，不像蹬三轮的。再一打听，左嗓子原来在一家叫"奔星"的合资企业工作，还是党办的副主任。左嗓子为啥放着堂堂的副主任不当偏偏要去蹬三轮呢？左嗓子所在的奔星公司，经济效益不好，半死不活，门可罗雀，七八年下来都在硬撑苦熬，实在搞不下去了，裁人！

裁人的名单中第一批就有左嗓子，左嗓子想不通，他想去找领导，但又开不了口。这些领导平时跟自己关系都不差，勾肩搭背，有说有笑的，现在好像都躲着自己，绕着自己，就像碰到瘟神一样。咳！到了这个时候，谁还有心思帮你说话，谁还有精力帮你办事，弄不好搞得一身腥，一身骚。

　　下岗后，左嗓子跑过好多次人才市场，人家都礼貌地拒绝了。左嗓子那个气，廉颇老了？宝刀老了？他在问自己，不禁仰面长叹，泪如雨下。

　　老是呆痴痴地蹲在家里也不是个事，总不能坐吃山空，坐以待毙吧？再说他上有老下有小，肩头的担子千斤重。那怎么办？左嗓子整天抓耳挠腮，忧愁得肚肠都打了千万个结。这时有些难兄难弟就给他出主意了，让他找活干。左嗓子能做什么呢？扛麻包，没力气；修自行车，没技术；卖瓜子，不会吆喝；开小店，没门面……这时难兄难弟就怪他了，到了山穷水尽的地步还要挑肥拣瘦，还要拿乔，这不是跟自己作对吗？民以食为天，食靠钱来买，钱靠力气挣。这是从古至今颠扑不破的真理。这些大道理他全懂，最后左嗓子横下一条心——蹬三轮。

　　好在蹬三轮投入不大，千把块钱就能把车辆跟证照办得齐齐的。下岗职工还有优惠，一路绿灯，他真正享受了一回下岗职工的待遇。再说蹬三轮技术含量不高，我国是个自行车大国，人人会骑车，会骑车的人只要稍微熟悉下，立马就能行驶自如。

　　开始蹬三轮的那几天，左嗓子还真不好意思，关键是拉不下面子，就怕看到熟人，被人取笑。他弄顶草帽朝头上一戴，帽檐压得低低的。这让人想到地下党，想到鲁迅"破帽遮颜过闹市"的诗句。人家怕你还来不及，躲你还来不及，哪个还敢坐你的车子？那段时间左嗓子是一个生意都没得。那几天的歌声又低沉又伤感，就像《伏尔加船夫曲》一样。

好在左嗓子衣着干净，车子清爽，再加之他的小嘴又会说，谈个城市历史、大街小巷的由来，说个民间故事，唱个小曲，全不在话下。坐三轮的外地游客还蛮喜欢听他说的，文绉绉的，还有点噱头。坐他的车实在，有安全感。

蹬三轮最怕的是大夏天和冬寒天。三伏天骄阳似火，能把人晒得脱层皮，大下意还能中暑。那个夏天，没过几天左嗓子就被晒成了"小二黑"。三九天西北风一吹，跟刀子划在身上一样，彻骨地冷，还有点隐隐的疼。要是遇到雨雪天，一跐一滑的，稍不留神，搞个人仰马翻。苦啊！苦不苦，想想长征二万五；累不累，想想革命老前辈。左嗓子还真会自我解嘲，自我安慰。到底是政工出身的，思想境界就是高。

去年大年三十的傍晚，左嗓子碰到一笔生意，有个快要断气的病人要从扬州医院拉到瓜洲。病人的亲属给两百元，这是个不小的数目，很有诱惑力。可扬州到瓜洲有十八公里的路程，这一去一回起码要四个小时的时间。此时已是吃团圆饭的时候，天空中到处是鞭炮欢快的声响，鹅毛样的大雪直飘。忙了一天，此时左嗓子已是人困马乏，就想早点回家。可病人的亲属死死抓住他的车子，不停地央求。左嗓子一咬牙，一跺脚，蹬起车子直奔。等到回到家，已是新旧交替时分，大雪已把整个世界都白了。"满天风雪，一片白……"这不是歌剧《白毛女》中的情景吗？左嗓子不由得哼唱了起来。由于受了寒凉，左嗓子大病了一场，足足睡了半个月。

今年春天，左嗓子载个洋妞，在大街小巷，茶社公园转了一天。洋妞看了美景，尝过美食，眉飞色舞，连连夸赞。左嗓子略懂几句英文，那几句赞美的话还是听得懂的。那天左嗓子净赚了一百块，还是美元。左嗓子那个高兴，就像夏天吃了雪糕，冬天吃了热豆腐一样快活。当晚他就约了那些难兄难弟在小酒馆大醉了一场，大唱了一场。那晚他唱的是《祝酒歌》，美酒的香味一直飘到楼道，飘到每家每户。

左嗓子还有一副菩萨心肠，遇到邻居用车，他从不计较，分文不收。今年盛夏的一个夜晚，电闪雷鸣，风雨交加，邻居小王半夜三更肚子疼，疼得在床上打滚。小王的老婆急忙请左嗓子出车，左嗓子二话不说，冒着风雨，载着小王直奔医院。到了医院一查，是急性阑尾炎。医生讲幸好来得早，阑尾已经穿孔了，迟些麻烦就大了。小王的老婆感动得泪水直流。

后来，左嗓子的事迹被媒体晓得了，好几家报社的记者前来采访，他都婉言谢绝了。他撂出一句话：不足挂齿！左嗓子坚信，只要人人都献出一点爱，世界将变成美好的人间。

代笔先生高老头

　　我因长期从事宣传与采编工作，又乐于助人，是故时常为人代笔，并且是免费的。前不久，老友王兄又找上门来，为其公子婚礼写篇讲稿。撰写之际，我便联想到往日的代笔先生。

　　所谓代笔先生，就是代写书信为职业的人。过去人们的文化水平普遍低下，文盲也多。所以当写家书或是情书时，就请人代笔。于是代笔先生便顺应潮流，应运而生。

　　过去每个城市都有代笔先生，说得好听点，这也是城市的一道风景。代笔先生大都在邮局设点，也有个别分布在车站、码头的。他们的家当都很简单，一张小桌，两张凳子，一沓信纸和信封，两支钢笔（也有用毛笔的）。他们是笔耕者，亦是用笔来养家糊口的。

　　代笔先生全都是男性老者，这些人都留着胡须，给人一种老成持重、可信可靠的感觉。再者他们的神情端肃，不苟言笑，俨然一副不可轻视、不可亵渎的架势。他们的衣着虽不光鲜，却也整洁清爽，纤尘不染。有的人还要戴一副墨镜，这是干什么的？是装门面的，还时髦，反正镜片后的目光，有点高深莫测。

　　我们这个城市也有几位代笔先生，其中一位在市中心的邮局设点。此人高高的，瘦瘦的，蓄着一撮又白又长又浓的胡须，颇有几分仙风道骨的风姿。我们不知他姓甚名谁，也不便打问。孩子们就根据其相貌特点，叫他高老头。巧合的是，高老头果真姓高，多年后，他的儿子高某还跟我是同事，不过他比我年长很多。闲谈之际，高某多次提及其父往事，故而知晓。此等巧合，概率极低，真是芝麻掉进针眼里——巧极了。

高老头和所有的代笔先生一样，都是"守株待兔"，坐等客来。他们只是静静地坐在那里，是端坐的，一派虎老雄心在，人老精神爽的模样。他们从不吆喝，也不兴吆喝，不是卖青菜萝卜，也不是敲锣卖糖。三百六十行，哪行都有职业特点。

高老头这些人都念过几年私塾，有点古文功底。写起信来，文白相杂，行文流畅。一旦有了生意，高老头先要问清来意，到底要写些什么。此时他侧耳倾听，一副恭谦和蔼的模样。待来者絮絮叨叨、啰啰唆唆地说完了，他便将其内容总结归纳，复述一遍。得到认同，便洋洋洒洒，一路写来。最后再念一遍，便大功告成。

高老头会唱京剧，还有副豁亮的好嗓子。他念起信来不仅抑扬顿挫，徐疾有致，还有点京腔京韵，蛮吸引人的。每当高老头念信之际，总要引来一些路人驻足观看和聆听。不过念信也有例外，碰到情书，那声音自然要小了，否则人家要害臊的。我们儿时经常站在一旁听高老头念信，这也是一种享受。不过听多了，就觉得他写来写去，念来念去，大同小异，都是一些陈词套话，没啥新意。那时我只是太小，要是也有一撮胡须，也有满脸的皱纹，我也能往那里一坐，为人代笔，也能蒙蒙人的。

由于地理位置的优势，加之他比同行的文笔好，嗓子也好，故而生意很好。有人要说了，代笔先生的收入肯定蛮高的，尤其像高老头这样的人。事实上他们每写一封信的酬金仅是一角钱，平均月收入，顶多相当于工厂里一个二、三级工人师傅的报酬。他们纯粹是混饭吃的，发不了财的。

随着时代的进步，又经多次声势浩大的群众性、全国性扫盲运动，人民大众的文化水平有了极大的提高。到了 20 世纪 70 年代初期，代笔先生已经没有市场了，这个职业也就悄然退出了历史的舞台。

军校助农割麦忙

又是骄阳如火的六月，又是小麦覆陇黄的六月，我不由得想起了军旅助农割麦的往事。

早年间，我在西安当兵的时候，部队驻扎在该市北郊的岗家寨，每到农忙时节，部队的官兵总要到驻地的农村开展助农劳动。印象最为深刻的便是割麦。六月的田野，颗颗饱满的麦穗，谦逊地低着头。南风一起，一望无际的田野里涌起千万重金色的麦浪。这是劳动者用勤劳的双手描绘的丰收画卷，这画卷壮观而生动。这时的空中，总是弥漫着一股淡淡的新麦清香，这香既亲切又熟悉。它是又白又暄馍馍的香，是宽而粗裤带面的香，是经典美味肉夹馍的香。

六月的清晨，太阳还未出山，我们便排着整齐的队伍，唱着豪迈的歌曲来到田间。当地的农人起得更早，为了趁着早凉多出活，早已忙得热火朝天。当地农人割麦很特别，都使一把长柄镰刀。那镰柄足有五尺长，人们只是立着，稍稍倾斜着身躯，大幅度地挥舞着镰刀。这姿态优美又潇洒，像在舞蹈。这样割麦的情景，就像电影纪录片里牧民收割牧草一样。

面对这样的长柄镰刀，真叫人手足无措，心里发怵。它总是不听使唤，稍不留神，常常划破自己的腿脚，甚者伤及他人。后来我们干脆都用改制的短柄镰刀，果然得心应手。在无边无际的麦地里，大家一字排开，每人左右保持两米距离，向前有序推进。割麦得弯腰屈腿，左手将麦子一拢，右手的镰刀便飞快地一割。在嚓嚓嚓、嚓嚓嚓的声响中，一片片麦子便被放倒。放倒的麦子整齐地排列着，等待着捆扎装车。

割完一垄麦子，大概需要一个小时的时间。一时间，个个累得腰酸腿痛，难以站立。每割完一垄麦子，我们都要坐在田埂上稍事休息。此刻，有的捶着酸痛的腰腿，有的揉着肿痛的胳膊，有的顾不上仪态，干脆四仰八叉地躺在田埂上，大口大口地喘着粗气。身处这样的环境，大家索性都解开衣襟，或用衣角扇风散热，或是擦着满头满脸的汗水。然后取来水壶，久旱逢甘霖一样痛饮一番。

割麦对我们这些从未干过农活，且当兵不久的后生来说，简直是项辛苦而又繁重的农活。头上是烈日火一样的炙烤，个个被晒得满脸通红，如同燃烧一样；人人烤得是大汗淋漓，简直要脱水。军装上是白一片，潮一片。白的是泛出的盐霜，潮的是不断涌出的汗水。出汗多的时候，整个军装连同内衣都贴在身上，如同胶粘的一样。那高强度、透支体力的劳动，简直累得要散架。"苦不苦，想想长征二万五；累不累，想想革命老前辈。"这是革命军人百折不挠、勇往直前的精神。此句口号，大家或在心里默念，自我加油；或是上下句接力，喊出声来，互相鼓劲。

割麦不仅累，我们的手上、臂上，甚至脸上，经常被针状刺样的麦芒拉出一道道又红又肿的伤痕，甚者会感染。那坚硬的镰柄，常常把我们的手指与手掌，磨出许多大大小小的血泡。血泡多的时候，竟能重叠起来。这些血泡，日后便成为老茧，久久难以退去。一些战友调侃道：这是我们劳动的勋章！

每到麦收时节，我们得用十天的时间帮助老乡干活。割麦虽苦，却铸造了我们一颗坚定的红心，锻造了我们一生顽强的意志，使我们变得更加强大。经历割麦，让我们体验到劳作的艰辛与收获的喜悦，更让我们懂得了"谁知盘中餐，粒粒皆辛苦"的深刻内涵。

从军谈心敲心扉

　　谈心这个词时下叫作对话、沟通、交流，词义虽有相近之处，内涵却相去甚远。对话、沟通、交流只是停留在礼仪层面的浅尝辄止；谈心则是真情的流露，心灵的撞击。谈心不做作，不掩饰，自然、率真、坦荡，就像清澈的山泉，汩汩地流淌；就像清新的晨风，习习地抒情。在今天，谈心这个词的使用频率几乎为零，可在我们这些老兵的心中，却是那样刻骨铭心。于今想来，仍是那样亲切，亲切得遥远又温馨。

　　谈心可以交流思想，缩短心灵之间的距离，加深同志间的理解与友谊。它没有地位、男女、长幼的界线，士兵可以大胆地找首长谈，男子可以坦荡地找女性谈，年轻人可以大方地找长者谈。可以谈思想，说工作，叙家常，话人生，甚至平日不想讲、不敢讲的牢骚和不满，都可以坦坦荡荡、无遮无掩、无所顾忌地发泄。你可以得到战友最温暖、最通达的开导，得到同志最无私、最真挚的帮助，你不用担心有人别有用心地张扬你的偏激言辞，亦无须忧虑有人存心不良地传播你的密闭隐私。所谓"私下交流无边际，公开言论有纪律"，就是这道理。

　　那时节，在我们部队，每个星期三是雷打不动的谈心日，并形成制度，长期坚持。谈心的最佳时间，通常是傍晚。吃完晚餐，夜幕降临，大家便物色好倾吐的对象。谈心通常是一对一的，可以在寝室，可以在办公室，更多的则是在花园小道。

我们部队是总参三部驻滇的一个情报机关，地处昆明市郊的跑马山。四季如春的昆明，最适宜花木的生长。部队有个大大的花园，环绕花园的是条千米长的小道，路旁满是高大的水杉，亭亭的修竹，多姿的芭蕉，热情的茶花……在新月初升，清风徐来的夜晚，信步谈心，真可谓是人生一大乐事，一大快事。

随着时光的推移，谈心的深入，同志间真挚的感情越发加深，战友间无私的友谊越发牢固，有的结为莫逆之交，忘年之交；有的相互倾慕，成为恋人。这种建立在理解基础上的友谊，最能经受时空的考验。我们虽是来自五湖四海，后又各奔东西，但往复的书信，照例维系着纯真的情愫；煽情的电话，依旧能听到滚烫的心跳；不时的微信、QQ 消息，照样巩固着真挚的友情。

又是个星期三，又是月白风清的谈心日，真让人想"家"，真让人想念远在千里之外的"家"呀。

撩人乡愁的尤加利

　　昆明多尤加利，在我们的兵营更多。它长得高大伟岸，枝条疏朗有致，叶子大而稀疏，轻风过处，沙沙作响，每每听到，总要触动我莫名的乡愁。这愁是淡淡的，却持久而挥之不去。其中有惆怅伤感的意味，也有些许温馨快乐的成分。这两种因素始终交织在一起，在心胸冲撞、升腾，使我时常沉浸其中而不能自拔。

　　十五岁这个年龄，对大多数孩子来说，还依偎在父母的怀中，享受着无尽的呵护。可那时，我先在西安的军校求学，后又辗转来到昆明。因为我所在的部队是一个保密机关，基本上都是职业军人，本来所需兵员就少，加之招兵的年限间隔又长，所以我到昆明的时候，部队里连一个老乡都没有。没人能与我交流，这使我的乡愁越发强烈，无法排解。

　　我的家乡没有尤加利，在乡愁的触发下才认识了它。尤加利原产于澳洲，于20世纪初期引入我国，它是一种速生的树种，五六年便可成材。其树干的纹路呈拧曲状，抗震性极强。过去常用于铺设铁路，架设桥梁，用于工矿的支柱。如今它的适用范围正在拓展，人们把它做成纸浆来造纸，或是加工成板材用来打制家具。尤加利还有股特别的味道，似香非香，似臭非臭，似樟脑非樟脑的气味，还有点冲，人们用它来提取芳香油，用来做糖，或是食品添加剂。

说实话，每当乡愁袭来，我总认为是无能的表现，恨自己太怯懦，太无能，太多愁善感。后来读鲁迅先生的书，先生曾有"无情未必真豪杰"的诗句。毛泽东读白居易的《琵琶行》，与主人公产生内心的共鸣，潸然泪下。由此看来，多愁善感并不是坏事，大凡成大事者，必定是情感丰富的人。

后来读到汪曾祺先生的文章，对尤加利触动的乡愁，他老人家亦有同感。先生是高邮人，高邮属扬州，我跟他算是同乡。汪先生早年就读于西南联大，曾在昆明生活过七个年头。看来尤加利确是一种撩动、触发乡愁的树木，尤其在特定的地点、条件之下。

每当乡愁袭来，我便拼命读书。20世纪六七十年代，书很难找，逮什么就看什么。我还努力读诗、写诗，培根云：读诗使人灵秀。确实，诗读多了，易触景生情，易生感慨。诗歌是抒发乡愁最好的工具。那时的愁太多，感慨也多，真是漫无边际，沉重压人。

我能走上文学道路，跟尤加利有关，跟乡愁有关。我在昆明的那些年，写了不少抒发乡愁的诗文，后每有感触，也习惯付诸笔端。

我感谢尤加利，也想念尤加利。它给了我许多苍凉伤感的思绪，给了我许多美好又温馨的回忆。

有个参谋叫老陈

　　老陈是我们部队司令部的一个参谋。他长得白净消瘦，有着一双明亮的眼睛，开口说话总是带着一股浓浓的川味。他是我们部队的一个"活宝"，除了工作与睡觉，总在哼歌、唱戏，或是一刻不停地说笑。哪里有了他，哪里就充满了快乐的笑声。

　　记忆最深的是每年的秋收时节，我们总要到驻地附近的农村开展助农劳动，也就是帮老乡割水稻，挑稻把。每每干活伊始，大家干劲冲天，有说有笑，可两个时辰下来，我们长期坐办公室的人个个累得腰酸腿痛，委顿地倚靠在草垛休息。这时陈参谋便不请自来地走到大伙中间，用他那浓浓的川音自我推销道："同志们、战友们，我给大家唱一段要不要得？""要得！"异口同声的回答充满了兴奋，异手同拍的掌声欢快地响起。

　　那是"八大样板戏"一统江山的年代，陈参谋总要亮出京剧《沙家浜》"智斗"那场一赶三的那套绝活。只见他脸色一沉，阴阳怪气地学着刁德一。他虽不抽烟，但模拟着抽烟、弹灰的动作，有时夸张地脑壳一伸一缩，还大口大口地吐着一个个烟泡，那滑稽的动作逗得大家捧腹大笑。一会儿，他又勒紧嗓子学着阿庆嫂，那又尖又细的唱腔，响遏行云，令人振奋。这时他的两眼充满了仇恨，总是射出两道锐利的目光，仿佛要洞穿狗头军师刁德一以及万恶的旧社会。阿庆嫂的一身正气，对革命斗争必胜的信念，被他演绎得淋漓尽致。大家不时报以热烈的掌声与喝彩。唱完阿庆嫂，他又学胡传魁，只见他双手叉腰，瓮声瓮气地唱着，不停地摇头晃脑，抓耳挠腮，把这个草包刻画得小丑一般。

　　记得有一年国庆期间，云南省京剧院进京演出返回昆明，恰好老陈出差归来，凑巧又和他们同在一个车厢。见了这些艺术家，老陈自然不会错过这个学习的大好良机。于是，他抛砖引玉地自荐自唱，这胆识、这豪举赢得艺术家的阵阵掌声。据悉，这些艺术家中就有大名鼎鼎、时任云南省京剧院院长的关肃霜。于是，车行一路，军民联欢一路，欢笑一路。到了昆明，艺术家们还派专车把他送回部队。可见这友谊、这情感是多么深厚。

　　也许受了那个时代的熏陶，抑或受了陈参谋的影响。现如今，每当工作劳累，或有闲暇，我总下意识地哼唱几句，或京剧，或歌曲，给自己提提神，解解乏。生活有了乐音，变得丰富多彩；生活有了乐音，变得后劲十足。

　　陈参谋全名陈利华，如今健在的话，该有七十开外了，仍在唱吧？！真让人惦念不已。

军旅逸事捉跳蚤

　　早年间，我们部队虽驻扎在昆明市郊的跑马山，但由于工作的需要，时常要开拔到云南的山区，进行战时模拟演练。

　　山区林深草密，跳蚤成患。不知何时，它无声附体。别看它小如芝麻，危害却大，常常把人咬得痒痛难忍，疙瘩凸起。那疙瘩是一片片的，密密麻麻的，且是大小相杂，有的如同黄豆，有的跟蚕豆一样。且是硬邦邦的，奇痒，令人忍不住抓挠。这一抓挠，常常伤及皮肉，没有十天半月，别想痊愈。时常是旧伤刚好，跳蚤再度来袭，真是可气可恨又可恼。一时间，面对跳蚤的行径，真是束手无策，任你有医有药，也无济于事。

　　在云南的那几年，我对跳蚤的行径领教颇深。记忆最深的是每每开会或学习之际，常见有人在悄悄抓挠，或手臂，或后背。不仅男兵抓，女兵也抓，这好像成了一道特殊的景观。还记得一位性急的战友，常常被咬得跳脚咒骂，把跳蚤的祖宗八代都骂到了，骂尽了，还不解恨。可跳蚤不懂人语，仍旧我行我素，恣意作恶。

　　为了捍卫皮肉的尊严，安然地生存，我们开展了一场声势浩大的消灭跳蚤的群众运动。一时间，个个动脑筋，人人想办法。人们采用"打草惊蛇"、烟熏火燎、喷洒药水等方法。惜乎好景不长，仅仅消停了几天的时间，跳蚤又气势汹汹，卷土重来。无奈之际，有人干脆扎紧裤口；有人则常洗澡，勤换衣服，消除隐患存在的可能。有的女兵还别出心裁地洒香水来自我保护，理由是跳蚤喜欢待在肮脏有异味的地方。可这些防护全都于事无补。

奇了怪了，对待跳蚤的偷袭与骚扰，一些山东乡村来的老兵，却若无其事。适者生存，其中必有缘故。经请教，我学得一手捉跳蚤的绝活。一旦发现身上痒痛，先搞清是哪个部位，小心脱下衣服。为了醒目，最好将衣服放于白色的床单上，再仔细搜寻。当发现伏着的黑点噌地跳起，在下落的瞬间，便要火速扑去，如饿虎扑羊一样，用双手紧紧摁住，然后谨慎地腾出一只手，吐上吐沫，用唾液黏住跳蚤，使它失去跳腾的本领。这时，不可一世的"英雄"，成了你的阶下囚，可由你任意摆布。通常把它放在拇指的指甲上，用指甲硬碰硬地压死。若是没有经验，往往放在手中用力搓捏，待手指一松，它又跳弹出去，逃之夭夭而贻害无穷。

有的新兵捉住跳蚤，把它们禁闭在瓶中，放于桌上，不时观赏，那神态和气势，就像一个得胜的将军在欣赏自己的赫赫战功一样；有的则连瓶一起扔在草丛，让其永世不得"翻身"，不可再度害人。

军旅趣事话会餐

　　在部队当兵开心的事很多，论吃，首推会餐。说到会餐，个个眉飞色舞，欢呼雀跃。就会餐来说，简而言之，就是鸡鸭横陈，鱼肉满桌；就是大饱口福，痛快淋漓。

　　早年间，那还是计划经济时代，我在昆明当兵的时候，部队逢九吃肉，也就是每个月的初九、十九、二十九有肉吃，每逢二月底，往前挪一天。全是小炒，大荤没有。平日佐饭的菜肴，全是素菜打滚，冬天是土豆的天下，春天是大白菜的江山，夏天茄子闪亮登场，秋天芋头又唱主角。论会餐，一年只有四次，依次是元旦、春节、八一、国庆。你说平日吃肉都那么难得，每遇会餐，怎么不叫人高兴。

　　会餐这天，有些人从早餐便开始节食，能吃四个馒头的，只吃两个；午饭能吃两碗米饭的，要减半。为啥？好让胃有足够的空间装填美食。有人下午还要打打篮球，为了增强饥饿感，吃得香。有人则散散步，或是泡个澡，目的也只有一个，殊途同归。

　　会餐的时间全在晚上，十二人一桌，六冷、八热、一汤。凉菜有海蜇、牛肉、卞蛋、花生、香肠、猪肚；热菜有炒鸡蛋、炒腰花、炒精片、炒鳝片、红烧鸡、红烧鸭、红烧狮子头、红烧大鲢头；一汤是白玉翡翠汤，就是菠菜豆腐汤。会餐的菜谱虽有变化，可万变不离其宗。

面对满桌渴望已久的美味佳肴，大家两眼发亮，叫好一片。此刻不论男女都要喝酒，一是助兴，二是为了增加节日的气氛与情调。女性则喝啤酒、香槟、葡萄酒，男士一律喝五角钱一斤的地瓜酒。

　　一茶杯下肚，高潮便起。能说会道的，口若悬河，大家推杯换盏，开怀畅饮。有时三三两两的还要端着酒杯，频频出访。酒量小的则坚守阵地，等待邻桌的回敬。一时间，整个餐厅人来人往，酒杯碰撞声，欢言笑语声，喧阗不息，气氛热烈，令人亢奋。

　　茶启文士心，酒壮英雄胆，这话不假。记得有个姓张的战友，一直暗恋着一个女兵，此人大方漂亮，很多人都有这个奢想，但怯于表白。这位老兄两杯下肚，仰仗着酒劲，对这女兵吐出了真言。这一表白把大家吓一大跳，当时空气都凝固了。你猜故事的结尾？后来这位女兵果然成了他的妻子，还为他生了个胖小子。这全都是会餐架设的彩虹，酒真是功不可没。

　　过了一个节日，我们又期盼下个节日的到来，期盼着盛宴与烈酒，期盼着另一个美好的结局。

毛豆晚会乐翻天

在水陆众多的蔬果之中，我最爱吃的食物是毛豆，最偏爱的是盐水毛豆。这不仅在于食用它的便捷与痛快，还因为它总让我想起军营这个幸福快乐的大家庭。

那时节，部队驻扎在昆明市郊的跑马山，每每吃了晚饭，我们这些常年坐办公室的官兵，总是披着夕阳，沐着晚风，到菜地劳作。经我们精心侍弄，菜园里一年四季姹紫嫣红，一派生机。园里有身披紫袍的茄子，灯笼样的西红柿，脆生生的黄瓜，火红的辣椒，白净的萝卜，小辫样垂垂的豇豆，不过我们种得最多的是毛豆。

六月间，那一垄垄的毛豆，长得枝繁叶茂。拨开繁密肥硕的豆叶，只见簇簇弯月状的豆荚鼓鼓的，就差撑破豆壳了。这个长势真是喜人。这时我们总要大把大把地捋下满枝的豆荚，放入精盐、八角、桂皮，满满地煮上几大锅，夜晚便堆放在办公室拼起来的桌上，来个开心痛快的毛豆晚会。

手持颗颗翡翠样的毛豆，就像把玩一件件工艺品。这颗颗毛豆浓缩了多少日月精华，雨露恩泽，又饱含我们几多汗水。将豆壳剥落，轻轻放入嘴中，缓缓地咀嚼，是股淡淡的咸，丝丝的甜，浅浅的香。大家一边品尝着劳动的果实，一边天南地北地谈着人生与未来。

当然，吃毛豆时还有精彩的节目表演。只见指导员背向大家，不停地敲打着小鼓。此刻便有一只排球飞也似的在大家手中传递。鼓停球止，球在谁的手上，谁就得唱一首歌。唱得好的，送把毛豆，权作奖品；唱得荒腔走板的，非但没有奖品，还得罚其顶球。

我们的指导员是个四川人，敲鼓时她会使出许多"花招"，一会儿把鼓敲得很快，犹如暴风骤雨，热锅炒豆，让人紧张得心跳加快；有时敲得很慢，好像要停下来，让你犹豫不决。

大家在传球之时，经常出现"一箭双雕"的情况。逢着一男一女就热闹了，两人得同唱一首歌。此刻男子多半把音调唱得高高的，可谓是响遏行云，让女士找不到调，接不上腔。男士便会赢得满堂的喝彩与掌声，女子照例受罚顶球。女性不知是平衡性差，还是受氛围的干扰，总是不能如愿，洋相百出，惹得阵阵哄笑，有人竟笑得把嘴里的豆粒不小心喷射出来。

在表演节目的时候，有些老同志不知是思乡，还是方言难改的缘故，唱起歌来总是带着浓浓的乡音，于是粤味、滇调、陇音、豫腔，乡音争奇，乡情流淌，把同样一首歌演绎得千姿百态。还有些老同志，一唱就是家乡调，于是天津人唱大鼓，浙江人哼越剧，陕西人吼秦腔，山东人演吕剧，小小的一个联欢会精彩纷呈，成了中华曲苑的大舞台。

我们科室有个姓陈的参谋，此人是个大大的"活宝"，他专唱川剧，且极尽夸张之能事。一会儿把喉咙扯得又高又细，让你提着心和他的音调同攀云霄；抑或急转直下，低下来，矮下来，仿佛要钻入泥土。有时他满脸苦楚，似泣似诉，让你的心儿碎成百瓣；俄顷又喜气洋洋，摇头晃脑，柳暗花明。他的演唱最是煽情，得到的掌声也最为热烈。

在毛豆收获的季节，我们总要举办两三次这样的晚会，每次晚会待毛豆吃光方告结束，此刻多半已近午夜时分，看看桌上，堆堆豆壳如同座座小山，个个吃得肚饱胃撑，人人笑得腹疼嘴酸。

军旅沱茶有情缘

我喜欢喝茶，论茶龄已有四十余年，论我喝茶的启蒙老师应该是沱茶。

四十年前，我满怀激情从西安的一所军校毕业，来到昆明工作。我们部队是总参某部驻滇的一家情报机关，因为工作的性质，我们要昼夜值班，还要轮班倒。谁都知道，上夜班是件很熬人的苦差事。刚上夜班的那段日子，我仗着自己年轻气盛，不觉得劳累。可几天下来，每逢夜班，尤其是下半夜，眼皮铅重，哈欠连天。再看看左右的老参谋，却个个精神抖擞，两眼发亮。嗨，这就奇怪了，同在昆明的夜晚，同在一个办公室，难道他们有什么提神的妙法？一个老同志似乎看出了我的疑问，就从抽屉里拿出个纸包的"窝窝头"，随手掰了一小块，放入我的杯中，随后倒入开水。嗨，顷刻之际，有股淡淡的香味在空中飘散。"这是啥？""沱茶！""是下关产的沱茶！"

尝尝吧，这茶既不苦，也不涩，品饮之际，满口生津，齿颊留芳，缓缓咽下，五脏六腑倍觉熨帖舒坦，这真是一种恰到好处的关爱与呵护。回味之际，感觉茶中还有股难以言表的醇厚气味，仔细辨别，好像有山花野草的气息，也有岁月积淀的气息。品鉴之余，舌尖还有点发甜。两杯沱茶下肚，好像注射了兴奋剂一样，立马精神振奋，睡意无踪。从那以后，每上夜班，我总要冲泡一杯茶香袅绕的沱茶。自此我与沱茶结下了不解的情缘。

原来这喝茶是有瘾的，正如抽烟、喝酒一样。一旦上瘾，白开水就再也喝不来，寡淡。在昆明的那些年，无论是白天读书，还是夜晚工作，总有一杯浓浓的沱茶呵护着。袅袅的茶香营造了一个个思维清晰的白日，打造了一个个精神振奋的夜晚。

为响应国家号召，我脱下军装，回到故乡工作。临行之际，唯恐老家买不到沱茶，我便一气买了一大包，数数，竟达四十小包。回到家乡，逛街时顺道打探，在我们这儿，几乎所有的茶叶店都有沱茶卖。售货员说，沱茶的名气颇大，很受人们的欢迎，全国各地都有它的行踪，且从不断货。看来我的此举，实属多余。一时间，真有点懊悔，花了那么大的力气，从昆明背回一大包沱茶，不值。转念一想，我这沱茶是原产地的，正宗。再说了，沱茶跟普洱茶一样，只要保管得当，则可长期保存。细水长流，慢慢享用，岂不快哉。想到这里，不由得释然了许多，又踏实了许多，还暗自高兴起来。

回到家乡，我主要从事宣传和写作工作。于是乎，上班要写，下班也要写，这就与茶的渊源越来越深。文人与茶结缘，应该是前生注定之事。由于爱茶，我不断强化与茶有关的感性实践，也不时阅读有关茶理方面的书籍；由于爱茶，我由一个懵懵懂懂的门外汉，升华到颇懂茶味、茶趣、茶理的茶客。

现如今，无论是白天还是夜晚，只要在电脑前一坐，总有一杯浓浓的香茶陪伴着。在香茶的呵护下，写作变成一件惬意的美事。这些年，随着键盘的敲击，我有千余篇的散文发表在上百家的报刊。这些文章中，有不少是与茶有关的，抒发了我爱茶、品茶的心得与感受，表达了我对茶的感激之情。

因为职业的关系，加之喜欢旅行，这些年我几乎跑遍了祖国的山山水水。每到一地，总要留心当地的茶事，少不了访茶、品茶、买茶。生活中，亲朋好友都知道我好茶，不时有人馈赠。亲朋馈赠的茶叶五花八门，什么品种都有。只要是茶，我是来者不拒，一概"笑纳"。我喜欢清香雅致的碧螺春，也喜欢茶香馥郁的铁观音；我喜欢醇厚隽永的龙井茶，也喜欢家乡独具特色的绿杨春……在林林总总的茶中，我对下关的沱茶最是情有独钟、偏爱有加，这也许是先入为主的缘故吧。四十多年来，沱茶的情韵已深深地扎根在我的味蕾和心里。虽然我不时要换换口味，但每隔一段时间，沱茶又闪亮登场，我与沱茶似乎有着一生都难以割舍的情缘，且历久弥新。

难忘军旅宝珠梨

昆明盛产宝珠梨，它是梨子中的名品，正如天津的鸭梨、安徽的砀山梨、山东的莱阳梨一样，有着显赫的名声。宝珠梨拳头般大小，色如翡翠，皮薄肉细，多汁少渣，清新甜美，食后难忘。

说到宝珠梨，还有个传说。相传远在宋朝大理国时期，昆明某寺院有位名叫宝珠的僧人，他无心学佛修行，却痴迷果树的嫁接。经多年无数次的试验，终于用大理的雪梨和呈贡的梨种嫁接，成功培育了一个优质水果新品种。为纪念高僧，人们便将该梨命名为"宝珠"。

对此梨我很是熟悉，在云南当兵的时候，我们部队驻扎在昆明市郊的跑马山，紧靠呈贡县。部队附近有个农场，将好几座大山都种上了宝珠梨，漫山遍野的。春天一到，梨花盛开，如云似雪，蔚为大观。这时最忙碌的是蜜蜂和蝴蝶，整天在花丛飞舞歌唱，享受着无尽的春光。

我们部队一带，环境清幽静美。黄昏时分，我们总喜欢外出散步，最常去的地方便是果园，不仅可爬山，也可赏景，这是一举两得的好事。我们目睹了梨子从开花、坐果到成熟的全过程。中秋节前后，正是梨子成熟的时节，满树的果实高高地挂在枝头，在空中摇摆。轻风过处，不时有梨子落下，有时还能砸在身上，虽说有点疼，却夹杂着些许的快感。这是秋天的况味，是收获的快乐。

临渊羡鱼，不如退而织网。别人种梨，我们也种。我们部队是总参某部驻滇的一个保密机关，兵营的院落非常阔大。早先的时候，人们遍植果树，其中也不乏宝珠梨。这些梨树大约有四五十棵，全都相对集中在一个土丘上，由于任其生长，也没人修剪，它们都长得极为高大茂盛，野性勃发。梨子成熟的时节，满树的果实把树梢压得弯弯的，很是诱人。

面对诱惑，总不能无动于衷，也总不能望树兴叹，只饱眼福吧？！要饱口福，那咋办？爬树？目标太大；用竹竿？够不到。为了达到目的，大家集思广益，群策群力。汇总起来，我们的计谋颇多，能有"三十六计"，常用的一计便是嬉戏打闹。于是，男兵们六七个人，佯装在树丛追逐奔跑，不时有意撞击、推搡树干，反正目标围绕梨树。在我们计策实施之际，常有女兵闻风而动，前来助兴。她们总在一旁呐喊起哄，煞有介事。于是我们激情高涨，更疯更野。在不断撞击和震撼之下，总有梨子三三两两地落下。待"战果"可观，我们便若无其事地捡拾起来。然后躲在一隅，哄笑分享。

有时因种种制约，需要单独行动。便时常一人猫在墙角，打量四下无人，随手扔几块砖头。顷刻之间，只听梨子穿过树叶，哗哗落下。听听动静，看看没人，火速跑去，或手捧，或放衣兜，动作之快如同脱兔，随即风一样消失。其后，在某个角落，或是某间寝室，此人在窃笑，在大口享用。

梨子成熟的时节，满树的果实，大多就这样陆续进了我们的口腹，所剩无几了。

离开昆明好多年了，我常常想起往事。想什么呢？趣事很多，其中就有宝珠梨。宝珠梨真好吃！

远

足

记

德令哈的美少女

　　德令哈是青海北部的一座小城，它是蒙古语，意为"金色世界"。该市东距西宁五百一十二公里，西距格尔木三百八十七公里。恕我寡闻，未到青海之前，我还不知道地球上有这座城市。

　　去年6月，我从西宁到格尔木去，途中要经过这座城市。火车是晚上八点多钟的，火车启动前，我所在的卧铺车厢一下子上来好些少女，她们是蜂拥而来的，都提着大包小包。6月的青海并不热，可她们个个汗流满面，头上的热气直冒，跟蒸笼似的。安顿好行李，她们想法用各种什物来扇风。

　　打量着这些少女，个个健康而阳光，她们的脸颊是红扑扑的，那是亲近高原阳光的缘故。

　　待安顿了下来，这些少女不管认识与否，都互相交流起来。谁在哪条街，哪个商店买了几件衣服，谁又在哪里买了几条裙子。有些少女干脆打开包裹，拿出她们的战利品，供大家一一过目。一时间，车厢里花花绿绿的，就像开满鲜花的春天。她们都兴奋极了，叽叽喳喳地议论着，七嘴八舌地评论着。再看看，有些性急的少女，早已把新买的衣服穿在了身上。她们旋转着，让大家全方位地品评着。

　　人群中有个叫春梅的少女特别显眼，她身材高挑，蓬松的头发染得金黄，穿件黑色紧身薄如蝉翼的衬衣，胸部镶有小巧精致的金属饰物，提臀收腹的七分裤，使她的双腿显得更为修长。她时尚前卫，跟模特一样光彩照人。看完他人的服装，春梅也拿出衣物让同伴们欣赏。其中有条黑色的连衣裙，最是令人移不开眼。这裙子原价要两千多块，经几番砍价，最后以八百五块成交。这裙子为黑色真丝面料，短袖，V形领，领口和下摆还配以荷叶边，裙子上点缀着紫色和白色的花朵，加之长而紧身，显得滑爽飘逸，同伴们个个看得眼睛发亮。一时间，许多手都伸了过来，争着抢看，拿到自己跟前仔细观赏，然后又贴在各自的身上比画着。春梅的这条花裙引得同伴们啧啧称赞。

德令哈地处柴达木盆地东北边缘，地广人稀，商店少，若想买到理想的衣物，真是难于登天。这些爱美的德令哈少女，每年都要到西宁去购物，少的两三回，多的五六趟。一般星期五的夜晚从德令哈上车，星期六的清晨到达西宁。这个白天，她们要快马加鞭，尽可能地逛遍西宁的商场，尽可能地买到称心如意的衣物。星期六的晚上，她们要乘夜车原道返回。对她们来说，能到西宁来购物已够奢侈，已非常满足了。平日里，她们像蜜蜂一样勤奋地工作，像蚂蚁一样努力地攒钱，就为了把自己打扮得像鲜花一样。

两三个小时过去了，车厢里渐渐平静下来，四周响起了轻轻的鼾声。凌晨四点多钟，车停在德令哈，这些少女全都下车了，车厢一下空了一大半。看着她们远去的身影，我默默地祝福这些少女，愿她们的明天更加美好。

武威社火闹新春

武威社火是一种春节娱乐表演活动，形式独特，内容丰富多彩。在天寒地冻的大西北看社火，犹如喝了辣辣的西凤酒，令人热血奔涌，情感沸腾。

还在腊月，各村的社火队便开始集结演练，那咚咚的鼓声，粗犷的唢呐声，宣泄着农人们在闲暇冬季的欢快与激情。它们用铿锵的语调告诉人们，新年一天天临近了。

每到正月初五，各村的社火队都要进城表演一番，它要向城里人展示农人的丰收与快乐。通常都由各村的负责人领着，打着横幅，一路锣鼓，一路唢呐，喧喧嚷嚷地走进城来。一时间，引得路人驻足围观，不住赞叹；招得孩子尾随其后，分享着快乐。

社火表演的地点，通常在各大机关或是闹市。听见临近的锣鼓，机关的领导总要大步流星地走出大院，鸣鞭开道，礼貌热情地把他们恭迎进来。这样的礼遇很是隆重热烈，表现了他们对农人的尊重，对社火艺术的肯定。社火队选块空旷之地便表演起来。这时从四面八方赶来的观众，早已把"舞台"围得水泄不通。人们翘首踮足，竖耳注目，欣赏着这黄土高原的常青艺术。

表演的节目有舞狮子，耍长龙，弄棍棒，真是精彩绝伦，眼花缭乱。演员则脚踩高跷，扮成神话故事、经典戏曲、文学名著中的人物，首尾相衔，围着"舞台"，随着鼓点的节拍，胡琴的韵律，边唱边扭，边扭边唱。队列中有大闹天宫的孙悟空、脚踏风火轮的哪吒、倒骑毛驴的张果老、手持红绳的月老、出塞和亲的昭君、英武义气的武松……真是天上人间，风云际会，使人恍如隔世。常有剽悍的男儿，穿红戴绿，扮成柔美的女子；亦有苗条的女性，一脸重彩，扮成赳赳武夫。人们纵情地唱，忘情地扭，这是农人们一年中最风光、最得意的时刻。

待人们唱够了，扭足了，这时从队列中闪出一位靓丽的女子，在胡琴的伴奏下，亮嗓便唱。那歌声来得真诚坦率，没有半点矫揉造作，没有一丝虚情与掩饰。歌声像春风，掠过寒冷的天宇，给人们带来洋洋的暖意；歌声像清泉，滋润着人们的心田，给人们带来满足与快慰。女子演唱的曲目有《正月里来是新春》《山丹丹开花红艳艳》《兄妹开荒》《南泥湾》等传唱了几十年的老歌。歌手动情地演唱，把人们的情感煽上高潮。

在热烈的掌声和鞭炮声中，人们把社火队礼貌友好地送出大院。这时早已候在一旁，铆足力量的待演社火队，便又接踵登场。这样热闹红火的场面，一直要持续到正月十五。

酒泉公园话酒泉

酒泉市的城中有个酒泉公园，系国家 4A 级旅游景区。在苍茫的大西北，有如此高级别的景区，实属罕见。该园已有两千多年的历史，是河西走廊唯一一座保存完整的汉式园林。园中有八大景区，其中以酒泉胜迹为最。

酒泉是该园的主题，进公园，行百步，便见此泉。泉的四周用条石围砌，形成一个小池。池的中央有一眼泉水，这便是酒泉的真容。它呈间歇状喷涌，喷涌时，水面凸起一片，高寸许，其后轻轻的涟漪向四周缓缓拓展，待直径达到三尺便消隐，水面归于平静。观赏之时，泉水又涌出，它不急不躁，如此往复，生生不息。

酒泉市以及酒泉公园的命名，均源自此泉。传说，公元前 121 年，西汉骠骑将军霍去病西征匈奴，大获全胜。汉武帝闻讯大喜，即刻传旨，送去御酒十坛，犒赏三军。可霍去病有十万将士，却仅有御酒十坛，怎么喝？霍将军前思后想，很是为难。左右的将士，也纷纷献计献策。最后霍将军灵机一动，干脆把酒全都倒进泉水，令十万将士先后围坐泉边，开怀畅饮。为了纪念霍去病体恤将士的精神，后人将此泉命名为酒泉。此后，该泉便成为丝绸古路的一大名胜，成为人们怀古感慨的所在，并成为历朝历代文人墨客讴歌的题材。

酒泉向北，有组霍去病西征的群雕，它由"出征""鏖战""庆功"三个部分组成。"出征"表现了西征将士意气风发、勇往直前的场景；"鏖战"描绘了古战场兵戎相见、惨烈厮杀的战况；"庆功"则讴歌了欢庆胜利、痛饮御酒的欢腾景象。整个雕塑大气磅礴，动人心魄。

端详着石雕的将士，个个鲜活。他们的目光坚定，神态刚毅，展现着一种奋勇争先、搏杀建功的精神风貌。这组群雕，令每个观者心潮起伏，感慨万千。

酒泉因霍去病而千古流芳，酒泉因霍去病而不朽。

春风初度马蹄寺

　　马蹄寺风景区古称临松薤谷，它位于甘肃肃南裕固族自治县的临松山中。这里的山顶终年积雪，松涛阵阵；山中花红草绿，莺歌燕舞；更有瀑布飞泻，山泉清歌。传说汉武帝时，有匹天马从敦煌腾云驾雾去往长安。当马行至临松山时，低头一看，见有如此美景，不觉驻"足"观赏。当它的一只前蹄刚刚落地，忽又受惊，嘶鸣而去，在坚硬的山岩上留下了深深的蹄印，从而演绎出一个山寺因之得名的人间佳话。

　　其实马蹄寺是指一个庞大的艺术石窟群，它开凿于悬崖峭壁之间，始于北魏，其后的历朝历代均有拓展新凿，于今尚存马蹄南寺，北寺，上、中、下观音洞，千佛洞，金塔寺七处遗迹，共有石窟七十二座。马蹄寺洞窟造型独特，雕塑形象古拙，有着极高的艺术价值。其中马蹄南寺与北寺是整个石窟群的中心与主体，习惯上称呼的马蹄寺就是指这相邻的南北二寺。南北二寺是我国为数极少的藏、汉佛教同存共处之圣地。南寺以山景诱人，北寺以石窟取胜。

　　来到马蹄寺，仿佛置身一个佛的国度，到处钟磬流韵，香烟缭绕，使人明心见性。马蹄寺不仅是个佛教圣地，更是个旅游胜地。它犹如一颗璀璨的明珠镶嵌在连绵千里的祁连山中，闪烁在驼铃叮咚的丝绸古道。

在距南寺不远的群山之中，有个大大的山谷，其间有序地排布着座座蒙古包，这就是充满温情的兰花坪度假村。它远离尘世，远离喧嚣，俨然一派桃花源的景象。每到夏天，山坡上、山谷里到处都是盛开的兰花，那阵阵幽香，沁人心脾，令人陶醉。

在这美好的时节，四面八方的游人潮水般涌来避暑度假。这时，热情好客的裕固族姑娘列队站在路旁，高唱迎宾曲，向每个游人敬献着热腾腾的奶茶，敬献上洁白的哈达。到了夜晚，大家围绕着熊熊的篝火，手拉着手，肩并着肩，尽情地歌唱，恣意地舞蹈。待唱累了，舞累了，席地而坐，大碗大碗地喝着醇厚香甜的青稞酒，大块大块地吃着鲜嫩的手抓羊肉。人在欢快尽兴之时，往往心不设防，这时笑吟吟的裕固族姑娘会轮番向你敬酒。豪饮之际，不觉酩酊大醉，头一重，身一斜，便倒在茸茸的草地，倒在兰花的怀中鼾声大作，待宿醒醒，神志清，已是晓露湿，东方白。

天马的蹄印就在北寺的马蹄殿内，殿内供奉着宗喀巴的金像，只见他头戴高高的毡帽，神态安详，两只大大的眼睛闪烁着智慧。

位于北寺的三十三天洞，是一个石窟群的总称。它共有二十一窟，自上而下分七层排列，呈宝塔形状。游人若想登临拜佛，一览山景，必须攀越开凿于山腹的通道。那通道极度狭窄，仅一人之宽。陡峭的石阶，人行其上，几乎是前人踏在后者的肩上。在三至四层之间，仅有一个高高的石洞相连通。其间有块半人之高的岩石，小心爬上，还需转体再次攀越，故有"鹞子翻身"之说。此地因极度险峻，体弱者、怯懦者望而止步，徒有唏嘘。

三十三天洞是马蹄寺石窟群的艺术典范，佛像造型生动，神态乱真，有的似在说法，手有指示，眉眼生动；有的似在修炼，手结契印，目如垂帘；有的似在悟道，若有所思，若有所得。

　　站在绝顶的石窟，仿佛置身云天。片片白云，唾手可得，凉爽的山风拂衣撩襟，放眼远望，点点雄鹰背负青天，连绵的祁连山如浪似涛。此情此景，令人抚今追昔，思绪万千……

初访颓圮黑水国

在甘肃张掖城西北十五公里处，有片沉寂的沙漠，沙漠中有座颓圮的城堡，传说是张掖的故城，其地因处在黑水河畔，故称为黑水国。一千多年前，一场突如其来的风沙，趁着浓浓的夜色，铺天盖地，将鼾声如雷的繁华吞噬，把一群尚在编织美好生活的生命埋葬。

关于黑水国，史书没有记载，方志亦语焉不详，这就给它抹上了一层神秘的色彩。在一种强烈探究心理的驱使下，牛年残冬的一个清晨，我踏上了这片沉寂的"土地"。是日的气温虽达零下十摄氏度，红艳艳的太阳高高地挂在蓝天上，辐射着洋洋的暖意。眼中的沙漠像是刚刚犁过的田野，横陈的尽是道道极富韵律的沙浪，沙漠中不时有山一样的沙丘高傲地隆起。人走在沙漠上，鞋与沙不时摩擦，发出沙沙的声响。这是人与自然的对话，是一个活脱脱的生命对一段凝固历史的造访。

中午时分，既饥又渴，一身的疲惫，极目远望，一座孤独的城堡隐隐地出现在天边。这就是此行的目标，起伏的心胸交织着一种难以言表的惊悸与兴奋。一时间，索性脱去厚厚的冬装，三步并作两步，急急跑去。

近前一看，空空的一座城堡，只剩下四周参差如齿状的城墙。那墙虽经风沙千年肆意摧残，但脊梁仍然孤傲冷峻地挺立着。这种不甘奴役、不甘屈从的精神，令人肃然起敬。在城堡东西正中央设有城门，门外筑有瓮城，门宽七米，可供人流车马自由进出。城堡的四角筑有土台，东南角至今尚存高大残缺的角楼，这是用于军事瞭望而设置的。这个占地仅六万平方米的一座小城，曾浓缩了多少喧嚣与梦想，浓缩了多少不屈与抗争。它让人想起叮咚的驼铃，疲惫的商旅；想起苍凉的月色，悠悠的羌管；想起惨烈的厮杀，惊天的呐喊。如今这里的一切都归于沉寂，哑然千年。

走进城中，街衢巷道，屋舍布局依稀可见。地面上满是陶瓷狼藉的碎片，随意捡起两块轻轻敲打，那清脆的声响在耳边久久回响，仿佛在诉说一个久远的故事，诉说着一群不死的生灵对生活的热情与渴望。

城的中央有个长方形的地坑，可达六七米之深。从上大下小的梯样形状来看，是专业考古队留下的杰作。至于挖掘到了什么，发现了什么，叫人无法猜测与推断。从地坑泥土的断层来看，每隔米许，便夹杂着尺厚的卵石，并极有规律地向地球深处延伸。依此断言，千万年前，这里曾是海的故乡，波涛汹涌，汪洋一片。断层的石块，大者如拳，小者如丸，雨花石样艳丽可爱，只是有些粗糙，未及时对其精心研磨的海浪，给今天留下了一个遗憾。

独自登上城楼，悄然四望，黄沙连天，第一次感受到沙漠的肆虐与无情。它让每个到此的游人，心灵为之震撼，神情为之感伤。

在这荒寂的沙漠里，唯一可见的生命是连网成片的红柳，这让沉重忧虑的心情为之振奋。片片红柳充满渴望，根须在深深的沙中紧紧相连，它们正孕育着一片绿色，孕育着一派生机。

感受西安兵马俑

　　这是支威武雄壮的军队，这是支排山倒海的军队。

　　当我步入秦始皇兵马俑博物馆，正视着这军纪严明、英武夺人的兵马俑时，我的心被强烈地震撼着，奔涌的热血掀起阵阵波澜。

　　秦始皇统率的就是这支军队，南征北伐，意气风发；秦始皇指挥的就是这支军队，横扫六合，一统天下。

　　王朝兴废，沧桑巨变，这支军队在这里结集了两千多年，待命了两千多年，可他们仍纹丝不动地站在这里，没有一丝倦意，没有一点懈怠。也许只需一声进军的号令，也许只需一阵出击的战鼓，霎时，他们便纵横驰骤，所向披靡。

　　秦始皇兵马俑博物馆共有俑坑三座。三座俑坑的排兵布阵各有特色，颇具匠心。一号坑是战车和步兵合编的方阵，方阵又由前锋、后卫、侧翼、主体组成。这是秦军的主力，用于排山倒海、摧枯拉朽的推进，用于决战的搏击和厮杀。二号坑是由战车、步兵、骑兵、弩兵混编的军阵。它具有机动灵活，或独立作战，或增援主力的特性。三号坑是秦军的司令部，运筹帷幄的智谋，决胜千里的战略，都在此商讨定夺。

　　研究兵马俑的专家，把兵马俑的特征高度概括为"大、多、精、美"。大是指规模庞大，气势恢宏。三座坑共占地两万多平方米，其俑其马与有血有肉的实物大小一致，而且张扬着极度的阳刚之美。用这么宏大的面积，用这么高大的兵马俑来表现一个军事主题，这在整个世界范围内是绝无仅有的。多是指数量的惊人，叹为观止。三座坑共出土陶俑七千多件，陶马五百多匹，如此数量的群体组雕，在世界雕塑史上，也仅此一处。精是指造型的逼真，雕刻的精细。大到体态结构，小到毛发须眉，无不神态毕肖，栩栩如生。美是指人物形象，千人千面，极富个性。如果你仔细端详一张张陶俑的脸庞，肯定能读出它们丰富的情感。这一张张脸庞，有的温文儒雅，稳操着战争的胜券；有的沉着坚定，从容中透出果敢；有的聪明机智，期待着建功立业。在这一张张脸庞之中，绝没有恐惧、畏缩、忧虑、怯弱、恍惚的表露。这就是秦军军容士气的真实写照。

当我和兵马俑合影的时候，在闪光灯耀眼的刹那，我便永久地定格在这里。在这里我完成了一次伟大的蜕变——我就是披尖执锐、威风凛凛的秦俑。

翠湖看海鸥

　　昆明的城中有一湖泊，因其八面水翠，四季竹翠，春夏柳翠，故称"翠湖"。它以"翠堤春晓"对应杭州西湖的"苏堤春晓"而闻名。翠湖的面积有三百五十多亩，昆明人喜欢把翠湖誉为"镶嵌在城里的一颗绿宝石"。可见人们对它的美誉与偏爱。

　　早年间，我在昆明当兵的时候，经常到翠湖去玩，那时翠湖还没有海鸥。1985 年，翠湖惊喜地平添一景——海鸥。这让人们欣喜异常，兴奋不已。去年我去云南旅行了半个多月，当然要到翠湖去一睹海鸥的风采。

　　翠湖的海鸥均来自遥远寒冷的西伯利亚，它们成群结队地飞到这儿过冬。四季如春的昆明，给它们提供了一个越冬的福地。一般栖息的时间，从当年的 11 月到次年的 3 月。如今已经三十多年了，它们仍如期而至，从不爽约。

　　翠湖的海鸥全都集中在九曲桥与燕子桥一带的湖面。满湖的海鸥，密密麻麻的。它们大都在静静地栖息着，像在养精蓄锐。有的则自由地游弋，快乐地追逐。一些好动的、精力旺盛的海鸥，则一刻不停地扇着翅膀，在湖面穿行，还不停地鸣叫着，歌唱着。

　　这里的海鸥一点也不怕人，不时有些海鸥飞到岸上，与人亲近。它们迈着细碎的脚步，优雅而从容，左顾右盼之际，小心谨慎地走到你的跟前，抬头举目，打量着你。你若置若罔闻，它们则在岸上徜徉，不离你的左右；你若投食，它们便毫不客气地叨来享用。一些好事的游客则喜欢撩逗海鸥，他们不停地把食物抛向空中，海鸥们则轻快地跃起，扇着翅膀，停留在空中。它们虽争食，却不打斗，显得很有教养，彬彬有礼。这里的海鸥好像并不挑食，任是面包、饼干、蛋糕、水果，它们是来者不拒，一概拿来享用。

海鸥的体格、相貌跟鸽子差不多，红嘴黑喙，红腿红爪，棕色的翅膀，黑色的尾巴，浑身是灰白色的羽毛。它们总在不停地鸣叫着，显得特别兴奋。仔细辨别，这叫声不外乎两种，有时是嘎嘎地叫，粗而急促，像鸭子；有时是叽叽地叫，尖而脆，像鸟鸣。它们是在小声交谈，还是在自言自语？是呼朋引伴，还是抒发快乐？人有人言，鸟有鸟语。总之它们是快乐的。

观赏之际，仿佛是有号令似的。刹那间，满湖的海鸥全都拍打着翅膀，呼啸起飞，一只也不剩。它们成方阵，时高时低，时快时慢地在天空飞翔，盘旋。它们像在温习远行的技艺，又像在联欢，更像是感恩人们提供了一片栖息的乐土。不时一些颇有个人英雄色彩的海鸥，离群高飞，直插云霄，一直消失在人们视线的尽头。有的则低空盘旋，轻快地掠过水面，激起人们的赞叹。有些艺高胆大的海鸥，则三三两两地往来穿插，像是表演飞行特技一样。这一幕幕真是精彩极了，令人叹为观止。在你沉迷陶醉之际，它们又"步调一致"，全都收拢翅膀，扑扑啦啦，像天外来客，轻捷地降落到水面。像这样的起飞降落，一日之中要激情献演无数次。

据了解，翠湖的海鸥白天均在此嬉戏、觅食，傍晚则飞往滇池或是抚仙湖过夜。它们也要做一个安静的、甜美的梦。如今，每当海鸥在昆明越冬之际，每天都有大量的游人前来观赏。若逢节假日，人们扶老携幼，争相前来，一时间是人流如潮，热闹非凡。

我在翠湖整整待了一个下午，就一门心思地看海鸥。你若问我的感受，就四个字：快乐和谐。

细品慢赏说洱海

有着"高原明珠"之美誉的洱海，是大理的骄傲。大理因洱海的哺育，而有了多姿的生命；因洱海的滋润，而有了多彩的律动。

洱海古称叶榆泽、昆弥川、洱河，北起洱源，南至下关，长40公里，东西宽4—9公里，面积245平方公里，海拔1972米，是个典型的高原淡水湖泊。洱海因两头窄，中间宽，酷似人耳，加之浪大如海而得名。

说洱海浪大如海，那是人们盛赞它柔媚中的雄美。其实洱海多半时候是静的，或是风平浪静，一片恬静；或是轻波微澜，柔曼抒情。只有当印度洋强劲的季风，经下关浩浩吹来之际，它才掀起满湖的波涛。但绝非浪涌拍天，惊涛裂岸。

二十多年前，我在昆明待了五年，居然没去过大理，不能说不是个遗憾。前不久我专程去大理，应该说是补课。在大理的日子里，晨曦中，夕照里，我喜欢在洱海漫步，聆听它温柔的絮语，领略它蔚蓝的舞蹈。孔子曰："知者乐水，仁者乐山。"我虽非智者，但我是爱水的。我爱水的柔情妩媚，爱水的变幻多姿，更爱水给人的启迪与陶冶。

作为一个匆匆的行者，临别之际，我花了一整天的工夫在洱海徜徉，从多个角度观察洱海，从多个层面领略洱海。近看，洱海是清澈的、透明的，游鱼水草，历历可数；远眺，洱海是蔚蓝的，开阔敞亮，令人心胸豁达。从苍山看洱海，在阳光的照耀下，洱海是大片的灰白，是大片的翠绿，灰得灵动跳跃，绿得深沉醉人。这两种色彩是独立的，互不交融，互不渗透，给人许多美好的感受，给人许多浪漫的联想。

浩瀚的洱海之中，散布着三岛、五湖、四洲、九曲诸多胜境，它们以无穷的魅力，招邀八方的游人。为满足人们寻幽探秘的美好愿望，一艘艘的游船，日复一日，年复一年，不知疲倦地在湖中穿梭往来。依稀之中，仿佛能听到人们的欢声笑语。

自古洱海盛产鱼虾，有种弓鱼，很是名贵，有洱海"鱼魁"之称。此鱼形似鲫鱼，瘦长似箭，每每雨后，自衔其尾，跃出水面，自娱自乐。此鱼因跳跃之时形似弯弓得名。弓鱼鳞小肉嫩，味道鲜美，产量极小，通常是一鱼难求。是故捕获此鱼者，幸运有加；品尝此鱼者，甚有口福。

在洱海打鱼的人很多，看人打鱼，像看一幅劳动的画卷，很有趣。渔人打鱼，有用挂网的，有用罩网的，有用甑网的，也有用拖网的。最有趣的是用挂网和罩网打鱼，一个是静，一个是动。用挂网的，一般是夫妻两人，女的划船，男的将长长的挂网缓缓地放入湖中。船行水面，很静很慢，像在滑行，他们不言不语，没有一点声响。用罩网来打鱼的就热闹了许多，打鱼的都是精壮的男子，独自操持长长的竹竿，边划船边敲打水面。若有异常，通常是鱼吐出的气泡，或是鱼受惊吓撞击水草产生的动静。看准时机，渔人将罩网奋力罩下，虽是十有八空，但其信念执着，百折不挠。

20世纪50年代末拍摄的电影《五朵金花》，堪称风靡一时，红遍大江南北。该电影讲述的是白族青年阿鹏和金花的爱情故事。故事就发生在苍山下，洱海边。到了洱海，最宜到附近的白族村庄走走看看，体验一番今天千千万万的阿鹏和金花的幸福生活。漫步村庄，耳畔不时传来《五朵金花》的插曲《蝴蝶泉边》的歌声。这歌把生活渲染得沸沸腾腾，红红火火。

洱海之边有着好些农家饭店，几乎都是白族人开的。白族人热情好客，老远就招呼你，但绝不强拖硬拽，让人厌烦。临湖我挑了家饭店，喝白族人酿的木瓜酒，吃洱海产的鱼虾，饱览湖景，真是一种享受。在诸多的蔬菜之中，有种洱海产的海菜，食后难忘。这菜跟我们南方的水芹相差无几，也是长长的，开着黄花，吃到嘴里，软软的，颇为爽口。

夕照时分，我信步来到洱海公园。该园位于洱海的最南端，湖边有个长廊，深情地向湖中延伸，人们可在此垂钓，亦可在此游泳，更多的人在此看景遐想。我在此久久驻足，任思绪飞扬。

大理三塔入云霄

　　三塔，是大理的标志，这就像是北京的天安门，西藏的布达拉宫，贵阳的甲秀楼，扬州的五亭桥一样。大理三塔，又叫崇圣寺三塔，是我国著名的佛塔，1961 年被国务院列为全国重点文物保护单位。我小的时候就知道它的芳名，这是从各类报刊和商标图案上得知的。那三塔秀美挺拔，直插云霄，尤其是水中的倒影，十分柔美，令人向往。

　　到大理旅游，三塔是每个游人必去的所在。大理人常说，到了大理不游三塔，就不算游了大理，可见它在人们心中的分量和在大理的地位。我到大理旅游的时候，第一站便直奔三塔。

　　三塔距大理古城很近，出城向北一公里就到了。远远看去，巍峨的三塔耸立于苍山之麓与洱海之滨。在阳光的照耀下，那三塔既高峻又挺拔，既雄奇又秀美，起伏连绵的苍山，碧波荡漾的洱海则极力衬托着三塔的风姿。同时，三塔也为大理的湖光山色，平添了一处点睛的美景。

　　其实三塔是由一大二小三座佛塔组成的。它的布局呈"品"字形，大塔居前，小塔殿后，既浑然一体，又有机呼应。位于中央位置的大塔曰"千寻塔"，建于南诏劝丰佑时期，塔高 69.13米，雄奇壮伟，高耸入云，大有摘星揽月，雄视一方之气概。此塔共有 16 层，系方形密檐式空心砖塔，属典型的唐代建筑风格。

塔前照壁的大理石上镌有"永镇山川"四个金字，字体苍劲有力，气势不凡。塔顶的四角原先各设有一只铜铸的金鹏鸟，传说此鸟是用以镇压洱海中的水怪。自古大理多有水患，常有水妖在洱海兴风作浪，危害民众，这金鹏鸟寄托了人们对安定与富庶生活的向往。

分立在大塔南北两侧的两座小塔，建于大理国段正严、段正兴时期，皆为10层，高42.19米，为八角形密檐式砖塔。较之大塔，小塔虽说矮了点，却照例有凌云的气概，非凡的气势；照样是挺拔秀美，楚楚动人。仔细打量，两座小塔均向大塔稍稍倾斜，像是儿女依恋母亲一般。两相对比，如果说大塔庄重，小塔则灵动；大塔英武，小塔则妩媚；大塔是雄赳赳、气昂昂的巨人伟汉，小塔分明是苗条高挑的女性；一个阳刚孔武，一个温柔妩媚。

距三塔不远之处，有座三塔倒影公园，因园中有一水潭能清晰映出三塔的倒影而得名。公园坐北向南，背靠崇圣寺三塔。此园占地27亩，中心部分是一片10余亩的水潭，水潭呈椭圆形，潭水清澈明净，游鱼水草，清晰可见。在此观赏三塔的倒影，别有一番情趣。水中三塔的倒影，虽是真真实实，清清楚楚，却还有几分虚无缥缈的意味。微风吹来，水面荡起层层细碎的涟漪，这涟漪摇晃着、搓揉着三塔，顿时整个画面晕染一片，迷离一片。此情此景，令人流连，令人赞叹。

欧阳修在《醉翁亭记》里对滁州琅琊山的朝暮晦明，以及四时美景，极尽描绘和赞美。同样，三塔的晨昏与四季的景致也各有其美，各有其妙。晨曦中，三塔身披五彩的霞光，充满了生气，充满了活力。夕照里，又是那样的绚丽美艳，光彩照人。若是月夜，如水的月光营造出一派静谧与安详，三塔就耸立在这如诗如画、如梦如幻、如痴如醉的氛围之中。大理四季如春，繁花似锦，四时五彩的花卉则浓墨重彩地把三塔装扮得分外妖娆，魅力无限。

　　大理，一个一生不能不到的地方。你问谁是它的形象代言"人"，那就是热情好客、广邀四海宾朋的三塔。

春城印象四季春

　　春城是指昆明。从气候与物候上讲，昆明是名副其实的，是当之无愧的。大自然好像特别钟爱这片土地，使其冬无严寒，夏无酷暑，四季如春。昆明的年平均气温在十五摄氏度，这真是人类生存的天堂，花木繁衍的福地。

　　在昆明总给人春光融融、春深似海的感觉，到处都是苍翠欲滴的草木，到处都是色彩缤纷的鲜花。我们部队有个老花匠，他种了好多好多的鲜花，满满的一个园子，密密的一园春光。没事的时候，我总去那儿静静地看他侍弄花草。人在花团锦簇的世界，就觉得生活美得妙不可言，可激发人们热爱生活、热爱生命的情感。

　　五六月间的清晨，常见老花匠把一束束带着晶莹露珠的马蹄莲拿到城里去卖。昆明人喜欢马蹄莲？我常常在想。据讲一束马蹄莲可卖五角钱。五角钱在 20 世纪 70 年代可买四斤大米、半斤多的猪肉，这可是个不太小的数目，占了一个职工月收入的六十分之一。

　　在昆明的街头常常可见身穿花袄，扎着羊角辫的卖花姑娘，那袅袅的童音，伴随着一股淡淡的幽香。

　　走在昆明的街头，夏日看不到汗水涔涔、敞胸露怀的行人，只见过客衣冠楚楚，一派儒雅。冬季里也没人裹着厚厚的棉衣，一副臃肿的模样。爱美是姑娘们的特权，昆明的姑娘总爱和蝴蝶比美艳，四季里用花裙装点着都市，擦亮人们的目光。

在昆明我们一年到头都开着窗户睡觉，因为实在无法拒绝晚风柔情的呼唤，索性让她摩挲着我们的脸颊。一床四斤重的军用棉被，伴我们安然度过了春夏秋冬。冬季里棉被上覆层毛毯，便可安睡；夏日里露出手脚，鼾声如歌。在昆明的那段岁月，我被滋养得异样健康，两颊泛着红光。

5月至7月是昆明的雨季，它并不像我们长江中下游的梅雨天，雨说来就来，或倾盆大雨，仿佛要淹了这个世界；或连绵数日，意犹未尽。昆明的雨并不烦人，总是下下停停，停停下下，倒像舒缓的小夜曲，清丽的山水诗。雨来了，天空一阵密密匝匝的牛毛，有时像片烟雾，整个世界都笼上了一层神秘的羽纱。那雨很温存，温存得富有情感。因为雨季的滋润，昆明的花草娇艳夺人，灵气横生。

说来是天方夜谭，我在昆明见过雪。大概是20世纪70年代末，某个春日的清晨，昆明竟下了一场雪。起初人们并未在意，抬头再看，竟是雪花，整个昆明一片欢呼，一片沸腾。据老人们讲，昆明整整四十年没有下过雪了。此时此刻人们的心情是可以理解的，这是一种久久的渴求，是一种可遇而不可求的喜悦。那雪仿佛颇谙人们的心态，从从容容，轻歌曼舞，尽情展示着她那轻盈的体态，娇媚的容颜，好让人们饱足眼福，过足雪瘾。

一夜下来，屋舍披玉，山川皆白，真是一派银装素裹的北国风光。这时最热闹的是公园，人们潮水般涌去；此时最忙碌的是相机，争相拍下这千载难逢的人间美景。我也为自己高兴，仅在昆明生活了没几年，就体验了人们期盼了四十年的喜悦。

云南阳刚仙人掌

　　初到云南什么都觉得新奇，蔬菜瓜果论公斤卖，小火车没有汽车跑得快，山茶花处处开，最新奇的是长满乡村山野的仙人掌。

　　在我们家乡仙人掌供养在花盆，高放在阳台，与奇花为伴，与异草为伍，清晨傍晚都要美美地观赏一番。它四季常青，到了雪飘的隆冬，还要翘着拇指赞叹它不屈的生命力。

　　到了云南，这个情景就觉得可笑了。在云南的乡村山野，仙人掌像是遍地的青草，从来没人给它浇水、施肥、松土、锄草，给予关照，而是任其自由自在地生长繁衍。在云南的那些年，我还没见过有人盆栽过仙人掌。若有，无异于盆中供养青草，势必受到人们的取笑。这儿的仙人掌不是一棵棵的，不是一丛丛的，不是一簇簇的，而是大片大片的，像是绿色的庄稼，像是绿色的兵团。它长得葱葱茏茏，繁繁密密，高高大大，肥肥壮壮，矮者及腰，中者齐人，高者需要仰视。它一反内地矮小委顿的形象，一律生机蓬勃，昂首挺胸，一派英武之气，用伟丈夫、奇男子的气概叫你咋舌赞叹，令你击掌叫绝。

　　《辞海》记载，仙人掌是灌丛状肉质植物，高达两米到八米。可见它不是仰人鼻息的侏儒，而是直指天空的巨人伟汉。它的灵气，它的诗情，在云南这方热土得到自自然然、酣畅淋漓地抒发，尽显其英雄本色。

大片大片的仙人掌手挽着手，肩并着肩，像是绿色的队伍，站在村头道旁，热情迎送着远方的客人。它们雄赳赳、气昂昂地站在果园，像是绿色的卫士，守卫着满园的果实。它们昂然地站在田间，像是绿色的战士，看护着垄垄庄稼。它们静静地站在房前屋后与人做伴，用蓬勃的生机，点燃人们生生不息的激情。

贵阳观赏打陀螺

　　去年我在贵州旅行的时候，一天傍晚时分，在贵阳中山东路的一个广场，见个大汉挥舞着皮鞭，奋力抽打着陀螺。大理石的地面上有好几个陀螺在旋转着，大的足有三五十斤，直径有两尺。这大汉是在锻炼身体，也是在找乐趣。此人虽说壮实，也是累得气喘吁吁、汗流满面的。如今由于陀螺少见，一时间，引得许多路人驻足观看。

　　打陀螺是我国一项古老的民间文体娱乐活动，在我们这儿一般叫"抽老牛"，或是"打老牛"。无论是黄牛还是水牛，它们都不时要发倔，跟你犟，无奈之际，那就得用鞭子来说话了。这是一种无奈，也是一种权宜之计。用老百姓的话来说，这是没有办法的办法。

　　我小的时候玩过陀螺，也做过陀螺，堪称是行家里手。过去没有陀螺卖，几乎都是自己做。做陀螺的木料最好是榆木、枣木、槐木。将这些拳头粗的木棍用锯子锯锯，用刀砍砍，有条件的还要磨磨它，外表光滑多好看。做好了陀螺，还要在其锥形的底部镶一只钢珠，以便减小地面的摩擦，这也就等于给它穿上了冰鞋。

　　打陀螺的鞭子最好是汽车轮的外胎，或是马达的皮带。它们都是夹心的，一层橡胶，一层呢绒绳。把它们撕成薄薄的一层，就一指宽。这样的鞭子有分量、有力度，抽打起来干净利落；啪啪的响，清脆，悦耳。在清晨、在黄昏，只要听见一阵阵皮鞭的脆响，就有一群快乐的孩子们。

过去玩陀螺的季节，一般是冬天，滑溜溜的地面，跟抹了油似的。陀螺在冰面直转，转得你眼花缭乱、心花怒放。再者孩子们也可顺带滑滑冰，虽没有冰鞋，人在冰面照样可以一趿一滑，意思到了也蛮快乐的。玩耍之际能得到双份快乐，这是意外之喜，意外之乐。

过去孩子们的玩具很少，每玩陀螺，个个兴奋投入。即便是滴水成冻的三九天，孩子们也全都脱去厚厚的冬装，个个脸上、身上全是汗水，头上的热气直冒。孩子们玩耍之时，还要比比胜负，一鞭子下去，看谁的陀螺打得又快又远，旋转的时间还要长。有时孩子们还要斗一斗陀螺，让旋转的陀螺相互碰撞。在势均力敌的情况下，两只旋转的陀螺只要稍一接触，在力的作用下，两者都被撞得远远的，不存在胜负的情况。只有在力量悬殊的前提下，大的总是纹丝不动，小的则被撞得远远的，一副跟跟跄跄的狼狈模样。这叫鸡蛋碰石头，夸张点叫蚍蜉撼大树。不过这是玩，不是斗气，也不是打架。

过去一些练武的人也玩陀螺，不过他们的陀螺很大也很重，直径有一米，重的达到百十来斤。他们玩陀螺一是练臂力，二是找乐趣，用来调剂的，免得无聊。他们的皮鞭甩得幅度很大，力度也大，啪啪的脆响，像一个个炸响的鞭炮，在晴朗的空中传得很远。有时他们两三个人轮流抽打一个大的陀螺，一人一下，不急不躁，稳稳当当的。他们这种玩法虽带有卖弄和表演的性质，却展现的是阳刚，令人赞叹不已。

黄山四绝松最美

奇松、怪石、云海、温泉是黄山四绝，奇松又为四绝之首。来到黄山，只见峰顶、绝壁、陡坡、深谷，满眼都是泼绿的松树，满耳都是松涛雄浑的合唱。

黄山的松树具有与生俱来的阳刚之气与坚韧不拔的精神，它破岩裂石，姿态万千，高者数丈，矮者盈尺，或似蛟龙探海，孔雀亮翅；或似麒麟摆尾，仙人临风，仿佛天下最美好的形象都在这里汇集，天下最动人的传说都在这里演绎。

在黄山松树的家族之中，最缠绵、最牵情的当数连理松。在始信峰山脚有一奇松，距地面两米高处，主干突分两枝，齐肩同生，亭亭直上。晨曦中，它们耳鬓厮磨，一腔柔情蜜意；暮霭里，它们絮语不停，诉说着委婉衷肠。传说其是唐玄宗与杨贵妃的化身，生时两人朝朝暮暮，说不尽的山盟，道不尽的海誓，并约定死后化为松树，扎根黄山，结为连理。这缠绵坚贞的爱情盟约，打动了多少英雄儿女，凡夫俗子。大凡携手同来的情侣，挂杖并肩的夫妇，都要在这树下合影留念。其情其意，不言而喻。甚至一些金发碧眼的老外，也学着国人的模样，如此这般，缠绵一回。

自古及今，天下文人谁都渴望拥有一支生花妙笔，写就名震当代、千古不朽的经典美文。在黄山就有一支如椽妙笔，谁有

265

本领尽管来取。在北海的散花坞，有一奇峰突起，远远看去，犹如一支倒竖的巨笔，笔尖之上绽放着一朵奇花，此花便是一棵古松。这就是黄山著名景观"梦笔生花"。

梦笔生花的故事源于南朝才子江淹，黄山的传说却与诗仙李白结缘。传说有一次李白游览黄山，受到狮子林长老盛情款待。酒酣耳热之际，李白题诗作谢。写罢信手将笔一掷，顿时毛笔化作一座山峰，淋漓的墨汁便变幻成笔尖之"花"。此景后来便被人们浪漫地演绎成"梦笔生花"，使得黄山平添一景。

可惜的是笔峰之"花"，1985年行将枯萎。人们不忍此景的消失，不忍心中的追求幻灭，于是便按原"花"的形态、规格，仿制了一棵塑料松树置于原地。这虽是千古黄山唯一人工修补的景点，但它毕竟弥补了一个遗憾。

从北海到西海的路旁，见有十棵八棵古松团团簇簇，竞相生长，犹如一个和睦的大家庭，这就是团结松。我国是个多民族的国家，各民族和睦相处，休戚与共。"五十六个星座，五十六枝花，五十六族兄弟姐妹是一家……"《爱我中华》这首歌道出了各民族大团结与建设美好大家园的共同心声。

团结松这一奇特的植物景观，在中国，甚至世界范围内极为罕见，黄山也仅此一处，奇就奇在这里，妙就妙在本处。

在黄山奇松的王国之中，最负盛名、最能代表黄山形象的当数寿逾千年的迎客松。它高高耸立在玉屏峰旁的文殊洞上，谦恭平和，雍容大度，将腋下一枝长长伸出，犹如伸长的手臂，热情迎接着四海宾朋。

在中国，提及迎客松的大名，无论是白发老妪，还是蓬头稚子，可谓无人不知，无人不晓。更何况它的形象频繁地出现在各种商标上，几乎覆盖了我们生活的所有领域，并昂首阔步，走出国门。最值得称道的是，20世纪50年代初，芜湖的能工巧匠，将迎客松的形象锻打成巨形铁画，陈列在人民大会堂，成为党和国家领导人接见外宾合影专用的背景。现如今，它早已成为友谊的象征，成为中华民族热情好客的象征。迎客松，你不仅站在黄山之巅，更站在世界之巅，呼唤着整个世界的和平与友谊。

黄山猴岛历险记

位于黄山风景区的太平湖，素有"黄山情侣""水中黄山""东方日内瓦"之美誉。太平湖湖面辽阔，碧波荡漾，鸥鸟翔舞，竹筏往来。湖中分布着许多小岛，有骆驼岛、鹿岛、猴岛，还有许多的无名小岛。正值中秋八月，我们有幸拜访了猴岛，并经历了一次不同寻常的际遇。

猴岛的猴是人工所放养，属黄山猴，既温顺又凶狠，既呆傻又工于心计。猴属灵长类，颇有灵性及人性。你若真诚相待，它能与你和睦相处；若有戏弄玩耍之意，它便采取自卫措施，用敏捷之优势，施爪牙之利害，以泄不平。上岛前导游将猴的情况略做交代，并提醒大家注意安全。

汽船在湖中犁浪，很快到了猴岛，大家都争先上岸。整个猴岛近万平方米，尽是些花花草草，灌丛状的树木，小道弯弯直通幽处。岛上有个小店，卖些手工制品及猴子爱吃的花生。大家都买猴食，为了与猴一逗一乐。猴子见有人来，都纷纷围来，咂嘴挠腮，一副乞讨般的憨态。大家见猴子一阵喜悦，将花生朝猴子雨点般扔去，猴子也不客气，或接或捡，嘴里一扔，咀嚼起来。吃完并不满足，伸出猴爪，仍再索取。

有位王兄胆大爱猴，手托花生轻轻一扬，猴子便拿去享用。几次三番，王兄见猴非常友善，并无敌意，一时得意，用手朝猴的脑壳摸去，本想与猴潇洒地合影，以炫耀于人。未曾想到猴的警惕性颇高，以为要伤害自己，挥掌就是一个响亮的耳光，动作之迅速，犹如闪电。可怜那位王兄被打得如呆似傻，捂着红肿的腮帮，冷汗直冒，半天还不过魂来。

有个张兄本出于好心，为了方便猴子，把花生的外壳剥去，将喷香的花生仁朝猴子送去。大猴眼疾爪快，火速取去。待张兄剥第二颗花生时，一旁的小猴以为轮不到自己，急不可耐，索性扑向前来，锋利的牙齿将花生与手同时咬住，张兄哎哟一声，惊恐地将手一拽一甩，挣脱猴口。右手的拇指顿时鲜血如注，皮肉外翻，痛得张兄不停地呻吟。事后张兄去医院检查治疗，动脉已被咬断，需缝接。为慎重起见，还得注射狂犬疫苗，折腾了好半天。

两次历险大家都心有余悸，本来还想朝猴岛深处走去，与众猴及瞎了一只眼的猴王见面。先行者见有几只猴子盘坐于道中，"猴视眈眈"，一副打劫的模样，于是怯怯怕事，扭头便走。这一走制造了紧张气氛，大家都抢先回走，唯恐落后。有个胆小的女士竟奔跑起来，一不小心摔了一跤，到了船上觉得脚疼，低头一看，大势不好，一只鞋不知丢到哪儿去了。

滁州醉人深秀湖

琅琊山的深处，有一湖泊，曰深秀湖。它被重重叠叠的群山拥抱着，被起伏连绵的群山呵护着。湖的面积不大，约有四个足球场大小，精致而小巧，玲珑而可爱。近观湖水，清澈见底，安然的游鱼，摇曳的水草，历历可数；远看湖水，一片绿，绿得那样恬静、深邃而悠远。这绿是满山遍野绿树翠竹的倒影所致，让人遐想，令人心醉。这感觉，如同品尝雨前龙井般清新怡人，又如痛饮陈年佳酿般酣畅微醺。我曾壮游过大江南北，长城内外，也欣赏过不少湖泊的芳容，我以为只有鼎湖山的湖水，黄山翡翠谷的潭水，才能与其媲美。

绿色的湖水，静静的，似在编织着瑰丽的梦想，又似孕育着崭新的生命。平静的湖面上，不时有三五竹排，穿梭往来，它是缓缓的，也是静静的，与湖水恬静安然的氛围极为相称。竹排系用拳头粗的毛竹扎制而成。排上设有竹制的茶几条凳，古朴优雅，小巧别致。坐着竹排，划着木桨，随心所欲，任尔东西。

静坐湖岸，你可细品慢评这倾翠泼绿的山水。这里有碧绿墨绿，有草绿湖绿，所有的绿在交相辉映，绿得化不开。习惯于钢筋水泥的目光，简直是饱享了一顿大自然绿色的盛宴，酣畅淋漓，痛快写意。此时此刻，你的耳际又充满了各式的鸟鸣，有的长歌清越，有的短调激昂。其中有抒情，也有叙说；有呼唤，也有应答，真是悦耳舒心，美胜仙乐。快意之时，令人分辨不出是黄莺还是百灵的歌声，能分辨的只是布谷鸟雄浑有力的独唱。布谷鸟在催耕，它在高唱着劳作的主调。大千世界，芸芸众生，有耕耘，就有收获。陶醉鸟鸣之际，不时有风袭来。风从湖面生，风从林中起，它带着凉爽的水汽，夹着花草的芳香，把你吹得通体透彻，飘飘欲仙，使人没有一丝俗尘的凡想，没有一点烦恼的羁绊。

就这么小的一个湖泊，它的水量怎能保持长期的丰沛，永不干涸？它的水质又怎能长久地清澈，永不污染？湖岸徜徉，我在思考。陡然，在湖之南岸，见一山泉，原来是它，在给湖泊输入不尽的生机和无尽的活力。问渠那得清如许？为有源头活水来。终于找到了答案，解了我的疑团。在探究心理的驱使下，沿着山泉的路径，探寻源头。

这山泉是细细的、清澈的，它不辞辛苦，一路奔波，表现出一种精神，一种向往。细看山泉，忽而弯弯曲曲，画着优美的弧线；忽而直排开去，一览无余。忽而在浅滩歌吟，潺潺缓缓；忽而在石隙抒情，如鸣环佩。忽而隐入草丛，悄无声息；忽而藏在树根，隐形藏踪。在草丛、在山涧走了好些路，始终没找到它的源头。此时已是暮云四合，倦鸟归巢，虽没找到山泉的源头，但也算享受了一次追求的过程，也算给此行留下了一个印记，留下了一个无尽的回想。

初识广州流花湖

　　流花湖在广州的城北，早在南汉时期，湖中建有流花桥。每当桃花盛开之际，轻风过处，湖畔桃林如雨落英，随波逐流汇于桥下。伫立桥上，观赏满湖的霞彩，饱享满湖的清香，恍若仙境，令人陶醉。

　　流花湖的水面有八十万平方米，颇有浩渺的气势。漫步湖畔，任是炎热的盛夏，那幽幽弥漫的凉意，扑面而来，使人暑气顿消。泱泱的湖水是碧绿的，绿得如同宝石。在月光朗照的夜晚，它是那样安详恬静，若有所思，又似织梦。在朝阳泼金的清晨，满湖的鳞浪，飞溅起一片爽朗的欢笑。流花湖的滋润和熏陶，使广州这个南国大都市，热烈中又寓有几分深沉，奔放中又平添了几分从容。

　　湖的中央有条千米长的长堤，它将盈盈的湖水分成东西两个部分。堤中有一拱桥，使湖水保持血脉相连，呼吸与共。长堤的两侧，是亭亭直上、高可摩天的散尾葵。散尾葵长得挺拔秀美，令人叫绝。在高高的树梢，孔雀尾翼样的羽叶纷披着。这片片羽叶，曳着长裙，在忘情地起舞。其轻盈飘逸的姿态，真是风情万种，令人心动。紧挨散尾葵的是高可及人的蒲葵和番木瓜。热情的蒲葵，舒张着手臂，招邀着天南海北的游人；缄默不语的番木瓜，精心孕育着腋下累累的硕果；匍匐生长的合果芋，则张扬着蓬勃的生机，把肥沃的土地全都揽在怀里。

广州是榕树的故乡，在流花湖到处可见其勃勃的英姿。一棵棵榕树长得异样高大粗壮。在其主干上，缠绕的拳头粗的气根，宛如一条条矫健盘旋的游龙。这棵棵榕树，饱经沧桑而又信念执着，它的枝叶奋力向四周拓展着，用泼墨一样酣畅的绿色，撑起大片大片的天空。沿湖的榕树，多半向湖中偃伏着，它极大限度地倾斜着身躯，像与湖水私语，又似谛听湖水的心跳。这棵棵榕树矜持又具深情，沉稳又富童心。它将小辫样的缕缕棕色气根，在空中得意地招摇，自乐地嬉戏。它不时撩拨着平静的湖水，湖水则泛起阵阵忍让而羞怯的浅笑。

在湖的南岸，生长着一片相思树。相思树呈螺旋式生长，苍老而繁密。皲裂的树皮，斑斑驳驳，细细打量，犹如薄薄的宣纸，一层裹着一层，一层又裹着一层。虽是隆冬时节，广州的冬日却洋溢着仲春的热情。在柳树叶样的枝头，开满了黄黄的、茸茸的花朵。一群娇小的彩蝶，在花间翩翩起舞，似在诉说着离情别绪。

据一个植物学家讲，这树应叫台湾相思树，在宝岛到处都是。一棵相思树，就是一个思乡的人儿。回头一想，步入流花湖伊始，便见一个台湾来的退伍老兵在树下盘桓，悲喜交集，泪流满面。他在思乡，他在盼归啊。我想在这树梢花间翩翩飞舞的彩蝶，也是从宝岛来的吧，它也有盼归的情结吧。

漫步流花湖，虽是初识，却让人领略了南国独特的情与韵。我想这流花湖的花草树木，这碧波荡漾的湖水，便是广州人蓬勃的、立体的抒情。

骑楼之城话骑楼

　　梧州是座有着2100多年历史的文化古城。它位于广西东部，素有"千年岭南重镇，百年两广商埠"的美称，亦有"小香港"和"粤港澳后花园"的美誉。到梧州旅游，最吸引人的当数最具岭南特色的骑楼。这也是梧州人津津乐道、引以为豪的话题。

　　何谓骑楼？这是一种独特的建筑，临街店铺二楼以上部分向外延伸，再以立柱支撑，楼上覆盖的空间，便成为人行通道。如此建筑，远远看去，就像"骑"在人行道上一样，故曰"骑楼"。

　　世上任何事物的形成，都有其特定的因素。1897年梧州开埠后，迅速成为广西的商业中心。20世纪20年代，梧州城区原有的坊式房屋，已不能满足日益繁荣与发展的商贸需求，于是逐渐被时尚别致、功能齐全的骑楼取代。骑楼的设计与建造不仅能满足商贸与住宅等需求，更结合了当地潮湿多雨，以及多洪水，易成涝的气候特点。这样，临街的楼层既可作商铺，楼上又可作住房或写字楼，而独特的骑楼人行道，既可为行人遮阳挡雨，又可为商家营造舒适的经营环境，更显示出商家以人为本、诚信待客的经商之道。

　　一座座的骑楼，组成了一条条的骑楼街；一条条的骑楼街，汇成了一座壮观的骑楼城。一时间，梧州的骑楼街，商贾云集，热闹非凡。最风光时，骑楼街上共有大小商号一千五百多家，造就了上万富商，同时也促进了梧州经济的空前繁荣，夯实了梧州在岭南地区的政治、经济与文化中心的基础。

骑楼一般为三四层，也有五六层的。骑楼人行道的宽度通常2至3米，也有4至5米的。漫步其间，是宽宽大大、自由自在、无忧无虑、无拘无束的感觉。无论是炎热的盛夏，还是细雨连绵的秋冬，人们都可安然地逛街、尽兴地购物。这真是一种人文的关爱与呵护，你可充分体验到顾客至上的感觉。

梧州曾是广西最早开放的港口城市，加之毗邻粤港澳，深受外来文化的影响。故骑楼的风格，不仅有中国的建筑特色，也融入了西方文化的韵味，如古香古色的花窗、灵巧别致的砖雕、古朴凝重的牌坊等，都宣扬着底蕴深厚的中国本土文化；又如挺拔秀美的罗马柱、线条流畅的拱窗、繁复精致的穿雕等，都洋溢着浓浓的欧美情调。中西文化在这里碰撞融合，和谐共存，形成了一道独特的骑楼艺术景观。

梧州的骑楼还有着两个鲜明的地域特点，一是骑楼的立柱之上，都设有一高一低两个铁环；二是二楼住宅的临街之处，均要特设一个水门。梧州人为何煞费苦心、费尽心思地设此两道机关呢？前者用来系船泊舟，后者则是逃生的通道。梧州地处桂江、浔江、西江三条大江的交汇之处，是个水患肆虐的所在。自古以来，几乎每年洪水都要光顾几次。洪水泛滥之时，浊浪排空，汪洋一片。此时人们的生产与生活备受影响，秩序大乱。为了安然地生存，人们总结出一套应对洪水的方法：洪水进城，漫到一楼的门口，垫上几块砖头，照例有序做生意，依旧从容打牌，泰然谈笑。洪水再高一些，就将备好的船只系在铁环上；若是洪水继续发作，漫到二楼，人们则打开那扇水门，跨上水涨船高、随水漂浮起来的船只，处变不惊、从容镇定地转移到安全地带。

如今的梧州，虽早已建起坚固的防洪大堤，屡受洪涝侵袭的现象已成为历史，但作为昔日繁荣的标志——骑楼，却永久地定格在这里。它已成为文化遗存和历史的见证，供人们欣赏、感慨、流连。

梧州的骑楼全都集中在老城区，连绵成片，蔚为大观。现今梧州共有骑楼建筑 560 多幢，现存骑楼街道 22 条，总长 7 公里，最长的骑楼街达到 2530 米。其规模之大，数量之多，在国内罕见，令人赞叹。为全力打造"中国骑楼之城"这道亮丽的风景，2003 年，梧州市政府斥巨资，在骑楼原址的基础上，按原貌对其进行改造，使其容光焕发，魅力夺人。

说实话，骑楼哪里没有？我在上海的淮海路，广州的北京路，厦门的中山路，包括漳州的老城区等地，就见过不少骑楼。但这些骑楼仅是零星的分布，没有规模，没有气势，没有特色。梧州人敢以"中国骑楼之城"自居，确是底气十足，当之无愧。

漫步在梧州的骑楼大街，满眼是南腔北调的游人，他们步履从容，心情愉悦地逛街购物；不时可见不同肤色的游客，他们举目四望，在领略品味骑楼的艺术之美，叹赏之余，使人大有时光倒流，恍如隔世之感。

诗画桂林醉游人

初到桂林，仿佛来到了一个绿色王国，到处都是滴绿的草木，满眼都是泼绿的青山。那温情脉脉、青梅酒样的漓江，看上一眼，便让你的心醉了千次万回。

桂林有两个著名的地下溶洞，一个叫七星岩，一个叫芦笛岩。由于特殊地貌的造就，洞内难以计数的石乳、石笋、石柱、石幔、石花组成了变幻莫测、难以描摹的景观。随意敲打根根石笋，那清脆悦耳的乐音可绕洞三日。有的石笋、石柱还能弹奏出不同的音符，组合起来就是一曲美妙的仙乐。

在这神奇变幻、美不胜收的溶洞里，最富人文气息，最牵人情怀的是芦笛岩"原始森林"一景。只见棵棵古树枝叶扶疏，攀附其间的各种藤蔓植物，相互缠绕，在各色彩灯的映照下，弥漫着一种难以言表的清幽静穆的气息。耳边间或响起的流水声，交织着鸟雀的鸣叫声，演奏的分明是一曲醉人的田园交响曲，置身其中，恍若隔世。

细雨如丝的春日，那如烟如雾的春雨，给桂林的山水笼上了一层迷离的羽纱。从磨盘山起锚驶向阳朔的游船，在平滑光洁的水面滑行。四十三公里的漓江，渐次舒展着一幅清秀美妙的山水长卷。

放眼两岸，这座座山峰，乍看横空出世，拔地而起，似乎漂浮在水上。这高高低低，错落有致，远远近近，有浓有淡的山峰钟灵毓秀，姿态万千，孕育着大自然几多神奇的造化。看，这山似美人临风，对江梳妆；那山如书童执卷，诵读有声。瞧，这山似芙蓉初绽，尽态极妍；那山如雨后春笋，一派生机。望，这山似重逢的牛郎织女，说不尽的相思别绪；那山如同从大漠而来的骆驼，艰难跋涉着，满怀对美好的向往……这座座山峰，随着角度的变换，晴晦瞬间的变化，又变幻出种种不同的景观。真叫人浮想联翩，感叹不已。

在山水之间，不时闪现出平坦的沙洲，清幽的深潭，湍急的险滩，歌吟的流泉，倾泻的飞瀑，更有婆娑的芭蕉，茂密的竹林，写意样的点点茅舍，袅袅的炊烟缓缓升腾，直上云霄。此情此景，真是一派桃花源的景象。

站在船头，习习的江风，把人吹拂得通体凉爽。那多情的江水，不停地亲吻着船舷，发出阵阵甜美的笑声。清澈的江中，藻荇交横，卵石可数，忽来倏去的游鱼，穿梭般往来。此刻我真艳羡鱼的自在悠游，真想加入鱼的行列，就这样千年万载，与这醉人的漓江长相厮守，与这秀美的奇峰为邻作伴。

红梅公园赏红梅

　　常州城里有个红梅公园，园里有座红梅阁，这是观赏红梅的绝佳之地。红梅公园有八大景观，红梅春晓便是其一。

　　时令正值雨水节气，作为一个匆匆的过客，我有幸领略了红梅的风采，一饱红梅的眼福。

　　走进红梅公园，就觉得有股淡淡的、似有似无的梅花之香，在空中酝酿、飘荡，这让人平添几分欢快，这让人多日的旅途疲惫，顷刻之间烟消云散。

　　红梅阁是一座双层重檐的古建筑，古朴厚重，气势雄伟。该阁始建于唐昭宗年间，一千多年来，屡毁屡修，屡修屡毁，折射出历史的兴衰。千百年来，这座古阁，频换主人，常换门庭。它曾是佛家的庙宇，亦曾是儒学的试院，又曾是羽士的道院。历史的舞台，时常就是这样：你方唱罢，我登场，在紧锣密鼓之中，才人各领风骚。

　　红梅阁的前方是个大大的院落，宽阔敞亮，园里遍植红梅，这梅长得是大片大片的，既不密集得堵塞拥挤，也不疏落得凄清寂寥。一树树的梅花，疏落有致，舒枝展叶，一派春光，一派生机。园里红梅居多，洋洋洒洒，蔚为大观。偶有几株白梅点缀其间，也起到烘托和过渡的作用。

　　远看红梅，灿若红霞，像在铺展，似在飘荡，又似在组合，空灵而多变。那可数的白梅，洁白若雪，像在飘落，似在弥散，又似在堆积，圣洁而超脱。近前观赏，那朵朵梅花，全都无遮无拦，无藏无掖，尽情绽放。它开得是激情四射，灿烂辉煌。古语云，"美酒饮教微醉候，好花看到半开时"。我想半开当有半开的妙处，盛开自有盛开的情调。

若论红梅的芳香，它没有腊梅来得浓烈，虽是淡淡的，却是持久的。无风之时，那香是凝固的，宁静而厚重；风来了，那香立马有了活力，有了生气。它借风力，轻盈地飘荡，轻快地熏染，好像把整个天地、整个世界都重塑了一样。置身花丛，人的心灵都为之净化，为之升华。此时此刻，总让人产生某种错觉。一时间，你就是一只快乐的蜜蜂，歌唱着生活；或是一只浪漫的蝴蝶，翩翩起舞；抑或是朵盛开的红梅，洋溢着欢笑。

红梅阁的西侧，有一古迹，曰：古春轩。它是红梅春晓的点题之景。此轩曾是常州籍、中共早期重要领导人瞿秋白、张太雷少年时代读书、嬉游之地。此地有古树森森，修竹婆娑，有芳草萋萋，好鸟鸣唱。想当年，两位翩翩少年，或在古轩苦读，上下求索；或在竹林嬉戏，尽展活力；或赏红梅，感悟人生。

红梅阁的红梅，年年开，岁岁绽，它装点着大好的春光，陶冶着人们的情愫。

长堤春柳美名扬

"绿杨城郭是扬州"，扬州是当之无愧的。随你去哪儿，小秦淮、护城河、京杭大运河，或是乡村野外，满眼都是滴绿的杨柳，处处涌着连绵的绿浪。如果要欣赏杨柳的风采，当然要到瘦西湖公园的长堤去。"长堤春柳"是扬州的名胜，单单这个名字就够风雅，够美艳的。

瘦西湖公园有条千米长的长堤，杨柳夹道，十步一棵，繁密不是？却你不碍我，我不挤你。一棵十步，疏朗不是？轻风过处，恰又貌离而神合。

瘦西湖的灵气钟于园林，钟于流云，钟于扬州的女性，最钟于长堤的杨柳。柳是清一色的垂杨柳，柔、纯、长，飘拂，孕育着妩媚，静如美女子披肩之秀发。

长堤东临湖水，西靠山岗。一个柔情荡漾，一个雄伟阳刚。水和山则着力渲染衬托着杨柳的风采。长堤当中有亭一座，其间高悬一匾"长堤春柳"。亭子高且大，是小憩赏柳遐想的所在。

长堤之柳春之生意悄然，拂烟撩雾；夏之翠意酣畅，浓荫可人；秋之清越疏朗，勾画了了；冬之琼枝玉干，超尘有思。然晨之云雾迷离，载沉载浮；昏之夕阳返照，柳絮飞红。长堤赏柳可谓四季皆宜，晨昏皆宜，各有妙谛。

细雨微蒙的3月，常见情侣双双，撑着雨伞，或徜徉于道中，或小伫于柳下。情话之温存如柳之呼吸，情感之专注，如痴如醉。若是仲夏的夜晚，新月妆罢，清风徐来，一人一箫，思古今，流雅韵，实是美极痴极。

扬州澡客最惬意

　　世人都有爱好，有人爱好读书，有人爱好绘画；有人爱好唱歌，有人爱好跳舞；有人爱好品茶，有人爱好洗澡……读者一看可乐了，洗澡有啥可爱好的？不就是脱了衣服，往水里一跳，洗了汗水，擦了泥垢，痛痛快快的吗？您说的是常人的就浴，不是爱好。其实这洗澡挺有讲究，蛮有学问的。

　　现如今的浴池，都用蒸汽烧水。蒸汽烧水，水不厚实，水汽单薄烫人。爱洗澡的人讲究汽圆水烫，这就得用铁镬（又大又厚的铁锅）烧水，此为古法。扬州城里有家叫温泉的浴池，还守着这传统，守着这古旧。另外，浴池大小也有讲究：小了气闷憋人，受不了；大了圆不了汽。火还得不停地烧，讲究文火慢功。

　　爱洗澡的人有两个不洗，开汤（刚开门）不洗，饿肚不洗。开汤水清，行家说伤人，饿肚更伤人。

　　爱洗澡的人都在五十上下，三教九流，五行八作，啥人都有。一般睡了午觉，小包一提，悠悠地去了。洗前吃些点心，垫垫肚底。

　　浴室的房间，可分普座一二三等，雅座一二三等，这就根据各人经济条件决定了。普座的房间宽大，嘈杂；睡椅短小，躺着别扭。雅座的房间雅致，清静；睡椅宽敞，躺着舒服。爱洗澡的人讲究人地熟悉，时间长了，有了固定的地方，从不改变。

澡客到了浴室，不忙下水，取出茶杯，搁上茶叶，泡上。抽出卷烟，点着，尽兴地和服务员、澡友拉着闲话。待过足了烟瘾、茶瘾、话瘾，才慢慢脱下衣服下池洗澡。

浴池可分头池、二池，以及淋浴。头池是开水，有方格样的木栅栏护着；二池是常温，是无遮无拦的敞开式。爱洗澡的人都先在头池洗。全身先烫个遍，然后依次围着头池坐着，让腾腾的蒸汽袅袅地熏着，让滚滚的汗珠欢畅地淌着。这工夫有闭目养神的，迷迷糊糊如同木雕石刻；有唠着闲嗑的，小道消息，花边新闻，无所顾忌，无所不谈。大约半个时辰，澡客们披着满身的汗水外出歇凉。

这下可热闹了，有扭头的，拍胸的，捶腰的，涮胯的，踢腿的，千姿百态，啥动作都有；有唱戏的，念白的，哼歌的，吹哨的，吊嗓子的，百花齐放，干啥的都有。有站的，倚的，蹲的，坐的，躺的，舒枝展叶，啥姿态都有。待歇足了凉，缓了气，澡客们又下到二池洗澡，尽情地洗擦，冲淋后，最终疲惫又舒坦地趿着拖鞋，踱出浴池，擦了汗水，盖上浴巾，躺在椅上，喝茶，抽烟，聊天，打呼，直到打烊（关门）。

洗澡有瘾头，像抽烟，像喝酒，像打牌，像跳舞。只要上了瘾，一天不洗，身上痒得发慌，手脚也不知搁在哪儿是好，心里更是说不出的难受劲。刮风下雨，撑着雨伞要去；日头毒辣，戴着草帽也要去。再说也不能冷淡了澡友啊。

洗澡可舒筋活血，可按摩身子，可加速新陈代谢。爱洗澡的人不害伤风感冒，没有头痛脑热，多半面色红润，精瘦精瘦的。